全民阅读精品文库

当代中国最具实力中青年作家作品选

杨少衡中短篇小说选

你没事吧

杨少衡 著

中国言实出版社

图书在版编目（CIP）数据

你没事吧：杨少衡中短篇小说选 / 杨少衡著 . --
北京：中国言实出版社，2016.10
ISBN 978-7-5171-2017-9

Ⅰ.①你… Ⅱ.①杨… Ⅲ.①中篇小说—小说集—中
国—当代②短篇小说—小说集—中国—当代 Ⅳ.
① I247.7

中国版本图书馆 CIP 数据核字 (2016) 第 240882 号

出 版 人：王昕朋
责任编辑：胡　明
文字编辑：张凯琳
封面设计：水岸风创意文化

出版发行　中国言实出版社
　　　地　址：北京市朝阳区北苑路 180 号加利大厦 5 号楼 105 室
　　　邮　编：100101
　　　编辑部：北京市海淀区北太平庄路甲 1 号
　　　邮　编：100088
　　　电　话：64924853（总编室）　64924716（发行部）
　　　网　址：www.zgyscbs.cn
　　　E-mail：zgyscbs@263.net
经　　销　新华书店
印　　刷　北京温林源印刷有限公司
版　　次　2016 年 10 月第 1 版　　2016 年 10 月第 1 次印刷
规　　格　710 毫米 × 1000 毫米　1/16　15.25 印张
字　　数　215 千字
定　　价　40.00 元　　ISBN　978-7-5171-2017-9

目录

海湾三千亩

1

初次见面是在海湾，一辆中巴车边，当时欧阳琳从车门下来，季东升站在车下迎候。欧阳琳穿高跟鞋，由于地面不平，下车时鞋跟没踩实，她的身子忽然一晃，重心失衡，季东升在一旁紧急出手相扶，欧阳琳一把抓住他的胳膊，终于站稳了，没有摔倒。身边那些人没有谁注意到这个细节，只有他俩心里明白。

欧阳琳抽回手时问了一句："没事吧？"

季东升回答："负伤了。好运气。"

彼此只当开玩笑，其实不全是玩笑。当时是夏天，天气热，季东升穿短袖衫，他的左胳膊被欧阳琳抓出一道划痕，一时火辣辣的。欧阳琳留指甲，抓得挺用劲，估计是把自己的指甲也抓疼了，所以才问季东升有没有事。

欧阳琳是中等个儿，身材不胖不瘦，脸面光洁，线条精致，长得挺有风格，或者说相当漂亮，特别是眼睛大，眼神直率。她一眼盯住季东升，眼光锐利而执着，季东升当即告诉自己千万小心，这女的不好对付。

季东升与欧阳琳的初次见面很大程度出于偶然：那天上午季东升召集相关部门官员于市政府会议室开会，议题是能繁母猪补贴政策事项，所谓能繁母猪即还能生崽的母猪，该类母猪领取补贴牵扯若干具体细节，需要研究解决，会开了整整一上午。中午会议接近尾声时，郑仲水从省城打来电话，告诉季东升有贵宾到达本市，需要应急处置。听电话间季东升心里诧异，因为贵宾通常不会来得如此突然。

"这个人叫欧阳琳。"郑仲水交代。

郑仲水是本市老大，市委书记，此刻在省城开会，他给季东升的电话是在省城会场打的，消息也是在会场上临时得知的。当天上午，欧阳琳及其随行团队由有关部门人员陪同，早早从省城下来，原先的安排是到另一个市，路上临时调整计划，决定到本市来。省办一位副秘书长特地找郑仲水告知情况，强调欧阳琳一行得到省领导特别关心，要求市里安排好。郑仲水立刻打电话让季东升应急。此刻本市书记、市长都在省城开会，一时无法抽身，只能让季东升代为出面。

"估计快到了，你赶紧到高速公路口去接。"郑仲水交代。

"糟糕，猪还没搞完呐。"季东升道。

郑仲水没听明白，问季东升搞什么猪？季东升报称是搞母猪，情况比较复杂，上午开会商量。郑仲水问母猪有什么问题？季东升说母猪都很高兴，因为给补贴。但是公猪有意见，要求落实政策。郑仲水即制止："不开玩笑。"

他不让季东升在电话里瞎扯，要季东升立刻把会议结束，无论母猪公猪都先赶到边上去。贵宾将至，不要耽误事情。

季东升问："来得这么突然，做什么呢？"

贵宾有一个大项目。具体情况待季东升接洽时具体了解。

"贵宾什么身份？"

"北京一家投资公司的总裁。"

季东升说："北京满胡同都是总裁。"

郑仲水认真道："季副，不要小看。"

季东升让郑仲水放心，他会替书记把贵宾接待好。俗话说来的都是客，何况人家有项目。北京的胡同当然小看不得，大地方每个旮旯里都藏龙卧虎，不像本市小地方尽是季东升之类鼠辈。

"谦虚过头了吧？"郑仲水笑。

"谦虚使人进步。"季东升不笑，说得很像回事，"我这人碰到耗子是猫，遇到老虎就变成耗子，见到母老虎更是小耗子了。不是鼠辈胜似鼠辈。"

杨少衡中短篇小说选

郑仲水道:"不说了。赶紧准备。"

"明白。"

其实不甚明白,季东升感觉吃不准。他一边接郑仲水电话,一边在心里暗自思忖,分析自己突然碰上的这件事是个什么。季东升其人脑子快,所谓"鼠辈"只是自嘲,他其实挺自以为是,认为脑子还管用,爹妈生得好,多少有点聪明过人。突然掉到头上的这件事让季东升感觉异样,来客毫无疑问十分了得,否则不会弄到郑仲水亲自打电话交代,但是事前毫无动静,眨眼间陨石一般从天上砸下来,不是通常贵宾到来之道,这种光临方式比较怪异。

季东升是常务副市长,管的事多,母猪公猪要管,招商经贸一块也划于名下,欧阳琳前来谈项目,属于季东升业务范围,即使书记市长在家,季东升也要陪同接待洽谈,因此哪怕来了头母老虎,季东升也得勇敢上前充当鼠辈,基本上无处逃窜。郑仲水打来电话时,因为会议尚未结束,季东升走到会议室外与书记通话,一屋子人还坐在会议室里等着他。接完电话,季东升一进门就宣布散会,这种场合通常该有的"重要讲话"免了,大家该干吗干吗去吧。

"按照上级精神,回去照顾母猪,公猪咱们不管,有意见可以提。"季东升宣布,"我掌握一条:哪个公猪提意见就剋哪个,阉下边那俩东西。诸位还有意见吗?"

会场上一片哄笑。

季东升匆匆离开会场,办公室都没回,直接进了电梯间,秘书小吴拎着他的公文包跟在后边跑。下了电梯,走出政府大楼门口,他的车刚好驶到。

这时又一个电话到来,季东升一边接电话,一边拉门上了轿车。

"季副市长,我是黄再胜。"

"什么事?"

"我们已经上路了,在高速路口跟您会合吧?"

"跟我?"

"接贵宾啊。"

"谁通知的你?"

"省里。"

黄再胜是市公安局一个处长，负责警卫。黄再胜刚接到通知，让他立刻与季东升副市长联系，配合接待即将到来的贵宾。黄再胜及其手下人员出动通常有规格，分不同级别，如一级保卫、二级保卫等，无论哪一级都不同于抓贼办案维稳等日常警务，只在特别重要客人例如国家领导人或者外国元首到访时才用得上。今天虽无国内外顶层政要光临本市，没有下达哪一级保卫任务，但是黄再胜接到通知，要求他速向季东升报告，配合接待，确保欧阳琳等贵宾安全。

不由季东升啧了下嘴。当时也没多说，只一句："赶紧来吧。"

十几分钟后，季东升到了高速公路出口。路边停着一部警车，黄再胜已经先行赶到，站在车边守候。季东升一下车，黄再胜即上前敬礼。

"已经通过电话，客人的车十分钟后到。"黄再胜报告。

"是什么车？"季东升问。

"一号中巴。"

"多少人？"

根据黄再胜得到的通知，除了欧阳总裁及其团队，车上还有若干省里陪同人员，其中有一位管警卫，来自省厅，是黄再胜的上级，姓秦，职别为副主任，就是这位秦副主任给黄再胜打的电话。

季东升问："说了贵宾来意吗？"

秦副主任没说，黄再胜也没打听。这是规矩，不该说的别说，不该问的别问。

季东升不吭声，只把脑袋转向一侧，眼睛看着高速公路边的田野，在心里揣摸。这时候一辆中巴车快速驶到高速公路收费口，从电子扫描通道驶过。黄再胜喊一声："到了！"季东升抬眼一看，果然不错，是一号中巴。

这部车对于季东升和黄再胜都不陌生，它被戏称为本省"空军一号"，每一次它光临本市都很隆重，车里坐着的不是中央部长以上贵宾，就是省里的大领导。今天这部中巴为欧阳琳而来，经过数百公里跋涉，车身似乎还那么光鲜，几乎一尘不染。车头下的牌号很鲜明，几个零加一个一。

季东升与黄再胜站在路边等待，黄再胜举手向中巴车示意。按照接待惯例，此刻中巴应当开到路旁稍停，让迎接者上车与贵宾见个面，彼此握个手，寒暄几句，询问接下来的行程，而后继续前进。不料中巴车向季东升等人站立的位置驶来，减速，似乎要停车了，忽然又加速，往前开走，把迎接人员丢在路旁。

黄再胜吃惊："哎呀！怎么回事！"

季东升道："快联系！"

黄再胜刚把手机掏出来，铃声响了。黄再胜匆忙接听，正是中巴车上的秦副主任。该主任在电话里没多说，只一句话："你们跟上。"

季东升下令："快走！"

一行人匆匆上车，追赶已经跑出老远的中巴车。季东升指令黄再胜坐到他身边，以便了解应对情况，让警车跟在后边跑。

几分钟后他们追到了一号中巴屁股后边，季东升让黄再胜给随后的警车驾驶员打电话发令，让警车超到最前边开道引路。

黄再胜有些犹豫："秦主任只说让咱们跟上啊。"

季东升问："万一出岔子，算你的吗？"

黄再胜说："那可麻烦。"

这辆一号中巴在本市地面上出任何意外，主人都有责任，因此开道和引导是需要的。黄再胜搞警卫，他很清楚，问题是他心中无数，秦主任没有传来足够信息，黄再胜不知道要把贵宾往哪里引，不知道在哪些方面预做安排。

季东升当机立断："往市区去，到宾馆。"

当时接近中午，正常情况下要让客人到下榻处安顿，吃饭休息，商议接下来的安排。宾馆方面已经接到通知，紧急整理出接待用房，布置了午餐，只等客人驾到。

黄再胜问："要不要我先问问秦主任？"

季东升说："到前边再说。"

黄再胜不解："他们刚才怎么不停车呢？"

季东升没吭气。这还怎么说？贵宾们似乎没把此间迎接者太当回事。

他们两部车加速前冲，先是季东升这辆车冲到中巴前头，隔开一段距离充当引导，而后警车再冲到最前边，形成常规接送队形，沿着道路快速行进。这时季东升才让黄再胜打电话请示秦副主任，称季副市长奉命接待欧阳总裁一行，因已近中午，拟安排贵客先到宾馆用餐休息，可否？电话那边很快传来答复：欧阳总裁很忙，她不到宾馆吃饭，也不休息，要立刻前往开发区。

季东升说："告诉欧阳总裁，从这里到开发区至少还要走一小时。"

对方答复："总裁要去。"

季东升回复："我们领路。"

于是车队从绕城通道绕过城区，经海湾大道向北，往开发区方向前进。

黄再胜揣摸："这个时候他们到那边干啥呢？"

季东升不吭气。

"该给开发区打个招呼吧？"

季东升点头："要。"

他吩咐坐在前排助手位上的秘书小吴马上给开发区挂电话，要管委会领导赶紧做好迎客准备并通知下水村控制海边道路，不要让拖拉机、农用车堵塞了。

小吴惊讶："下水村？客人说了？"

"用点脑子，等人家说就迟了。"季东升道。

小吴立刻打了电话。

半小时后车队接近开发区路口，秦主任的电话到了，欧阳琳一行果然是到下水村。季东升让黄再胜回话，称已经做好安排，请示客人是否要在开发区管委会先休息一下，简单吃点东西？对方答复欧阳总裁要直接到海边去。

季东升说："我们带路。"

车队拐上便道，直驱海岸。这条路前半段是村道，铺有水泥，路况尚可，后半段是土路，不好走。季东升让司机开慢点，因为一号中巴路况不熟，不容易跟上。三部车一辆接着一辆前行，一直开到土路尽头，做一排停在路边。一旁就是海岸，海浪拍打岸边的礁石，涛声震耳欲聋。

客人从中巴车下来时，季东升已经站在车门下恭候，黄再胜紧随，站于季东升身后。看到出现在门边的欧阳琳，季东升眯了一下眼睛，欧阳琳似有诧异，眼光一扫季东升，没留意鞋跟在地面没踩实，身子摇晃中她抓住季东升伸过来的胳膊，季东升的胳膊上顿时火辣辣，留下了她的指甲痕。

初次见面，彼此印象因之格外深刻。

有一位男子从车上赶下来，提着一件风衣往欧阳琳身上披。当着季东升的面，欧阳琳抖了下肩膀，甩脱风衣，男子赶忙接住。

"风大。"男子说。

"没事。"

她转身朝前，往海边走。男子把风衣搭在手弯里，在后头匆匆跟随。男子戴一副眼镜，穿西装，衣冠楚楚，四十来岁模样，红光满面，前额发际上收，似已开始谢顶，一口京腔字正腔圆。这时秦主任跳下车，与季东升握手。季东升低声发问，了解男子是什么人？秦在他耳边回答："蔡政先生从新加坡来，是欧阳总裁的合作伙伴。"

季东升点点头。

欧阳琳一直走到海边，站在一块石头上。海风强劲，她的一头短发在风中拂动。季东升大步跟上，到了欧阳琳身边，没待他发声，欧阳琳即开口。

"隧道在哪里？"她问。

季东升指着左侧海岸突出部："那是出口，离我们这个位置大约五公里。"

欧阳琳抬眼看对面海岸，远远可以看见大片高楼在对岸山坡上起落。

季东升介绍："对岸出口设计稍微偏一点，没有直接进入城市中心。"

"为什么？"

"他们那里要考虑减少对城市交通的冲击。"

欧阳琳转身，视线从海上转移到陆地。

"从海岸到前边那座山，这一片有多少地可用？"她问。

季东升说："近海地带大约三千亩。"

"我都要了。"

季东升说："欧阳总裁大气魄。"

站在一旁的蔡政插话："这是个大项目。"

季东升问："准备做什么？"

是钛合金，制造航空母舰和宇宙飞船的尖端材料。蔡政的新加坡公司拟与欧阳总裁合作，在本省沿海寻找合适地点投资，建设大型生产基地，目前先考虑一个四五十个亿的盘子，如果好，准备搞到上百亿，建成之后将是东亚最大的钛合金基地。

季东升说："明白。"

欧阳琳眼光一转，看了季东升一眼，眼神锐利有如刀片。

"明白什么？"她问。

季东升说："项目很大。"

蔡政在一旁说："能不能定下来还要看条件。"

季东升说："不必多看了，定下来吧。"

欧阳琳追问："说真的吗？"

季东升称本地有句玩笑话，叫作"大的放屁一言九鼎，小的尿尿落地无声。"他的官小了，说真说假都让人不好相信。

身旁有人发笑。季东升不笑，表情很严肃很认真。欧阳琳也不笑。

"你嫌自己不够大？"她问。

季东升自我感觉还行。他是乡下人，父亲种了一辈子地，在乡亲们眼中，他这样一个副市长已经大到天上去了，但是到了欧阳总裁面前算个什么？

欧阳琳说："我记住你的话了。"

季东升提议欧阳琳和蔡政上车离开，到开发区管委会去坐一坐。海边现场已经视察完毕，目前荒坡一片，而且风大。时已过午，贵宾们饿坏了，作为主人他心中过意不去。当务之急，该找个地方吃点东西，一边吃一边可以谈谈。

欧阳琳问："是你饿坏了吧？"

季东升承认："我也饿了。"

"还谈什么呢？这三千亩我要了。"

"三千亩怕不够吧？"

"季副市长打算给多少？"

"可以谈啊。"

欧阳琳不温不火敲了他一句："我听说有一些地方官非常滑头，是真的吗？"

季东升扭头向欧阳琳身后看。欧阳琳问他看什么？季东升说他留意附近是否有个老鼠洞之类的，一旦被逼急了，得有个洞钻进去躲一躲。

不由得欧阳琳发笑："有这么严重？"

季东升依旧表情严肃："现在严重的是贵宾饿肚子，应当先弄饭吃。"

欧阳琳没有异议，大家匆匆上车。

季东升一上车就掏出手机，给远在省城的郑仲水打了个电话，报告已经接下欧阳琳，并陪同看了现场。郑仲水一听看的是下水村海岸，好一阵说不出话。

季东升报告："现在陪客人到开发区，在那里谈。"

郑仲水回答："你跟他们先谈吧。"

季东升收起电话，心里有数了。郑仲水显然并不清楚欧阳琳一行的来意，暂时也没有明确态度，目前季东升可以相机行事。

但是这件事不太好处理。

刚才在海岸边，欧阳琳与蔡政提到拟投资兴建大型钛合金项目，季东升表示自己明白。他明白的其实不是这个项目有多大，而是这个项目有名堂。以季东升判断，该项目要害在其真假，来的两位贵宾里，欧阳琳可能是个真的，另外那位蔡政，季东升一眼就认准了，该小子不知何方神仙，学得一口京腔，估计接近于骗子。这两个人以及他们的钛合金突然降临，原因不在什么航空母舰宇宙飞船，只在海湾那三千亩地。

这片土地基本接近于不毛之地，由于位居海湾丘陵，背山面海，缺乏淡水，石多土薄，加上海风大，植物长不好，一向贫瘠。附近下水村等几个村庄都是沿海贫困村，村民以讨小海为生，亦从事农业种植，在乱石坡上开垦农地，种植地瓜和耐旱果树，收成基本靠天。古往今来，这个地块只供本土农民聊为劳作，不为外界关心注意，直到近年情况才突然生变。

这是因为海湾区位。下水村海湾处于本市边缘，海湾对面是另一座城市地界。十数年前，有一个重型石化基地落脚海湾对面，大批配套及下游产业跟进，该市的经济实力和城市规模迅速扩张，已经发展成本省沿海一大中心城。根据这一现实状况，本市特在隔海相望的海湾地带划出一片区域，设立一个市级开发区，把下水村等村庄及所拥有沿海土地归入开发区，以期利用与海湾对岸中心城近在咫尺的区位优势借力发展。但是如果没有跨越海湾的便捷通道，两边为海水阻隔，那就毫无优势可言，因此从开发区设立开始，相关部门就谋划修建一条海底隧道，以彻底解决海湾两岸交通问题。海底隧道投资浩大，修建不易，两市与上级相关部门经过数年努力，几上几下，直到近期才基本确定方案，由省政府报送国家相关部门，如果一切顺利，预计年底有望获批，明年正式动工。对开发区及海湾两岸而言，这条隧道是重大利好，其直接后果是开发区沿海大片土地立刻化废为宝，由昔日偏僻角落鸟不拉屎的不毛之地变成交通便捷炙手可热的开发用地，转眼身价百倍。

季东升在市里管经济，对此间情况了解透彻。因此一听说欧阳琳一行要到开发区，他就知道必往下水村海边去了。一听对方开口三千亩全要，他就断定该钛合金天大项目可能是个骗局，所谓航空母舰、宇宙飞船纯属天花乱坠，其目的只在下手圈地。此刻把地掌握住，一旦海底隧道项目最后确定，地价扶摇直上，那就坐拥金山。

海湾隧道项目上上下下已经折腾六七年，其间不乏一些先知先觉人士打过沿海土地的主意，陆陆续续有客商前来考察、洽谈过，其中有的真有项目和想法，有的则近乎行骗。由于隧道是否确定一直未见明朗，前来洽谈者最终都偃旗息鼓。今天突然光临的欧阳琳与以往客商有所不同，她的目标比哪个都大，金口一张三千全要，决意把开发区最具价值潜力的沿海地块一扫而光。她还最有来头，能够直通高层，又是警卫又是一号中巴，动静搞得异常之大，再没有谁有她这种派头。另外显然她还有可靠消息渠道，隧道项目进展目前处于机密状态，知道的人不多，她竟然有办法了解，否则不可能突然前来。季东升暗自推测，欧阳琳和蔡政此行原目标应当不在开发区这片土地，这里暂未起步，不能入其法眼，所以事先他们没安排到本市来。他们一定是临时得到消息，发现是一个巨大机会，因而才立刻改变计划，直扑本市。

季东升身为地方官员，自认为有些见识，眼睛基本雪亮，心中总是有数，除非有意装傻，想要骗他不容易。季东升主管经济事务，遇到过若干骗局、准骗局，知道可以怎么对付，但是这一次他有些把握不定，因为欧阳琳总裁一出手即让他光荣负伤，感觉胳膊火辣辣。他不清楚欧阳琳的真实身份和背景，以及她在这个钛合金项目里扮演的角色，是始作俑者、合伙人，或者仅为友情出演？目前不明，只能判断她来历不凡，且不可能完全稀里糊涂如被人贩子诱骗的良家妇女。季东升必须搞清情况，然后才有对策。他心里有一种奇异感，就像看到一颗来自天外的陨石闪着蓝光划过天际落到自己脚下。这种机会不常遇，有危险。天上这个石头子弹一般射来，如果正中脑门，岂不呜呼哀哉？如果恰巧落到脚边，一弯腰可能就白捡了一粒宝石。

他们从海边掉头往回开，半小时后到了开发区管委会，开发区几位负责官员都在门边恭候。这里已经准备妥当，食堂里热气腾腾，一桌饭菜已经备好。时已过午，大家都饿了，下车后没有耽搁，直接上桌。开发区几个头头办事能力很强，虽然时间短促，接待安排还算周到，季东升交代的几条都做到了，例如桌上摆了名牌，正中大位上的名牌写的不是欧阳琳，而是"首长"。

欧阳琳问："这里谁是首长？季副市长吗？"

季东升说按照时下本地惯例，首都来的才叫首长，地方官基本都算鼠辈。

欧阳琳声称自己不是"首长"，不往那个位子上坐。季东升说那可不行，这里除了欧阳总裁，谁坐那个位子都会折寿。结果还是蔡政有办法，他走过去把"首长"名牌收起来，欧阳琳这才勉强落座。

蔡政说："现在首长都很注意形象。"

他略加说明，季东升才明白刚才一号中巴在高速路口为什么不停车？原来是警车太刺眼。如今中央大首长出行都轻车简从，不要警车开道，本市弄一部警车守在路口就不对了。其后警车还硬是超车到一号中巴前边，那就更不对了。

季东升承担责任："这是我的问题，检讨。"

他心里其实不服。如果不是秦主任打电话，黄再胜还会吃饱撑着自己跑出来护驾吗？但是这种事没法计较，检讨认错就是。

落座之后，欧阳琳看到桌上摆着茅台，即声明不喝酒，让茅台下桌。蔡政说欧阳总裁到了这里，以地方特色菜为主吧。于是开发区头头推荐服务员端出的一盘大块红烧肉，说这就是本地特色，只怕首长很少吃到。该红烧肉为土猪肉，出自乡下农民用传统方式喂养的猪，不吃袋装饲料，没有添加剂，纯绿色。尝过这种猪肉，就知道如今举国上下超市里卖的都是饲料，不是猪肉。于是欧阳琳拿筷子夹了一小块肉，还对季东升调侃："原来你们供首长吃的都是饲料，真的猪肉你们自己留着吃。"季东升当即否认，说如今各级领导差不多都吃饲料，只有一些乡下农民例外。其实饲料肉也是猪肉，都来自菜猪，菜猪都是母猪生的，没有天壤之别，不需要太计较。

欧阳琳批评："地方官漠视食品安全，总有很多理由。"

季东升说明，这个问题需要向首长进一步汇报。对地方官来说，如何确保食品安全是大问题，如何把足够食品生产出来也是问题。以猪肉为例，上级要求确保猪肉供应，为此出台了相应的母猪补贴政策，今天上午他在市政府开会，就是研究该补贴发放事项。这项政策很好，但是不够公平，因为母猪生育不能离开公猪的贡献，有资料表明自然交配状态下，一头公猪可配二十头母猪，如果是人工授精则配种二百头以上。以此可见公猪的劳动强度很大，但是上级的补贴政策未曾顾及公猪，因此公猪们欲哭无泪，配种积极性下降，对发展养猪事业有所影响。

席中众人都笑，季东升不笑，欧阳琳也不笑。

"我听说你们地方官劳动强度也很大。"欧阳琳说，"有新民谣说是'村村丈母娘，夜夜入洞房。'是这样吗？"

季东升称自己不好妄加判断。他本人只有一个丈母娘。

蔡政在一旁插话，说如果季副市长所言属实，如此能干且干净，欧阳总裁回北京后一定会向大首长们推荐。

季东升说："我眼巴巴等着呢。"

蔡政强调地方官最重要的是把地方经济搞上去，钛合金这个项目落在哪里，就是哪里地方官的一大政绩。很多地方都在争取这个项目，欧阳总裁需要比选条件，这个项目只可能落在提供最优惠条件的地方。

季东升说："这个可以谈。问题不大。"

蔡政说，据他所知，本市开发区招商引资，对重点项目的最优惠条件包括零地价，也就是无偿提供土地，以及做好三通一平。

季东升这时笑了："蔡先生这是脱我内裤啊。"

欧阳琳问："做不到吗？"

季东升还说问题不大。地方官的帽子是上级给的，内裤该脱就脱。问题主要在于村民，所谓穷山恶水出刁民，此间民情彪悍，历史上多出海匪，处理不当的话村民会造反，地就征不下来，硬征下来项目也不一定搞得成。

欧阳琳非常敏感："季副市长是在吓唬谁？"

季东升表情严肃道："不吓唬谁，是真实情况。"

"我听出意思了。这件事我们不再跟季副市长谈。"

席间气氛顿时尴尬。服务员恰在这时端上一盆鸡汤。开发区头头打圆场，说这是乡下的土鸡，肉质特别鲜美。没待他细说，蔡政敲着桌子，让服务员立刻把鸡汤端走，不许上。欧阳总裁不吃鸡。

开发区头头分辨："首长尝尝吧，挺好的。"

季东升摆手制止："听首长的。"

土鸡被迫退出餐桌。不料最后出意外的居然还是鸡。

午餐接近尾声之际，服务员从伙房端出一个托盘，盘上摆着一个个炖罐。这是什么呢？芳名西施舌，美女西施的舌头，供各位领导咀嚼。这名字听来有点恐怖，其实它就是海蚌，产于本地的一种蚌类，蚌肉呈舌状，以鲜嫩著称。主人介绍，这种海蚌是原生产品，无法饲养，对海水质量要求极高，稍有污染就不能成活。季东升在一旁帮腔，说这种海蚌不好做，特别讲究厨功，必须恰到好处，火候小了不熟，大了做老，都不好吃。开发区食堂大厨是此中高手，所做西施舌全市第一，请欧阳总裁一试。

欧阳琳拒绝："不吃。"

季东升感慨："首长这是为难我啊。"

"我不是什么首长。"

季东升说："我建议欧阳总裁慈悲为怀。官无论大小，如今都不容易。"

蔡政又出来说话。他强调欧阳总裁专程前来，表明对本地非常重视。钛合金这种大项目，不是想引就能引进来的，别地方的官员争得头破血流呢。

季东升即表态："我也要争，脱了内裤光屁股跟他们争。"

季东升表态严肃，但是举桌俱乐，连欧阳琳也笑，气氛顿时缓和。

这以后欧阳琳不再为难季东升，决定给点面子，听从推荐。本地官员内裤都愿意脱了，首长怎么能不咀嚼？她拿起汤匙喝汤，把海蚌也吃掉了。季东升在一旁询问感觉可好？她点了点头。意外就在那一刻发生：她的两腮忽然潮红，像是年轻女子怀春害羞。季东升看到她脸上腾起两朵红云，不由心里吃惊，忙问怎么了？她眼睛盯住季东升，眼光发直，像是没听见说话。坐在她身边的蔡政大叫："总裁！总裁！"她突然闭上眼睛，身子从椅子上滑落，倒在地上痉挛，口吐白沫，浑身抽搐。

季东升当即推开椅子扑到地上，左手按住欧阳琳抽搐不止的肩膀，右手抓住欧阳琳的一只手掌，使劲掐住虎口穴位，同时大叫："快打120！"

蔡政在一旁连声大吼："救护车！救护车！"

事后才知道是鸡惹的祸。本地名菜西施舌用料为海蚌，制作时以滚烫的高汤冲闷，为了保持其清淡鲜美风味，这里的大厨以鸡汤为高汤。没想到欧阳琳怕的正是这个，她对鸡汤敏感，她患有癫痫。

2

前往北京前夕，季东升抽空回家一趟，探望父亲。

季东升曾对欧阳琳表白，他是乡下人，父亲种了一辈子地，这一自我介绍基本属实，只是略为皮毛。季东升的家世其实还有一些花絮，例如他父亲除了种地，年轻时还曾当过赤脚医生，给乡下人糊过臭脚。父亲那一辈赤脚医生多为乡间略通文墨者，受过短期行医培训，掌握打针挂瓶基本技术，懂得一些基本药理，认得山间若干草药，于乡间帮助村民治疗普通头痛脑热，处理一般跌打损伤。季东升幼年时曾看过父亲为村民糊臭脚，就是用自制青草药给脚伤发炎化脓的伤员换药。当年季东升家里经常弥漫着一股刺鼻气味，该气味为草药与伤口脓肿的混合，闻来极为恶心。

眼下轮到老人自己让人家糊臭脚了。说来季东升的父亲也就七十出头，不算太大，但是显衰老，因为有糖尿病。乡下老人患富贵病，与季东升不无关系。季东升是家中幼子，其上几兄弟都没读多少书，留在家里务农，唯他上了大学，当了地方官，有能力为父亲提供较好的养老条件。数年前季东升从县委书记任上提为副市长，在市区安了家，当时即动员父亲跟自己住。季东升的母亲已经过世，父亲自己度日，十分孤单，因此听从儿子安排，搬到城里跟季东升一家生活，安享天年。老人在儿子家里吃好喝好，除了帮助接送上学的孙女，不需要做任何事情。却不料进城才半年，季东升安排父亲做体检，意外发现父亲患了糖尿病。父亲感叹自己是乡下人的命，享用不了富贵，不顾季东升劝阻，决意搬回乡下生活。去年春节期间，季东升回家看望父亲，发现他两个脚背各烂了一个口子，父亲说是因为蚊虫叮咬，抓破而后发炎的。季东升感觉不妙，回城后马上找医生咨询，情况果然挺严重：糖尿病患者烂脚很难痊愈，发展下去会导致坏血症、截肢。季东升赶紧把父亲送到市医院住院，市医院的外科主任亲自替前乡村赤脚医生糊臭脚，几种特效药轮着用，终于把炎症控制下来。父亲住了半个多月，直到脚背上的伤口长合才出院返乡。

从那以后，父亲的两个脚背总让季东升惦记。这天他回到家里，天已经黑了，老人坐在厅里喝茶，厅里只亮一盏灯，灯光昏暗。季东升拉开抽屉找出手电筒，打亮了察看父亲的双脚。父亲脚背上的两个旧有伤口未见新溃烂，但是颜色发红，摸上去过于光滑，与旁边的粗糙老皮不同，感觉靠不住。

季东升打了一盘温水为父亲洗脚。根据医嘱，父亲的这双老脚必须保持卫生，以减少细菌感染的风险。父亲是乡下人习惯，加上腰腿不好，上年纪后行动不便，端盆水都困难，洗脚敷衍了事。季东升在城里做官，顾不了太多，只能交代在村里的兄弟多管顾，自己每回家必为父亲洗一次脚，聊尽孝道。

洗脚时，季东升问了父亲一件事。

"听你说过张坑村的刘二姑，她是什么病？"

"是羊母形。"

羊母形是土话，那就是癫痫。

"你给她治好了？"

那种羊母形没有治。当年刘二姑病得厉害，家人找到父亲，他给开过药。外边传说他把刘二姑治好了，那不是真的，后来刘二姑还犯过病，只是程度大有减轻。父亲的偏方是邻乡一个郎中给的，那个人神神道道，跟父亲在一次赤脚医生培训时相识。邻乡郎中的偏方比较古怪，要用苦树的老树头，还有金斗粉、蝎子灰等。药名也起得怪，叫作"毒药"，可能是提醒此药有毒，不能乱用。

"现在还能再配一副药吗？"季东升问。

老人说可以配，得上山挖树头。

"我今晚住下，明天陪你上山。"季东升说。

第二天上午，季东升带着父亲上山。父亲还能走，只是行动缓慢，一些难走处要季东升牵着背着。找药配药过程基本顺利，老人没问季东升为什么人配药，只交代药有毒性，用时须小心。

季东升说："我知道。"

几天后季东升带着一包毒药上路，前往北京。

这包药是为欧阳琳准备的，但是季东升并非专程前去送药。他进京的主要公务是前往国家发改委等部门汇报相关项目，带着一个工作小组随行。随行人员为季东升安排到京后的各项日程，拜访欧阳琳不在其中，季东升自行安排，秘而不宣。

从他们初次见面到此时已经过了半年多，半年多来季东升从未与欧阳琳联系过，但是他断定自己还会与之相逢，因为钛合金，还有癫痫。

那一次，欧阳琳在开发区食堂当众突然发病，倒地抽搐，景况相当恐怖，让现场所有人目瞪口呆，也让季东升冒一身冷汗。当时不知道欧阳琳出了什么事，是由于身体的原因，或者竟是被下毒谋害？季东升只担心忽然闹出一条人命，贵宾死在自己身边，那样的话，不说季东升承担不起，市委书记郑仲水都没法交代。事发现场可能只有欧阳琳的合作伙伴，来自新加坡的蔡政知道底细，他清楚欧阳琳不能吃鸡，但是他在现场只是一味吼叫救护车，绝口不提欧阳琳可能犯了什么病。当救护车赶到，救护人员把欧阳琳绑在担架抬上车时，她已经翻起白眼，似乎快要不行了。救护车从开发区食堂飞奔市区，季东升亲自坐在救护车里押送，密切注意病人病情发展，他直接给医院院长打电话，命令立刻召唤急救医生，做好准备，病人一到立刻抢救。警卫处长黄再胜坐在警车上开道，车上喇叭和广播不停喊叫，疏导沿途车辆，确保救护车以最快速度把病人送进了医院。

欧阳琳的发病症状相当典型，一入院即被确诊。这时候季东升才知道她患的是癫痫，祸起于鸡汤。医生为欧阳琳注射了治疗药物，很快她就恢复知觉，在急救室里苏醒。

那时候已经有十数个电话打到季东升的手机上。欧阳琳突发急病的消息迅速传到省城，当即引起惊动，本省一位重要领导的秘书给季东升挂来电话，询问欧阳琳病情，追问其中究竟，命令务必全力抢救，抢救中的任何突发状况都必须在第一时间报告，同时必须严格保密，相关人员不得对外界传播任何情况。这位秘书季东升认识，两人不熟，电话里，该秘书的口气很不好，用词很重，说得斩钉截铁。

市委书记郑仲水远在省城，居然也让欧阳琳弄得吃不消。他给季东升打来一个又一个电话，直到季东升报称病人已经苏醒，他才松了口气。

"怎么会搞成这样？"郑仲水非常不高兴，"焦头烂额！"

季东升说："裤破了。狼狈。"

"说什么？"

季东升重复了一遍。土话"裤破"指的是裤裆突然没了遮拦，下部裸露丢人现眼，其表述方式比较形象而不甚文雅。

郑仲水命令立刻进行调查，在最短时间里查明真相，搞清责任，向上级报告。

季东升问："客人怎么办？"

郑仲水说欧阳琳何去何从，季东升管不着，他也管不着，听省里安排。

几分钟后这个安排即紧急下达：由于本地负责医生与医院院长保证欧阳琳目前没有生命危险，领导决定立刻让欧阳琳出院，送返省城，到省立医院做进一步检查。

季东升把欧阳琳送上了一号中巴，中巴车停在医院门诊大楼门外，主客双方在此分手告别，分手时的气氛相当沉重，几乎所有人都板着脸。这时欧阳琳似乎已经缓过劲来，她自己走出急诊室，蔡政追在后边要扶她，被她甩开手。季东升站在车门边，伸手与她握别，她侧过身子不跟季东升握手。走到车门边，一脚踩上车门踏板，她忽然回过头看了身后的季东升一眼，说了两个字："谢谢。"

季东升非常意外。

他注意到欧阳琳脸色苍白，气力不支，脚步有点飘，抓着车门把的手指头有些发抖。她说的"谢谢"微微带颤。

她在尽力掩饰，努力表现正常。这个人来历不凡，美丽傲人，挟一股强势高调而至，她其实是个癫痫患者，一个病人。

季东升即断定自己还会再与这位欧阳琳相逢，也许时日不久。

按照以往隆重接待的惯例，季东升坐上自己的轿车，把一号中巴送到高速公路口，黄再胜有责任继续护卫，只是不敢过于张扬，不再开道，改为跟随车后。到了高速公路收费口，季东升的车停到一侧，他从车上下来，站在路旁看着一号中巴从身后驶临。通常中巴车应当在路旁稍停，让主人与车上贵宾最后告别。季东升知道这辆车不会停下，他只需要站在路旁招招手致意。果然不出所料，一号中巴经过他身旁时稍稍减速，随即扬长而去。季东升目送中巴车屁股消失在高速公路引路转弯处。

欧阳琳离去之后，相关调查迅速展开。一组人员悄悄走访取证，不动声色但是极其认真细致。所有相关人员都被要求提供情况，同时不许传播，如随意乱说，一经查实将严肃处理。如此郑重其事更多程度是做表面功夫，这个调查很大程度是走过场，做给上边领导看的，因为事情并不复杂，欧阳琳本患癫痫，在误食鸡汤刺激下突然发作，如此而已。没有谁下毒，没有谁存心谋害贵宾，且病人发病后抢救及时，离开时已经基本恢复，这都是事实，调查只是予以确认。但是这些事实不能减轻季东升的责任，季东升身为主人，负责接待贵宾，居然把人家弄进急救室里，眼看呜呼哀哉，这笔账不算便罢，认真算的话季东升肯定麻烦，所谓"裤破"不是一句玩笑。

欧阳琳离开后，季东升悄悄打听她的底细。季东升贵为本市常务副市长，上上下下不会没有熟人朋友，任何时候总能找到合适的消息渠道。通常情况下，类似欧阳琳这样的贵宾光临，季东升会在事前就掌握基本资讯，知道来的是谁，什么背景，做什么的，来这里干什么，自己应当如何应对，需要注意哪些问题。这一次不凑巧，欧阳琳来得突然，事前没有时间了解，季东升只能在人家癫痫发作之后再来打听，虽然已是马后炮，却依然需要，因为事情没完，季东升还需要应对。

季东升给省政府办公厅一位处长打了电话，该处长与季东升关系好，彼此为同乡、老同学，虽然眼下级别比季东升低，却身在要津，消息很多，比地方官管用。季东升拜托老同学打听一下欧阳琳怎么回事，为什么又是警卫又是一号中巴，来得如此隆重？老同学问季东升打听这个女的干吗？难道想换老婆？季东升报称家中红旗不倒，老婆暂时不换。对方大笑。

"你这个人我知道。"对方说。

几天后老同学给季东升打来电话，挂的是座机，因为相关事项不宜在手机里讲。这位处长果然有办法，迅速了解了一些季东升需要掌握的情况。

欧阳琳确非寻常，出自一个著名世家，其祖父是老红军，开国名将，其父亲青出于蓝，曾主政数省，再跻身国家领导人之列，退下后依然活跃于高层，直到数年前因病去世。这家人的第三代里，欧阳琳的大哥现为海军少将，姐姐是国家一个大部委的新闻发言人，欧阳琳是这家人的小女儿，从小聪明灵秀，最得家人宠爱，是爷爷和父亲的掌上明珠。她就读于北京大学，学的是国际经济，毕业后进了一家大型国企，曾派驻美国担任公司代表数年，后来回国，出任北京一家投资公司总裁，该公司为股份公司，欧阳琳原先所在的国企是其中一个股东，控股方则是一家总部设在美国，名列世界五百强的著名跨国公司。

季东升感到意外，老同学提到的欧阳琳之父与祖父都大名鼎鼎，广为人知，但是他们并不姓欧阳，为什么第三代人改了姓氏？老同学解释，其实他们祖上就是欧阳，欧阳琳的祖父当红军参加革命，担心家人受累，因此改了姓。到了欧阳琳这一代人才归宗恢复原姓，这是跨代遗传。

"听你一说，这个欧阳琳很复杂。"季东升道。

的确比较复杂。她的投资公司有国企股份，控股方却是外企，因此她应当算是外企聘用人员，置身所谓体制外，与她的少将大哥发言人姐姐有所不同。

"为什么她从国企里跳出来？难道是跟哪个老外好上了？"季东升了解。

"你老兄果然独具慧眼。"对方笑。

原来欧阳琳有些不得已，与其婚姻有关。欧阳琳已婚，其夫为北大经济系同学，原也在一家大型国企里任职。得益于自身专业及欧阳琳的家世背景，其夫上升很快，年纪轻轻就当上总公司旗下一家子公司的老总。三年前这位老总因腐败案落马，贪污受贿数额达五千万之巨，被判了死缓，现在关在狱中服刑。欧阳琳未曾涉案，因为早前一年两人分了手，协议离婚，对外的说法是感情不和。外界风传主要原因是其夫拈花惹草。欧阳琳派驻美国期间，其夫肆无忌惮，与多位女子有染，包养多位情妇，生有几个私生子。此人品味很杂，其情妇中有高档会所猎取的尤物，也有洗头店里认识的小姐，也就是野鸡。情妇多了不好照料，谁都争房争车争钱争宠，让欧阳琳的丈夫很破费，贪污腐败在所难免。许多人认为这个人最终落马，与欧阳琳父亲的去世，以及欧阳琳与他离婚不无关系，如果没有这两条，有关部门查处时还可能投鼠忌器。由于离婚，加上前夫案子如此之大，欧阳琳虽未受牵连，毕竟也被质疑，这可能是她改换门庭去了投资公司的一大缘由。类似事项谁碰上了都很郁闷，可以想见，婚变以及前夫的出事肯定对欧阳琳打击很大。

"她和前夫有孩子吗？"季东升问。

"好像没有。"

季东升点头："她有病，不能要。"

"什么病？"

"你没听说？"

老同学听到的是另一个说法。据他得到的消息，几天前欧阳琳到本省考察，是省里一位重要领导特意请来的，这位领导跟欧阳家渊源极深，外界传闻很多，有说该领导曾当过欧阳琳父亲的秘书，由其父一手栽培，也有说他是欧阳琳大哥的同学。准确情况是什么，外人很难尽知，可知的就是关系极不一般。欧阳琳此次前来，该领导亲自交代相关部门作好安排。欧阳琳考察期间患了重感冒，该领导亲自过问其治疗。

"什么重感冒？谁说的？"季东升吃惊。

老同学听说的就是重感冒，欧阳琳因患重感冒不得不中断考察行程，准备日后再来，省领导特交代相关部门注意衔接。欧阳琳的接待安排由业务主管部门经贸委负责，需要的车辆、陪同人员和与地方的联络都由经贸委安排。

"不对。经贸委并没有出面，他们不可能调用警卫和一号中巴。"季东升说。

老同学听到的说法是，一号中巴这些日子在维修厂里，并没有外出跑接待。

季东升啊了一声："是这样。这车也重感冒了。"

"你真的看到它？"

"现在不说真假。"

这是怎么回事？脑子不够的人可能纳闷，于季东升不是问题。显然欧阳琳不愿别人知道自己的病况，所以癫痫成了重感冒。欧阳琳虽然身份十分特殊，却不在规定的公务接待和警卫范围里，通常情况下，跟她一样，甚至比她显赫的高层后人光临，地方上当然热烈欢迎，但是也不至于太出格，欧阳琳有些例外，其原因不难分析：本省那位重要领导与其欧阳家渊源特殊，对她的到来特别关心，格外重视，下边办事部门人员投领导之所好，悄悄提升规格，破格以接。这种事当然只做不说为妥。由于身体发生状况，欧阳琳此次考察出了点意外，只做不说的事情有可能引起外界注意，需要预做安排，于是欧阳琳的发病以患重感冒表述，接待安排部门则说成经贸委，隐去一号中巴和警卫，以减少可能的负面影响。

除了省政府办公厅的这位处长同学，季东升还找了另几位朋友了解，他需要多几个消息来源，以便比较甄别，去伪存真。这几位朋友都很可靠，也有渠道，却没能提供更多情况。以此可见欧阳琳比较特别，同时相当神秘，有如她的重感冒。

欧阳琳的突然来去给季东升留下比查实身份更棘手的另一个问题，就是她的钛合金项目和三千亩土地。季东升直接向郑仲水汇报了情况，郑仲水问季东升对该项目感觉如何？季东升直截了当说，他感觉蔡政不是骗子就是掮客，挟欧阳琳前来的目的只在抢先一步圈地。郑仲水不语，季东升请示此事怎么办为妥？郑仲水反问季东升意下如何？作为分管领导，季东升确实应当提出自己的意见。他的建议就是地先留着，谁都不给，事情等一等。牵涉到欧阳琳，跟省领导得有个交代，不能急。郑仲水点了头。

这一等就是半年，半年里海湾三千亩地一再被人问候，欧阳琳却无声无息，像是从人间消失了。季东升很沉得住气，始终按兵不动，直到这一次前往北京。

季东升和所率工作小组人员下榻本市驻京办。到京当晚，季东升就在房间里给欧阳琳挂了一个电话，挂的是手机，号码出处为欧阳琳的名片。这个电话没挂通，语音提示为："您所呼叫的用户不在服务区。"季东升把名片上的另几个电话一一试过，其中有一个电话挂通了，听筒里传来一段录音，让季东升留言。季东升挂了电话。

而后几天，季东升一边带着他的人出入国家部委跑项目，一边孜孜不倦地打电话，试图联络欧阳琳。季东升带有秘书，晋京工作小组里的下属部门官员均办事干练，驻京办里还有一帮子人，个个号称京城通，季东升倚仗他们安排在京一应事务，只有欧阳琳这件事除外，电话他自己打，私自联络，丝毫不让旁人了解。无奈欧阳琳不好找，几天下来基本没有进展，她的手机始终不在服务区，季东升几经考虑后给她的录音电话留了言，不料还是石沉大海，未接到任何回应。

　　季东升决定再辟蹊径，找另一位年轻女子。半年前该女随欧阳琳前往本市，是欧阳总裁所在投资公司的一位女助理。季东升按照女助理留下的名片打了电话，这个电话挂通了，该年轻女子还在欧阳总裁手下供职，也还记得半年前的那位季副市长，但是嘴巴紧闭，无法为季东升提供任何帮助。

　　"我不能直接联络欧阳总裁。"她说。

　　季东升请她找一个能够直接联络的，告诉欧阳总裁，季副市长到北京，希望一见。

　　"欧阳总裁现在不在北京。"她说。

　　"在哪里？"

　　她说可能出国了。

　　"不管在哪里，请设法通报一声，把我的联系方式给她。"季东升说。

　　这个姑娘再没回音。或者是欧阳琳确实联系不上，或者是人家根本没把季东升当回事。京城地方太大了，季东升这种地方官员在这里算个什么？别说女助理，一个管门的都不会把季东升太当回事。当然也可能另有情况，季东升注意到电话里女助理的语音有一丝茫然，也许她确实对老板的动向不甚了解。季东升没再打电话追这位女助理，因为肯定没用，有用的话她早该回应了。

　　在京工作日程相当紧，从周一到周五马不停蹄跑了五天，双休日之前，季东升的进京事项基本办完，除了与欧阳琳未曾相逢。工作小组准备撤离了，季东升决定走最后一条路，他给蔡政打了电话。

　　这个电话一挂就通。蔡政在北京。

　　"季副市长？稀客啊。好久不见，一起来吃饭吧。"他在电话里相邀。

　　季东升说："不麻烦。蔡先生能帮助联络欧阳总裁吗？"

　　"季副市长找她什么事？"

　　"看望一下，谈一谈。"

　　蔡政说："项目的事跟我谈就可以了。"

　　季东升说："不谈项目。"

　　蔡政即有反应，说欧阳琳现在不见客，她在休假。季东升还是请蔡政帮助传个话，说想见见她。蔡政拒绝，说这个不好办。

杨少衡中短篇小说选

季东升说:"那就不麻烦了。"

季东升放了电话。仅仅两分钟,蔡政把电话挂了过来,询问季东升住在哪里,他要登门拜访,聊一聊。季东升把驻京办的地址告诉了他。

一小时后蔡政到了,只身一人,穿一件羊皮大衣,手里抓着个公文包。他身上有酒气,说是在一个朋友的宴席上接到季东升电话,特意赶到这里的。

季东升问:"蔡先生又在忙着脱谁的内裤?"

他回答:"准备脱了身上这条送给季副市长。"

"行啊,我带回去收藏。"

开罢玩笑讲正题。季东升问蔡政的钛合金选好地点没有?过了大半年,应当有眉目了?蔡政说他们手中有几个大项目在运作,特别忙,所以还没抽上时间再次前往季东升那里。钛合金项目很被看好,有几个省在争,要求赶紧签约,但是欧阳琳一直记着季东升的三千亩地,等着地方上明确态度。这大半年里他随时注意掌控情况,知道那三千亩地已被暂时搁置,不时有人试图染指,地方上都以已经有项目为由回绝。他理解这是为欧阳琳留着。季东升到北京来,要见欧阳琳,肯定是有了明确态度。因此他作为欧阳琳的代表来跟季东升接洽,谈一谈条件。

季东升问:"当初蔡先生提到的条件有变化吗?"

他说:"基本条件还是那些,有些细节补充。"

蔡政把他的公文包推到季东升面前。公文包大而柔软,质地很好,显然出自某个品牌专卖店。打开来,里边是满满一包钞票,蔡先生所谓的"细节补充"就是这个。

季东升认真道:"这条内裤太贵重了吧?"

"一点见面礼。都是美元。地方官不容易。"他说。

季东升问:"欧阳总裁在哪里?"

"这是她的意思。"

"我要见她。"

"不可能。"

季东升把公文包的拉链拉上,整个包推回到蔡政面前。

"请蔡先生带回去,这个我不便收藏。"

"还可以开个价。"

"项目我只跟欧阳总裁谈，我要见她。"

"已经告诉你不可能。"

"那么免谈。"

季东升起身送客。蔡政站起，季东升抓起桌上的公文包塞在他手里。

蔡政悻悻而去。本次行贿未果，未能掌握住把柄。季东升断定姓蔡的小子身上应当藏有微型录音机，甚至摄像机，很遗憾该先生未能如愿。

这个人的底细季东升已经派人查过。按照名片，他是新加坡某公司的老板，名片上的那家新加坡公司确实存在，注册成立时间不满一年，主营贸易，公司相关记载中查不到任何航空母舰宇宙飞船的影子。季东升断定这个人是京城骗子，可能已移民新加坡，但是其业务仍以驻留京城行骗地方同胞为主。京城骗子远比其他骗子占优，因为他们最可能拥有当今最重要的行骗资源，那就是京城贵人或贵胄，例如欧阳琳。这类贵人在京城无处不在，比较不稀罕，但是在地方上特别是在偏僻地方，例如季东升的下水村海湾边，说个名字就能吓住不少人，那才是蔡政的主打方向。季东升虽然自嘲鼠辈，却还聪明，最不想跟蔡政这种人周旋，所以到了北京，直到四处碰壁无路可走，才给蔡政打了电话，这条路看来也没走通。

星期六上午，季东升率项目工作小组撤离北京。办事处派一部面包车送他们去机场。车开上机场高速的时候，蔡政打来了一个电话。

"季副市长在哪里？"他问。

季东升告诉他，自己快到机场了。

"先别走，回来。"蔡政说，"在你们办事处等我。"

"什么事？"

"是你要的。"

蔡政点到为止，挂了电话。

情况突变。季东升在车上思忖片刻，决定改变行程。他告诉随行办事人员，临时有件重要事情必须处理，需要分头行动。他和秘书小吴改签机票，暂时不走，其他人按原计划返回。于是面包车先到机场，把要走的人放下，再送季东升和小吴回到办事处。季东升进了他的房间，十几分钟后蔡政电话来了："你下楼吧。"

"要车吗？"季东升问。

"有车。不要带其他人。"

季东升下楼到了门口，门外停着一辆奔驰车，蔡政按下车窗，在驾驶位上向他招手。季东升走过去拉开车门，坐在后排。

"欧阳总裁在哪里？"季东升问。

"不必问。到地儿就知道。"他回答。

季东升不问了。蔡政开车，一路无话。半小时车程里，蔡政接了两个电话，来自同一个人，谈的都是车牌。打电话者让蔡把奔驰车的车牌报给他，然后回复，说车牌已经报给警卫，蔡可以把车直接开进门，警卫不会阻拦。季东升是根据蔡的应答推测电话内容，蔡本人保持缄默，不做任何说明解释，一声不吭，着意搞得神神秘秘，似乎是在准备把季东升送进中南海里。

而后到地方了。季东升啊了一声。

是一所大医院，301，季东升记得这个地方。两年前，一位本市籍老将军在这里去世，季东升作为家乡代表，到这里参加了他的遗体告别仪式。

"欧阳总裁在医院？她怎么了？"季东升问。

蔡政没有回答。

几分钟后他们进了病房。病房条件很好，是套房，外间为会客室，病床在里间。病床上躺着一个人，头上包着纱布，身上插着管子，右手掌伸出被子，一个年轻护士正在病人手腕上扎针，旁边有一只药瓶挂在输液架上。

病人正是欧阳琳，看上去面部微微浮肿，脸形有些变，但是不会错，是她，特别是那个眼神，直勾勾盯着季东升，锐利而执着，有如半年前在海湾边初次见面时。季东升不由得眯了一下眼睛。

"她还不能开口。"蔡政说，"别跟她说话。"

季东升问："她到底怎么啦？"

蔡政说："没什么，动了一个小手术。"

季东升不禁开骂："狗屁，这还小手术？"

护士即制止："请安静，病人不能受惊。"

季东升不说话了，他站在病床边看着，忽然伸出手去摸了摸欧阳琳的额头。手感有些凉，她没有发烧，与重感冒无涉。季东升收回手掌时看到欧阳琳的眼光闪了一下，而后她把眼睛闭起来，神态疲惫而无助。

整个探视过程就是这样，简单迅速。走出里间病房，蔡政在会客室里交代，这里的情况不要问，看到什么在外边都不要说。

"季副市长当地方官，规矩是懂的。"他说。

季东升还是那句话："她到底怎么回事？"

"不必问。"

季东升不再问了，他从公文包里取出父亲给配的那一包药放在茶几上。蔡政追问这是什么？季东升说是治重感冒的特效药。蔡政看着季东升，满腹狐疑。

"不可能吧？"

显然他知道重感冒指什么。

季东升告诉他，这包药以"毒药"为名，出自乡下郎中的奇门偏方，里边附有药方。据他了解，药效因人而异，有的人可能有用，有的没有。

"季副市长不必费心，她不可能用这种药。"蔡政说。

季东升说既然带来就留下。无论用不用，有没有效果，聊表心意，做个纪念吧。

3

第三次见面在四个月后。

那一天季东升在郑仲水办公室，与书记一起听汇报，黄再胜突然从九天温泉山庄给季东升打来电话。手机铃响，季东升一看屏幕显示是黄再胜，感觉诧异，即起身走出书记办公室听电话。

黄再胜说："欧阳总裁来了。"

"你说谁？"

"欧阳总裁。上次来的那一位。"

"不会吧？"

"是她。她提到您了。"

季东升暗自吃惊，但是消息肯定不会错，因为黄再胜在现场，已经与欧阳琳本人直接接触过。黄再胜在电话里报告说，欧阳琳及数位随员于昨晚到达本市，下榻于九天温泉山庄。这一次他们来得悄无声息，不用一号中巴，不做事前通知，没有引起惊动，但是外松内紧，省里派了秦主任随行，不动声色安排保护。昨晚到达山庄后，秦立刻通知黄再胜带人前去，配合安排本地安全事宜，同时交代这一次任务对外只称是部门同志到温泉休假，对市里暂不报告，因为欧阳总裁此行主要就是洗温泉，不安排其他事项。省领导对欧阳琳的身体很关切，特意请她从北京到这里洗温泉，本市的九天温泉因含有许多微量元素，被认为于身体特别有益，所以安排到九天。

"谁让你给我打电话？"季东升追问。

季东升心里有数：省厅秦主任要求黄再胜暂不报告欧阳琳到来的消息，黄再胜不会擅自违背，他之所以打这个电话，一定别有原因。

黄再胜做了解释，果然如季东升所料，是欧阳琳发了话。今天上午九点，欧阳琳到餐厅用早点，一见面她就记起黄再胜，提及上一次海湾之行，然后问到季东升，提出要跟季副市长见一面。秦主任的神神道道管不到欧阳琳，她着意自我暴露，秦主任不能反对，黄再胜赶紧打了电话。

季东升说："你转告欧阳总裁，非常欢迎她来到本市。我上午有会议走不开，下午一定赶过去，晚上请她吃饭。"

"明白。"

季东升又问了一句："蔡先生也来了吗？"

"没有。"

季东升收了电话自语："看来不脱裤子，屁股问题不大。"

季东升回到书记办公室。当天郑仲水约他一起听本市旅游节筹备工作汇报，市政府班子里，旅游并不由季东升分管，但是旅游节的日程里有一个大型招商会，这件事归季东升管，郑仲水书记对这个项目很重视。

那天的汇报进行了整整一上午，会议结束后季东升留了一步，把欧阳琳到来的消息向郑仲水单独做了汇报。

"不是说她身体不好吗？"郑仲水有些惊讶。

季东升说："我也吃惊呢。我亲眼见的，像是时日无多。没想她又缓过劲来了。"

"她到这里单纯洗温泉，还是为了海湾那三千亩地？"郑仲水问。

季东升怀疑："如果来谈项目，姓蔡的怎么没到？"

"如果不谈项目，她找你做什么？"

季东升表情认真："我的身体不错。"

不由郑仲水笑，即批准季东升下午赶去见欧阳琳。由于省长将到本市视察，郑仲水需要陪同领导，不能马上去看望欧阳琳，因此委托季东升代表市委、市政府以及他本人对欧阳琳表示亲切慰问。郑仲水准备另外排个时间请欧阳琳一行吃饭。

"这一点你把握。"郑仲水特别交代，"什么时候合适，你告诉我。"

季东升明白郑仲水的意思。欧阳琳来了，郑仲水作为本市第一把手，一定得见一见。但是如果欧阳琳在会面中提出要求，例如三千亩不够，需要增加到六千亩，郑仲水怎么回答呢？这就需要一个缓冲，让季东升先出面见欧阳琳，摸一下底，尽可能了解对方意图，有助于郑仲水应对。

当天下午季东升匆匆上路。

这时已是春末，四个多月前在医院病房匆匆一逢，之后季东升与欧阳琳再没有任何联系。季东升从北京返回后没给欧阳琳打过电话，因为心知徒劳，欧阳琳不会接。以当时所见，季东升觉得欧阳琳似已病入膏肓，"动了一个小手术"之后，可能再也无法从那张病床上起身，真像是时日无多了，当时季东升确实由衷地感觉遗憾。他没想到欧阳琳居然挺过来了，而且再次隆重光临。

九天温泉山庄在本市属下一个山区县，离市区近百公里，两个小时车程。季东升到达时是下午五点，黄再胜在山庄酒店大堂等候。他告诉季东升，欧阳琳等人去洗温泉了，秦主任亲自带人到现场坐镇护卫，留黄再胜等候季东升。

"欧阳总裁身体怎么样？"季东升问。

黄再胜感觉，她看上去非常健康。

"给我查山庄的菜谱，不要放过一滴鸡汤。"季东升下令。

黄再胜已经再三检查过了。按照黄再胜的要求，欧阳琳一行留住期间，山庄餐厅禁鸡，不进不宰不做，以杜绝意外。如果有其他旅客提出吃鸡，可用肉鸽或鸭子等代替，对外口径是附近鸡场发现鸡瘟，因此暂禁。由于内紧外松，不好调派相关管理部门人员前来监管，黄再胜和他带来的几人把一应安全任务都兼管起来，他们不敢马虎。上次吓出一身冷汗，这次绝对不能有任何闪失。

季东升相信黄再胜肯定会特别小心，但是感觉手里依旧捏一把汗。癫痫病发作诱因很多，欧阳琳除了鸡是否还怕些什么实不得而知，而且没有谁敢去打听询问。上一回在开发区食堂，她发病之突然，程度之猛烈，持续时间之长，都超乎季东升所知，显得格外严重，比普通癫痫患者厉害得多。她的医疗保障肯定很好，总会有最好的医生给她看病，用的会是最好的药，却没能彻底解决她的疾患，可见病患之深，无法排除再次突然发病的可能，季东升免不了特别担心。他带着黄再胜去了餐厅伙房，跟山庄经理再三交代，虽然只是重复动作，还得认真照做。

他俩早早进了餐厅包间恭候欧阳琳到来。上次在开发区食堂吃饭，条件比较简陋，这一次定了山庄酒店最好的包间，一式的红木家具，环境布置一流，气派多了。与上次相同的是摆了名牌，欧阳琳的名字依然没有出现在桌上，其身份以"首长"标示。

在包间里等了近一个小时，客人终于驾到。季东升与欧阳琳在包间门边握手相逢，这是他们第三次见面。也许因为刚刚出浴，欧阳琳脸色红润，容光焕发，与此前"动了一个小手术"，躺在病床上说不出话的情形天壤有别。不由得季东升眯了一下眼睛。

"欢迎。"他说，"看到欧阳总裁特别高兴。"

欧阳琳问："你这个动作什么意思？"

她指的是季东升为何眯眼睛。季东升解释，是因为欧阳总裁太美丽，亮光耀眼有如太阳直射，眼珠子受不了，所以要眯一下。

"季副市长是在嘲笑我吗？"

季东升称自己发言认真负责，并非开玩笑。自从接到电话，知道欧阳总裁来了，他心里禁不住想念，不知道欧阳总裁眼下怎么样了，是不是长得更加美丽？这一见果然不错，真是喜出望外。

欧阳琳笑："季副市长嘴上想念，脚下拖拉，把我搁在这里久等。"

季东升说："上午有个会议走不开。地方官身上破事多，不好意思。"

"什么破事？比公猪的劳动强度大？"

季东升严肃道："负责任地说，虽然劳动强度很大，丈母娘还是没有增加。"

那天欧阳琳情绪很好，兴致很高，一见面就跟季东升斗嘴，上了桌居然要斗酒。季东升记得她上回滴酒不沾，她说是因为心情不同。季东升即吩咐上茅台，必须是最好的，真货，交由欧阳琳检验通过后饮用，但是讲好总量控制，一瓶为限。因为茅台很贵，加上他本人吝啬小气，这么贵的酒让贵宾喝在嘴里，他痛在心里。

"你还真是……"欧阳琳笑。

茅台酒上来后，欧阳琳先尝了一口，断定此酒是真的，仅从验酒的神态看，毫无疑问她对茅台一类高档名牌酒非常熟悉，确为此中人物。她不仅能验酒，还能喝，一上场与季东升连干三杯，季东升感觉有些上头了，她居然脸不变色，就跟喝矿泉水似的。然后她向一旁的秦主任要了支香烟，点着抽。

季东升说："五毒俱全，刮目相看啊。"

"你有几毒？"

季东升承认基本俱全，地方官嘛。他曾经抽过烟，不过现在戒了。另外暂未发现涉嫖，记录比较干净。

那顿饭吃了一个来小时，所幸始终正常，没再上演惊悚一幕，令季东升私下窃喜。散席时大约晚八点，欧阳琳还有兴致，想散步，请季副市长陪同，其他人一概回避，不要管她，发生任何问题唯季副市长是问。

季东升下令："按首长指示办。"

欧阳琳说："免了，我不是什么首长。"

他们离开酒店大楼，沿着温泉甬道散步。这条甬道及其旁岔支路边分布着大大小小的露天浴池，晚间尤其热闹，一伙一伙浴客四处走动，有的披着浴巾，有的光溜溜只穿一条三角裤，男男女女结伴，嘻嘻哈哈，在不甚明亮的路灯下穿行。相比之下，欧阳琳的西装套裙和季东升身上的夹克显得过于正式，与浴池环境十分不搭。

欧阳琳问："衣冠楚楚在这里散步是不是有些怪异？"

季东升赞同："咱们应当光着屁股才对。"

欧阳琳笑。前方有人过来，欧阳琳往季东升身边靠，很自然地把手插

杨少衡中短篇小说选

到季的手弯里，挽着他的手臂。季东升两手本来随意插在裤兜里，让欧阳琳一挽，手臂顿时发僵。

"紧张了？"她笑道。

季东升答称不太习惯，受宠若惊。

"为什么？"

因为欧阳琳是龙种，不比此间诸多鼠辈。

"季副市长也可以变成龙种。"

季东升认真道："我也想啊。可惜谁也不能再生一回。"

"把婚离了，到北京找我吧。"她调侃。

"这个办法不好。"

"为什么？"

因为孩子。可以舍得老婆，舍不得女儿。

欧阳琳大笑。

他们一路前行，季东升与欧阳琳闲聊，一边眼睛东张西望。欧阳琳问他看什么？他说不会遇到熟人吧？欧阳琳问他是不是害怕了？季东升称自己事小，首长事大。这里可能有人认识季副市长，但是肯定没有谁认识欧阳总裁，总体看欧阳琳不必害怕。

欧阳琳答道："我怕个屁。"

"欧阳总裁居然也会动粗。"季东升说。

欧阳琳说她同样也掌握国骂，所以别惹她不高兴。今天与季东升再逢于温泉，她有一个问题要让季东升回答：季东升到底要什么？

"我要什么？"季东升表示惊讶，"我要过吗？"

欧阳琳让季东升尽管直说，不必躲藏。季东升肯定要些什么，否则不会千方百计找她，直到随身携一包"毒药"进了301医院。显然他对欧阳琳有所求。

季东升说："欧阳总裁在病床上不吭不声，植物人一般，其实都看在眼里。"

"说吧，你要什么？"

"这个不能说。"

"为什么？"

季东升认真道，有些话可以在北京说，因为京城离这里够远了，旁人听不到。在这里不行，要是传出什么风声，他老婆准定听到。

欧阳琳笑道："你以为你是谁啊！"

季东升解释，其实也没什么事。上回海湾相见，欧阳琳身体欠安，他很过意不去，之后一直考虑要去北京找她，表示亲切慰问。为什么拖了近半年才去找？因为京城太远，欧阳琳太耀眼，让他犹豫不决。后来终于下定决心前往探访，自当准备一点见面礼，他觉得常规礼品补品都不行，金银财宝冬虫夏草之类，欧阳琳肯定不缺，收多少都不会记在心里。因此他送了一包"毒药"，该药名确实吓人，由他父亲根据乡间偏方配制，他父亲当过赤脚医生，用这种药治过病人。季东升确信"毒药"一定白送，欧阳琳不会服用，但是足以表达心意，且不花钱。

"你留的偏方医生看不懂，它是怎么回事？"欧阳琳问。

偏方用的是土话名词，所以会难倒北京的大医生、大教授。药有一定毒性，立足以毒攻毒，主要成分是本地山间一种老树头，因为带苦味，土名称之为苦树头。加配的两味药比较特殊，蝎子粉好说，就是蝎子焙干后碾成粉末，另一味金斗灰需要做点解释。所谓金斗是一种陶土烧制的瓮子，酸菜坛子一般，不用于装酸菜而用于装死人骨头。早年间本地民俗，人死后下葬，若干年后需迁葬，要拾掇起坟里的死人骨头，装入金斗，再把金斗埋入新的墓地。由于殡葬改革，这种葬俗现已废弃，但是荒山深沟之地，或因山体滑坡，或因开荒修路，不时发现野坟，有年代久远的金斗出土，瓮体大都破损，里边的死人骨头多已腐朽。所谓金斗灰是把捡来的金斗碎片敲碎研磨成粉状入药，利用的是古器具的碎陶片，不是装在里边的朽骨。

欧阳琳吃惊："恶心！"

"关键是管不管用。"

那一包药后被医生拿去化验，结论是有一定毒性，但不会吃死人，药效不明，建议不用。欧阳琳听从医嘱，没有吃，但是还留着药。

"现在知道底细了，回去就把它扔掉。"她说。

季东升感慨："人真是不能说实话，我该编个好听的故事骗你。"

"我不需要故事，不管好不好听。"欧阳琳问，"除了这包药，你是不是还给我准备了另外一样东西？"

"欧阳总裁要什么？"

"海湾三千亩地。"

季东升站住脚，扭头四望："蔡先生呢？他也在这里吗？"

欧阳琳告诉他，按照她的要求，蔡政将于明天从新加坡飞来此地。她之所以让黄再胜给季东升打电话，除了想跟季副市长散步闲聊，更为了续谈上次说好的三千亩地。这件事她已经与省里领导提了，他们会向市里发话。蔡政会代表她进行洽谈。

"妈的，这家伙又来插一腿。"季东升开骂。

"你跟他怎么啦？"

"我吃他醋。"

"不开玩笑。"

季东升问："这三千亩地是给他要的吧？"

"怎么说？"

季东升认为欧阳琳不需要钛合金，不需要三千亩地，因为她什么都不缺，如果她以往需要，那么现在尤其不需要，既不需要这块地，也不需要那么多的钱。

"为什么？"

"你有病。"

欧阳琳脚一顿站住，使劲把插在季东升臂弯里的手掌往外抽。她生气了。季东升不动声色把手臂夹紧，没让她把手掌抽出去。

"该死。"她骂了一句，"哪壶不开提哪壶。"

季东升问："我哪里说错了？"

她没回答。季东升夹着她的手掌，拖着她往前走。她的手劲渐渐软下来，脚步跟上，反应不再显得那么激烈。

季东升说："我看姓蔡的不地道。他吃软饭，还在伤害你。"

"你知道什么。"她说。

欧阳琳承认钛合金项目确实由蔡政主导，她更多的是友情支持，如果没有她，蔡政无望成事。欧阳琳目前对这个项目确实并没有太多感觉，但是没准日后忽然会有兴趣，看身体情况吧。蔡政跟欧阳琳一家的关系很深，蔡的父亲当年是她父亲的警卫，对她父亲忠心耿耿。蔡政从小在她家进进出出，读书就业下海经商以及移民出国，做什么都靠她家关系。但人家有一好，她被关在牢里的那段时间，身边的人作鸟兽散，只有蔡政肝胆，专程从新加坡回来探了几次监。

"欧阳总裁现编故事吗？"季东升惊讶。

居然不是编故事。季东升听说欧阳琳前夫的案子没有牵连她，其实并非实情，那个案子很大，连累了不少人，她也没有摆脱。当时她被从美国叫回来审查，然后收监，外界说她父亲死了，这么大的案子再没人罩得住，她和她前夫都得吃枪子。末了她的前夫判了死缓，她无罪释放。虽然没事了，但案子还是让家人蒙羞，让她心头罩上永远无法消散的阴影。她不愿回到原单位，只能选择离开。她被这件事彻底摧残，原有痼疾越发猛烈，时常让她痛不欲生。那种痛苦感受，非亲身经历者无法想象。

季东升一声不吭。他能感觉她的手掌在臂弯里颤抖，不仅有痛切、悲伤，显然还极为愤怒，但是她的语调依然平静。她说别看她还能在这里洗温泉，其实已经饱受世态炎凉，这里边蔡政是个例外。她不是个特别想不开的人，但是免不了会有一些时候感觉特别不好，觉得不公平。当年身边那些人，或者身世相当或者远不如她，如今一个个非贵即富，最笨的至少也心满意足，身体健康，为什么偏她经受这种遭际，而且天生有病？想来这个世界太亏欠她了。

季东升脱口骂："真他妈的！"

"你骂什么？"

季东升骂不公平。本以为欧阳琳这种人高高在上，无忧无虑，看来不尽然。所谓大有大的难处，各有各的烦恼。龙种尚且抱怨不平，那么鼠辈呢？蟑螂跳蚤辈呢？

欧阳琳盯着季东升看："你是在骂我吗？"

"感觉你不太应该。"

她不吭声，好一会儿才说："有时候确实无法摆脱。"

她知道自己已经算得上得天独厚，本来她几乎拥有整个世界了，可她现在怎么啦？想到近年的遭际她常会怒从心起，不知道自己为什么还要活着？也许她早就应该离开，到另一个世界去投奔她的父亲和爷爷？回想当年才感觉多么美好。

季东升突然问："你在 301 动的是什么手术？"

她诧异："为什么问？"

"只是关心。"

"不需要。还是我来关心你。"

她话题一转，再次攻击季东升。她说海湾那次见面时间很短，她对季东升没有留下好印象，只感觉这个地方官表面上一脸认真，骨子里却很滑头。如果不是季东升跑去北京晃荡，找到医院送一包"毒药"，她不会再记起季东升，那也就没有本次温泉之旅，三千亩地爱谁给谁，她不必选择这里，因此季东升是咎由自取。这一次她有备而来，行前特意了解情况，才听说季东升原名"冬生"，也就是生于冬天，上大学后改名为"东升"，旭日东升，她想当面问一下季东升是否确有其事，其中原因为何？

"情况属实。原因可以理解。"季东升说。

欧阳琳称自己把季东升看得很清楚。季东升出自乡间，起自底层，没有背景，无爹可拼，年纪还轻，能够干到副市长，在时下很不容易，不是特别聪明能干，或者走了狗屎运，他肯定没有今天。虽然如他自己表述，在乡亲们眼中他已经大到天上去了，但是显然他自己嫌小，还想再往上升。他干到这个份上，上层也会有些人，不过分量可能不够，力度估计有限，因此本能地渴望得到某种顶级支持。他发觉欧阳琳有来头，与省领导关系特殊，一定打听过究竟。他到北京找欧阳琳是有目的的，意在拉关系，争取让欧阳琳在关键时候替他说话。

"我没看错吧？"欧阳琳问。

"首长讲话总是这么直率吗？"

"当时我是不是让你很失望？"

季东升不否认，在医院见过欧阳琳，发觉她状态极差，神情疲惫，似乎已经来日无多，感觉确实非常沉重，以后也就没心思再去打扰。这一次在九天温泉意外重逢，看到她完全恢复，且变得更加美丽，确实喜出望外。

欧阳琳评价："是真话。你感觉有机会了。"

"我并没有向欧阳总裁提出任何个人要求。"

"你现在可以说。"

季东升表情严肃："我老婆不会知道吧？"

"不开玩笑！"欧阳琳不耐烦。

季东升依旧严肃："不开玩笑，但是需要考虑。"

欧阳琳知道季东升在考虑什么。有的人想要一顿丰盛的午餐，但是又舍不得掏钱，指望徒手望空抓出一张免费餐券。这种人是不是有些可悲？

"欧阳总裁这张餐券比喻什么？海湾三千亩地？"季东升问。

"对我来说三千亩地算什么？你也一样。"

"欧阳总裁并不需要听从蔡政。"

"你不需要管，旭日东升对你最重要。"

这时有一群半裸浴客从对面结伴走来，男男女女，嘻嘻哈哈。季东升与欧阳琳让道，欧阳琳把手掌从季东升臂弯里抽出来，两人站在路旁，看着浴客通过。

欧阳琳问："我是不是把你看清楚了？"

"看得一丝不挂。"季东升说，"好歹该给我留条裤衩嘛。"

"你感觉不服？"

季东升告诉欧阳琳，他这个人是所谓"出身不好"，祖上世代贫下中农。当年送他上学时，父亲最大的期待就是有朝一日他能子继父业，当个乡村郎中，如父亲一般研制"毒药"给乡人治病，赖以养家糊口。不料他走上另一条路，到了今天这个位子，乡人都说他家祖坟有名堂。也许他与欧阳琳在海湾相逢，跟季家祖坟也有些牵扯？

欧阳琳说："给我我要的。我给你你要的。咱们皆大欢喜。"

"我会安排谈判小组接洽。欧阳总裁。"季东升回答。

两人握别。

季东升连夜返回市区。半路上郑仲水来了电话，询问季东升与欧阳琳见面的情况，谈得怎么样？季东升报称谈得挺好，首长很亲切，鼠辈很激动。郑仲水没听明白，问季东升说什么？季东升没再重复自嘲，只问郑书记有何指示？

"钛合金这个项目不错，尽量争取吧。"郑仲水说。

"明白。"

"你们谈出眉目，我再请她吃饭。"

"明白。"

显然已经有重要人物给郑仲水打了电话，郑仲水有了明确态度。季东升需要郑仲水这个态度。海湾土地抢手，试图染指者众多，大家都会找关系，郑仲水是第一把手，不少人找到他那里去。郑仲水态度明确，季东升就方便处理，大家皆大欢喜。

4

几天之后季东升与欧阳琳再次见面，事情忽起波澜。

此前一切按计划进行，并无异常。季东升从九天山庄赶回市区的第二天，蔡政带着数位随员从天而至，代表投资方与本市洽商。季东升如约接洽，安排相关部门一组人员与之谈判。按照惯例，季东升代表市政府设宴为蔡先生一行接了风，饭毕之际，季东升把蔡政拉到一旁问一件事，请他如实相告。

"上次欧阳总裁在医院做什么手术？"他问。

蔡政惊讶："为什么问这个？"

"其实不是去做手术，是抢救吧？"

"抢救啥呀！"

"是自杀。对吗？"

蔡政张着嘴说不出话。季东升告诉蔡政，他是从欧阳琳的话音里听出点名堂的。去年他曾率一个商贸小组到北欧芬兰考察造纸业，在那里听说，凡单身男女养狗，政府会给该狗发放补助，原因是北欧冬季漫长，阳光罕见，抑郁症高发，自杀者众，单身男女感情孤独，尤其容易发病，所以鼓励养狗以寄托情感，减少发病。北京的冬季虽然没有那么漫长，但是空气污染严重，指数太差，阳光也少，看来如欧阳琳这样有着特别痛苦感受的单身女性同样需要引起重视。

蔡政说："季副市长，我不知道你在说什么。"

"也许是你发现的？你把她送到医院，救了她？让她感觉欠你人情？"

"我可什么都没跟你说！"

季东升让蔡政不必担心，他无意深入刺探隐情，只是出于一种关心。双方马上就要就钛合金项目进行谈判，眼下他与蔡政一样特别盼望并需要欧阳琳健康平安。如果欧阳琳所谓"动一个小手术"的底细如他所猜，那么现在请蔡政格外注意，千万不要过于急功近利，让欧阳琳无法承受，她一旦出事，对谁都不好。欧阳琳目前还在九天温泉疗养入浴，但愿该山庄温泉中的微量元素有助于她。

蔡政一声不吭。

双方开始谈判，一谈开就发现对方有备而来，目标很明确：本市旅游节隆重开幕在即，旅游节的日程中有一个招商会，有一些重点项目将在招商会上签约，欧阳总裁与蔡政先生希望趁热打铁谈妥合作，在招商会上签下项目，让海湾三千亩地尘埃落定。

按照惯例，季东升为谈判小组定了调，具体谈判交由相关部门负责。时间很紧，需要谈的细节，需要过的程序很多，双方人员夜以继日讨论，季东升于幕后操控。由于领导态度明确，谈判总体进展顺利。那些天里欧阳琳一直待在九天山庄，每日入浴，于休养中遥控谈判，季东升没再与她联系，双方只待结果最后明朗。

那一天下午，季东升在办公室接到大哥的告急电话，说父亲出事了，只怕不行，让季东升赶紧回家。季东升大惊，追问怎么回事？大哥说老人不小心把右腿摔断了，头部也受了伤，村里医生看过，说是必须上大医院，否则有生命危险，老人死活不去，准备死在家里。季东升一听不是小事，马上交代："大哥不急，我马上回去处理。"

季东升把手头事情安排清楚，匆匆叫车动身。傍晚回到家，一家人都围在季东升父亲的病床前，老人在床上呻吟，时而清醒，时而昏迷。季东升看了一眼，当即打电话叫救护车，决定把老人送到市医院去。此前季东升的大哥一再劝老人去医院，老人不听，但是小儿子季东升的安排他得听。

老人摔伤起因于抓漏。老人与季东升大哥一家生活，住季家老宅，老宅已经破旧不堪。数年前季东升出钱帮助大哥盖了新房，父亲却不愿意动，习惯于老宅，于是大哥一家搬到新房，父亲独自住在老宅，吃饭去大哥家，睡觉还回到老房子，两个房子相距不远，来去也方便。季家老宅屋顶破损厉害，每遇大雨，常有雨水从屋顶漏进屋子，需要不时修补，本地人称"抓漏"。前些时候老宅厨房屋顶漏雨，季东升的大哥主张请抓漏师傅处理，老人不同意，因为请师傅要花钱，且不一定能抓准，老人自己会抓漏，为什么要送钱给别人？季东升的大哥不让父亲上房，因为他患糖尿病，臭脚，行动已经不似当年。不料老人不听劝阻，今天上午天气好，老人独自搬张梯子上房抓漏，结果从屋顶摔到地上，腿骨断了，头上身上到处是伤，当时身边一个人都没有，谁也不知道老人摔了。午饭时，季东升的大哥总没见父亲过来吃饭，心生疑惑，跑到老宅看，这才发现父亲躺在地上呻吟。

"他就是舍不得那两个钱。"大哥说。

此刻老人不上医院有两个原因，一怕死在那里，第二也是怕花钱。事实上季家出了个季东升，老人并不缺钱，但是早年穷惯了，至今旧习不改，本能难变。于是他就把自己的腿骨摔断，濒临死亡。

救护车赶到时，老人已经陷入昏迷，季东升兄弟把老人抬上车，送往市医院。季东升在救护车上接到一个电话，是项目谈判小组头头打来的告急电话。

"季副市长，蔡先生这里有点问题。"那人报告。

蔡政的问题出于赔青款。谈判涉及地价具体事项时，谈判小组提出投资方应负责支付村民的赔青款，蔡政不同意，坚持零地价就是零地价。

季东升说："告诉蔡先生，地价是地价，赔青是赔青，两个不是一回事。"

谈判人员已经提到了，但是蔡政不认同，认为应当列在地价里归零。

为了招揽重点项目落户，政府对该项目无偿提供用地，这就是所谓零地价。事实上从农民手中征用土地依然需要给予赔偿，只不过这笔钱不由投资商支付，转由政府财政开支，也就是政府拿钱买地交给投资商办项目。如果这个项目很好，建成投产速度较快，能够安排大量就业，可以产生税源，从长远看还是合算的。通常只有一些前景特别好的重点项目才能得到零地价优惠。所谓赔青款指的是被征土地上植物、农作物的赔偿，例如征用一片山地，除土地外，还应当赔偿地块上的树木，以补偿种植管顾付出的劳动。赔青款通常应当由使用这块土地的项目投资商支付。

蔡政是只老鸟，他知道征地用地的惯例，但是他坚持不出赔青款，理由是海湾三千亩地疯传征用后，当地村民突击抢种各种苗木，乱石坡上都种，等着拿赔青款。这是一笔冤枉钱，他不能承担，应当归到地价里，由地方政府去统一解决。

季东升说："告诉蔡先生不要太小气。白拿了三千亩地，出点赔青款不算什么，一笔小钱而已。就说是我的意见。"

救护车到了市医院，季东升的父亲被抬进急诊室，医院院长亲自安排医生检查，发觉情况不妙。相比于断腿，医生更担心老人头上的伤，怀疑颅内出血，不解决可能致命，建议马上手术。但是手术风险很大，老人患糖尿病，长期营养不良，身体非常虚弱，严重的话可能下不了手术台。

季东升说："容我们兄弟商量一下。"

没等季东升兄弟会商，电话再至。季东升走到一边去接电话。

蔡先生拒绝承担赔青款。说既然是一笔小钱，地方政府为什么不能一并处理？堂堂一个市政府，三千亩地都给了，还在乎一笔赔青款？他还威胁说，钛合金项目上级领导非常重视，定于旅游节的招商会上签约，如果因为赔青款这笔小钱节外生枝，不能按时签约，领导怪罪下来，算谁的责任？

不禁季东升开骂："他妈的这家伙！"

"咱们怎么办？"下属请示，"他们看来不会让步。"

如果坚持，那么谈判一定破裂。蔡政有恃无恐，知道季东升无法承受破裂，因此咬住不放，大钱要赚，小钱不放，一个子儿不出，净得三千亩地，空手套白狼。

季东升说："咱们提一个办法。"

季东升的办法是退一步，如果蔡政一再坚持，那么可以承诺赔青款另想办法解决，但是协议还是应当写明由投资商负责，这样对外界才能交代。

季东升用手机遥控谈判之际，躺在病床上的父亲忽然醒了。他一睁开眼就哆嗦说话："不手术。不手术。"

他一定是在昏迷中听到儿子与医生商量手术，于是打点起全部精神把自己弄醒，以便说出这一句话，放弃这一次治疗。

季东升说："爸，咱们听医生的。"

老人说："快死了，不花那个钱。"

季东升说："放心，不要钱。"

老人睁大眼睛看着儿子，满眼狐疑。季东升凑到老人耳边，斩钉截铁说："我是副市长，医院是咱们家的，不要钱。"

老人闭眼又昏迷过去。季东升下决心不商量了，做手术。请医生尽一切可能治疗，需要用什么药尽管用，无论花多少钱，由他个人承担。

老人被推进手术室。季东升手机铃声又叫唤起来。

蔡政不接受季东升提出的方案，担心白纸黑字，到时候还要他出钱。如果季东升非要这么写，那么双方必须另签一个附加协议，写明赔青款最终将由地方政府背走。

季东升说："把电话给蔡先生，我跟他谈。"

蔡政接了电话。

季东升说："蔡先生，你把我的内裤脱了，把我的毛刮了，还要我怎么样？"

蔡政大惊："季副市长怎么可以这样骂人！"

季东升说，此刻他在医院手术室门外。这里有个乡下人快死了，劳作一生，最后舍不得花钱救自己一命。但是另一边有个姓蔡的，不费吹灰之力坐拥金山，还贪得无厌，不愿意给村民拿出一星半点。

蔡政说："这是哪跟哪呀！"

季东升："你在剥夺。你剥夺我可以，不要剥夺那些人。别拿不该拿的，否则……"

季东升收了电话。

接下来的发展颇具戏剧性。

蔡政中断谈判，赶到九天温泉山庄向欧阳琳报告，添油加醋。欧阳琳大为恼火，当即决定不谈了，离开。秦主任和黄胜国设法先把客人稳住，即向上级告急。郑仲水直接打电话给欧阳琳，保证事情将妥善解决，让她不要生气。郑仲水还命季东升放下手中所有事情，赶到九天山庄会见欧阳琳，做出解释，表达诚意，务必谈妥这个项目。

"赔青款就这么算了？"季东升不服。

"你怎么会这样？因小失大！"郑仲水批评。

季东升骂："狗屁姓蔡的，太过分了！"

"他不是问题，欧阳琳才是。你怎么会不清楚？"

季东升承认："是我没忍住。妈的，我就是个乡巴佬。"

"赶紧去收拾清楚。"

"明白。"

此刻季东升最需要的就是郑仲水这个电话。

季东升父亲的开颅手术已经做完，手术还顺利，人从手术台抬下来，是活的。季东升的两个哥哥留在医院照顾父亲，季东升自己匆匆离开，遵命赶往九天山庄。

到达九天时已经是晚上九点，跟上次一样，还是黄再胜守在大堂等候。黄再胜告诉季东升，欧阳总裁今晚不见他，说是累了，要早点休息，明天再说。

季东升问："蔡先生呢？"

蔡政连夜下山回市区去了，说是签约的一些细节还要商量。

"其实是怕见我。"季东升说，"我会把他按在地上。"

"季，季副市长。"

季东升严肃道："别紧张。开玩笑。"

确实是开玩笑而已，此刻季东升还能做什么呢？

如果季东升的父亲没有摔得那般严重，赔青款的谈判可能会简单得多。如蔡政所说，三千亩地都给了，何必再争小钱？权衡利弊，季东升不能不悄然退让。但是不巧事发于手术室外，在乡巴佬家人之中，让季东升痛感自己是谁，无论道理上感情上都无法接受蔡政的进逼。季东升清楚自己已经无法改变谈判的结果，可以改变的只是由谁来做出决定，所以季东升在电话里拿粗话臭骂蔡政，让郑仲水出来最后拍板，这样会让季东升心里感觉好受一些。海湾三千亩地拱手送给蔡政，特别还要奉送一笔赔青款作陪嫁，如此倒贴实在出格，一旦为外界所知，那可不只会被当作笑柄，肯定将饱受诟病。作为具体操办人，季东升感觉难以承受，他借着情绪骂蔡政，一来发泄对蔡政寸利必得的不满，二来也是不惜酿出一点儿事端。日后人们当会知道这个插曲，当他们质疑赔青款怎么能这么办？就此骂娘时，也许会对季东升酌情减免。

这是个小伎俩，其后果季东升很清楚：从现在起没有戏了，无论欧阳琳多么美丽，他不必再去想念，磨多少金斗灰都不再有用，你要的你拿走了，我要的不可能再有。季东升属于自作自受，想来也是天意，这一结果也许早就埋在季家的祖坟里。

欧阳琳当晚拒绝会见，着意冷淡，以示不快，尽在季东升意料之中。事实上彼此间已经没有多少事务需要商谈，季东升前来山庄，更多的只是

杨少衡中短篇小说选

作一个姿态，具有某种负荆请罪意味，表明双方合作未受影响。

当夜一点来钟，季东升已经睡下，门被砰砰敲响，黄再胜告急。

"欧阳总裁房间里动静异常！"黄再胜报告。

欧阳琳身份特殊且有过"重感冒"史，她在九天温泉山庄的动静，黄再胜需要及时把握，确保安全。黄再胜在欧阳琳所住山庄六楼走廊安排了值勤人员，即便在深夜里都会按规定悄悄巡查，从不松懈。当晚午夜，值勤人员经过欧阳琳所住套间外时，听到里边有"咚咚"重响，像是物体在撞击门板。山庄套房的隔音效果相当好，屋里铺有地毯，这种情况下传出的声响让黄再胜格外紧张。当晚不凑巧，蔡政与秦主任都下山去了，黄再胜只能向季东升报告，请示如何处置。

"要不要叫她的随员起来？"黄再胜请示。

季东升说："不急，先把情况搞清楚。"

季东升起身穿衣服，带着黄再胜去了六楼。一个服务员打扮的年轻女子站在欧阳琳所住套房门外侧耳倾听，这女孩其实是警察，黄再胜的人，姓李，在这里值勤。

黄再胜问："小李，还有什么动静？"

女孩报告："一阵一阵的。"

黄再胜看着季东升，等着季东升做决定，此刻只有季东升有权做决定。

季东升说："打开。"

黄再胜取出他掌控的钥匙卡开门。门被推开一条缝，无法再开，因为门后挂了安全链，门扇被牵住了。大门里黑洞洞的，没有灯光，也没有动静。

季东升在门上敲了敲，低声叫："欧阳总裁，是我。"

连喊几声，没有回答。小李拿一支小手电筒从门缝往里照，门缝太窄，手电筒照得到的角度小，没看到什么，唯一异常是发现地毯上丢着个东西，像是一个灯罩。

季东升下令："把门弄开。"

小李受过训练，知道怎么办，而且备有用具，是一支钢剪。她把钢剪伸进门缝，"嗒啦"一声剪断安全链。门打开，三人进门，开灯，厅里顿时亮堂。只见地上躺着一个人，和衣卧倒，身子蜷曲，口吐白沫，神志不清，正是欧阳琳。

小李大惊："她怎么啦！"

季东升说："别慌。出来。"

三人火速撤退，离开房间走到门外，把门掩上。季东升在走廊上指挥，命黄再胜立刻安排应急，叫一部救护车赶到山庄待命，以防万一。不要说是谁出了什么事，只做应急准备，如果欧阳琳自己缓过劲儿了，那就不往救护车上送，也不说明原因。黄再胜带来的人都叫起来，在各自房间待命，以备一旦有事，但是同样暂不做说明，以防消息扩散。其他人员目前一律不要惊动，视情况变化再说。

"小李跟我进去。"季东升说。

此刻不能把病人独自丢于房间，必须有人随时观察监控，以防万一。季东升副市长无可逃避，必须挺身而出，勇挑重担。欧阳琳对自己的疾病非常忌讳，她一旦发病，处理不好会成为一个事件，有如上一回海湾状况。因此季东升必须亲自在场照料安排，及时做出决定，日后查究才能无可指摘。

或许这还是季东升的又一次机会。

季东升把小李留下，作为助手，两人再次推门走进套房，回身把门关上。欧阳琳依旧蜷曲于地毯上喘气，处于癫痫发作的间歇时段。她的双眼紧闭，脸色苍白，头发蓬杂，身上衣物零乱。她穿的正是几天前与季东升在温泉山庄甬道散步时的西装套裙，地上丢着本书，是英文的。旁边倒了一支落地灯，灯罩滚得相当远。估计她是坐在厅里沙发上，就着落地灯看书时突然发病的，当时她还没换上休闲服装，还没打算休息，癫痫说来就来，猝不及防。几天前她把手插在季东升的手弯里调侃他，显得生机勃勃，格外漂亮。现在她蜷曲于地，人事不省，惨不忍睹。

季东升和小李都不是医护人员，此刻无能为力，只能任由欧阳总裁独自与病魔相搏。季东升让小李去洗手间拎一把热毛巾，两人蹲到欧阳琳身边，为她擦脸，洗掉她嘴边的白沫。不料就在那一刻她再次发作，反应极其强烈，她的右掌一抓，指甲从季东升的脸颊抠过，季东升顿觉左腮火辣辣一片，有如头回海湾见面时手臂上的感受。季东升丢下毛巾，抓住她的手，不料她的双脚用力踢到墙壁，整个人弹起来，把季东升撞倒于地。季东升的身子砸到茶几，茶几的茶盘翻落，茶壶茶杯满地毯滚动。

那个场面很混乱，无可奈何。

季东升跑进洗手间找家伙，里边没有合适的，用得上的只有浴巾。季东升把两条浴巾都拿出来，让小李帮忙，手脚并用压制翻滚于地的病人，设法用浴巾包裹她。病人口沫四溅，拼命挣扎，浴巾不够用，季东升把里屋床上的被子也搬出来，使出吃奶之力控制病人反抗，终于把她彻底裹住，连手带脚。桌边电脑的网线和电源线被他们抓过来，结成临时绳索绑在被子外边，欧阳琳被绑成一捆有如粽子。

小李站在一旁发抖，吓坏了："季副市长，这是，这是干吗？"

季东升喝令："不许在外边说！绝密！"

季东升如此照料病人并非无师自通，他的灵感出自父亲。小时候他曾听父亲说过，刘二姑羊母形发作时特别可怕，撞得头破血流，家人怕她撞死自己，用绳子把她捆成一粒粽子。季东升土法上马，用这种旁门左道捆绑欧阳琳，传出去那还了得，所幸没有无关者围观，不致酿成重大问题。欧阳琳发病之际神志不清，无从自知，小李受过训练，知道怎么闭嘴，只有季东升知道自己在干些什么。

他们坐在房间里，看着欧阳琳在她的包裹卷里痛苦不堪地挣扎，其状惊心动魄，而后渐渐趋向平静。

5

几天后，钛合金项目签约仪式如约举行，签约过程顺利，波澜不惊。

海湾三千亩地尘埃落定。当天下午欧阳琳一行动身离开本市。

季东升把客人送到高速公路收费站。车在路边停下，季东升下车招手，主客就此告别，季东升知道对方不会停车，一如既往。却不料这一次欧阳琳的车忽然停了下来，她还走下轿车与季东升握手告别。

"欧阳总裁客气了。"季东升说。

欧阳琳看着季东升的左脸颊，那里的几道抓痕还清晰可见。

她问："季副市长，我没欠你什么吧？"

季东升一脸认真："欠了。"

"需要什么你说。"

两人站在路边谈了一小会儿。季东升告诉欧阳琳，他有件事情需要麻烦欧阳琳帮助，本来打算另找机会到北京再说，欧阳琳这么关心，特意下车询问，不如就在这里直截了当相求。上一次他到北京找欧阳琳，确实有些个人想法，希望能建立一点儿关系，他这样的人很需要这种关系，当时想法比较简单。现在情况发展了，他自知不能有更多想法，只能大胆提出一个具体请求，盼望得到欧阳琳支持。钛合金项目的协议现已签下，从协议签字到项目确定还有若干环节。欧阳琳不顾劳累，为这个项目已经做了很多，接下来希望她保重身体，放手一点儿，不必再耗费精力亲自过问剩下的事情。

欧阳琳问："要我都交给蔡政吗？"

"是的。你把它交给蔡先生，把蔡先生交给我。"

"你要干什么？"

季东升告诉欧阳琳，那天深夜在九天温泉山庄，他坐在欧阳琳身边，看着她与病痛相搏，直至沉沉入睡，那时候他想了很多。这个世界没有什么是完美的，人也一样，无论是什么样的人，都不可能没有欠缺，有的人苦于疾病，有的人则受制于心病。人活在这个世界要明白自己是谁，自己需要什么，在乎什么。例如他忽然发觉自己其实在乎挨骂。他离开乡村已经很远，本以为已经刀枪不入，到头来才知道自己远没有修炼到那种程度，他心里还在乎一些东西，不想在人们那里留下一个骂名。这种骂名绝不是个把小伎俩可以轻易摆脱的。

"为什么跟我说这个？"

季东升说，如今地方官做任何事情都有很多办法，包括左道旁门。事到如今，欧阳琳对蔡政已经仁至义尽，不需要多管了。只要欧阳琳不再出面，他能让蔡政乖乖把三千亩地拱手交还，赔青款之类问题将随之烟消云散。这是他真正需要的。

欧阳琳面露惊讶："你真是直截了当啊！"

"我不滑头，希望得到理解。欧阳总裁不需要这三千亩地。"

"我要。"

"你最需要的是治疗。你病得很重。"

欧阳琳的眼中顿时腾起气恼，紧盯着季东升一声不吭。

"我很关心，很同情。真心实意。"季东升说。

她转身走开。

季东升站在路旁，看着欧阳琳走到轿车旁，头也不回，拉开车门躬身上车。夕阳照在她身上，她的侧影在阳光下显得精致而美丽。

季东升的心头掠过一丝凉意。他有个感觉：他恐怕再也见不到她了。

两个月后，欧阳琳突然发病，猝死于北京寓所。

钛合金项目寿终正寝。

儿子的纯净水

1

　　第一次事情发生在冬季的一个星期六，上午时分，成大年去镇中心小学外边的晒场转圈子晒太阳，他儿子成茂生回家来了。那一天天气很冷，周末放假，学校周边很安静，没有小孩子奔跑喧哗，也没有朗读课文声，几个没事干在家待不住的老头穿着棉衣，如往常一样聚在晒场边，缩着脖子，手插进口袋，或者袖在袖筒里，有一句没一句，断断续续闲聊。九点来钟时，有个老汉从晒场边走过，看了成大年一眼。

　　"你家来客了。"老汉说。

　　成大年问："是谁?"

　　老汉说："不知道，门口停辆小汽车。"

　　成大年不吭声了。

　　他记起儿子成茂生昨晚打过一个电话，说今天会抽空回家。所谓"抽空"表明他很忙，哪怕周末也一样，只能忙里偷闲。成茂生有两个家，一个是他自己的家，三口人，他，老婆和女儿，也就是成大年的儿子、儿媳和小孙女。那个家在市区一个住宅小区里，是新房子，三房两厅。成大年这里是成茂生的另一个家，或称成家老头子的住处，位于郊区小镇上，是一座两层旧房子，砖木结构，楼梯踩上去吱呀发响，摇摇欲坠。这个家空荡荡的，只有成大年一人，墙上还有成大年的妻子也就是成茂生母亲的一张遗像。成茂生不常回家看老头子，因为工作忙，事情很多。他在下边县里当头头，副县长，一官半职，配有小车。小车轮子转得快，从他工作的县城，或者他在市区的家到父亲这个小镇，其实不需要花费太多时间，但是他来得不多，逢年过节，更多的是把车子派过来，让驾驶员给老头子送点东西，或者干脆打个电话，要父亲跟着车去市区他家里，看看孙女，吃顿饭，再用车把父亲送回镇上。

听说儿子的车停在家门口，成大年却不急着去让儿子看一看。他一声不吭，继续坐在晒场边的树桩上晒太阳，听身边一个老汉瞎扯。老汉讲了山上一条大蟒蛇吃掉一头水牛的故事，成大年认为该故事应属杜撰，本地山间没听说过有巨蟒，普通蟒蛇即使能把嘴张得比牛还大，能把一头大水牛吞下肚里，估计也消化不了。但是成大年不扫人兴，他一声不吭当听众，一边晒太阳。冬天的阳光照在身上特别温暖，空气中弥漫着太阳光特别的味道，似乎有点焦，又有一丝甜，惬意宜人。

一个老汉问："老成不回家看看？"

成大年不吭声。

于是没人再多管闲事。

大家都管成大年叫老成，已经叫了几十年。成大年早年毕业于农校，干了一辈子农业技术员，退休前的最大官衔是镇农业技术推广站副站长。农技员一天到晚在田里滚，虽然有工资拿，生活方式跟村里的农民没有太大区别。成大年娶的是农村女子，在镇上安了家，妻子给他生了一儿一女，儿子成茂生是老大，他之后有个小女儿叫成小英。成大年原指望子承父业，儿子也能干个农技员什么的，可以安身立命，不料儿子比他期待的有出息，人家读的不是中专，上了大学，报的是农业大学，这一选择显出了父亲的影子。成茂生大学出来后没搞过一天农科，转行去了乡镇，从普通乡镇干部一路往上，直到当了副县长。成茂生找的妻子是城里人，在医院里当医生，那女的很爱干净，用现在的话说，叫有洁癖，单单洗一个碗也要七八道工序。成大年的农民老妻生前与这位城里儿媳相敬如宾，却不能住在一起，因为生活习惯差别太大，彼此很难适应。多年来成大年与自己的妻子一直生活在小镇上自家旧房里，起初还有女儿跟他们一起过，女儿在镇中心小学当老师，嫁了另外一个老师，生了个儿子，搬出去自己过日子，这边留下成大年夫妻形影相吊。两年前成妻患病去世，留下成大年一人独守空房，儿子成茂生与媳妇带着小孙女过来看他，要他卖了旧房子，搬到城里他们那里去住。起初成大年只是摇头，待到小孙女往身上一蹭，叫声爷爷，让爷爷跟着走，成大年终于听从，但是只听了一半，背上一包衣物上城里去，却没有卖房子。半年后成大年坐着儿子的轿车回到镇上，又搬回自己的老屋独自生活。镇上的熟人问老成怎么啦？城里多好，有个当官的儿子，一个当医生的儿媳照料，还有个小孙女好玩，为什么不老实待着？成大年笑笑，没说什么。

"是儿媳不好，还是儿子不对？"邻居打听。

成大年不做任何解释。

他历来心里有话，嘴上无言，有如他服侍了一辈子的农作物。奇怪的是他儿子成茂生跟他长得很像，性子却不一样，从小到大，都特别能说话。成茂生不到五岁时，成大年教他认字，他从不老老实实认字书写，身子摇过来晃过去，浑身上下没有一个地方不动，嘴巴也从不闲着，总问父亲这个字为什么长这个样，那个字又长了另一个样子？为什么不能把这个字写成那个样子，把那个字写成这个样子？成大年告诉他这是规矩，人有人的规矩，字有字的规矩。这种话小孩听不懂，只当耳边风。没想到一眨眼间，小孩忽然变成大人，坐着一辆小汽车回家来了。

成大年在晒场上又待了十来分钟，女儿成小英骑着自行车到了晒场。

"爸，我哥回来了。"她说。

成大年没有吭声，即从树桩上起身，拍拍衣服，跟女儿一起回家。

成小英告诉父亲，大哥成茂生没带家里的钥匙，进不了门，给她打了电话。她跑回家给大哥开了门，然后过来找父亲，她估计父亲会在小学校外的晒场这边。

"昨晚哥给你打过电话。你忘了？"她问。

成大年还是没吭声。

"他早不跟我说。"成小英抱怨道，"进不了门才想起我。"

成小英婆家事情多，丈夫教书的学校在另一个乡，公公已经过世，婆婆瘫痪在床，吃喝拉撒都要儿媳妇照料。刚才大哥给她打电话时，她正在家里洗婆婆的衣服，满手洗衣粉的泡泡。接了电话她在冷水里冲掉泡泡，骑上车就赶过来了。

父女回到家中，成茂生坐在厅里的沙发上，正在用手机打电话。这个人到哪里，事情就跟到哪里，哪怕很稀罕回一次家也不例外。看到父亲和妹妹进门，他对着手机说了一声："好，我知道了。"把电话挂断。

他没询问父亲是不是忘了他要回家，只问父亲近来身体如何？成大年说："还行。"

成茂生说自己也"还行"，没什么事，回家看看，一会儿就走。

"大哥回家，总得吃顿中饭才走。"成小英说。

他不吃饭，让妹妹回婆家忙去，别管他，也不用张罗吃饭。中午他还有事，上边有客人来，得去接待，请人家吃饭。

"要吃外边的饭，不喝家里的水吗？"

成小英话里有点儿刺，既说哥哥回家，水都不喝就要走，也怪哥哥当个官，不管家里人。成茂生听了不耐烦："走吧走吧，我自己会喝水。"

"不要我帮你烧？"

"我自己会。"

成小英不高兴："那你大县长自己烧水。我那边泡着一桶脏衣服呢。"

成茂生轰妹妹走人，回头对父亲说："小英嘴碎，藏不住话，不让她听。"

他没说是什么东西不让妹妹听，自己提了电水壶去灌自来水。他问父亲："镇上的自来水现在怎么样？是不是还有股怪味？"

成大年说："好多了。"

"不行你就让人家送瓶装水吧。"成茂生说，"纯净水也行。"

成大年说："不必，习惯了。"

儿子用电水壶烧开水，这把壶还是早些时候他从家里拿给父亲用的，功率很大，烧水速度快，不到十分钟，壶盖就扑扑跳，一壶水开了。成茂生用开水沏茶，给父亲一杯，也给自己一杯。他只喝一口，摇头说："味儿还是不地道。"

除了讲喝茶，没说其他。待成大年把儿子给沏的那杯茶喝完，成茂生又给他沏了一杯，然后起身告辞，说时间差不多，他该走了。

"不再喝了？"成大年问。

成茂生不喝，因为客人在那边等着呢，怠慢不得。

"我没事情，就是看一看。"他又说了一遍。

"我也没事，你走吧。"成大年道。

出门前，成茂生指了指沙发边的一个纸箱说："这个放家里。"

是一箱纯净水，纸箱封口处的胶带纸都还紧紧粘着。刚才成大年进门时就看到它放在墙角，知道是儿子带来的，儿子把它从车上搬进了家里。

"拿走吧。"成大年说，"我不用。"

"放着，我有。"成茂生说，"人家给的。"

他从口袋里掏出支钥匙，在纸箱封口胶带纸上一划，打开来，箱里一支支纯净水瓶互相挤着，瓶里满满的都是水。

"泡茶可以烧这种水，味道好点儿。"他说。

成大年没有吭声。

儿子东张西望，又指了指门厅后边的楼梯，问成大年一天到晚爬这个楼梯，不会有什么问题吧？他们家的楼梯是木质的，有些年头了，走上走下整架梯吱呀吱呀摇晃。

成大年告诉他没问题，梯子虽然晃，却还结实。走惯了，闭着眼睛都可以上下。

儿子说："楼梯下的东西不要动，放着吧，以后可能有用。"

他们家楼梯下的斜角空间比较暗，光线很差，是家中杂物的藏身处，丢着一些老旧物品，多为成大年的亡妻留下来的，有破箩筐，旧搓衣板，还有一只旧式摇篮，早年间成家兄妹俩都曾坐过。

成茂生出门离去。他没带司机，是自己开车回来的。

2

第二次事情发生在隔年中秋节后几天，在一个晚间，成茂生再次回到小镇家中，事前没有打电话，也没有让谁捎口信，静悄悄自己开车前来。

这一次他记得带上家里的钥匙，开了门自己走进屋子。由于时间不早，父亲成大年在家，没有外出，独自坐在厅里看电视。儿子突然归来，他并不惊讶。

成茂生问："小英呢？"

成大年说："你让她来听？"

成茂生点头，他在路上给妹妹挂过电话。

几分钟后成小英赶到，她给婆婆擦身子，耽搁了一点儿时间。她进门时，成茂生已经把水烧开，正在跟父亲喝茶。桌上丢着几个纯净水瓶，是上次他带回家的，成大年没用它，留给儿子回家烧开水用。

"哥，有什么事呢？"成小英问。

成茂生还是那个说法，没什么事，看一看。

他带回了一盒月饼，没打开，让成小英拿去给小外甥。

成小英说："哥头晕了？中秋节过啦。"

成小英当老师，班上学生中不少是镇上人，中秋节前，家长送的月饼少不了，她还往成大年这里搬来几盒，月饼于她实不稀罕。但是成茂生非让她把月饼拿走不可，说没有谁规定中秋过了就不能吃月饼，他这一盒是名店出的，味道好，绝对不一样。

"留着自己吃，别去送人。"他特别交代。

成小英说："中秋节过了还送谁？"

成茂生说："就是不让你送，自己吃。"

成小英问："哥特地去买的吗？"

成茂生笑笑："傻。我还买这个？"

他交代妹妹，不要只记得给婆婆擦身子，要想想爸爸这边独自一人，有时间要过来一下，把小外甥带过来，跟老人玩一玩。

成小英嘴一撇："还说我呢。"

成茂生道："我不是住得远吗？你就在镇上，管得着。"

成大年说了句话："我自己能管。"

儿子感叹："爸爸七十多了。小英怨的也对，我没尽到责任。"

"我没怨你，知道你做官忙。"成小英声明。

成茂生表示不能全怪他，如今他这种人确实身不由己。心里还是经常想起老人的，前几天睡觉，忽然梦到小时候父亲教他认字的情形，醒来时就睡不着了。身上事情太多，没能对老人多尽一份心，所以只能拜托妹妹。他知道妹妹也不容易，孩子小，摊上一个病婆婆，丈夫不在身边，十分劳累，也没忘记照料这边父亲。

"现在知道表扬我了。"成小英说。

"让你继续努力。"成茂生笑，"今后还得靠你。"

"哥哥在外当官动动嘴，妹妹在家累断手累断腿。当官就是轻松。"

"你试试就知道。"

成大年听他们兄妹俩斗嘴，没有吭声。

成茂生说他每次回来，家里旧房子是更破一回。不修一修，只怕下雨要漏，刮风会倒。当初他动员父亲到城里住，主张把房子卖了，父亲不卖，看来也对，回家还有个住的。既然还得住，那就应当搞一搞。他考虑，今年时候不对，匆促了点，房子也还能再支持下去，父亲和妹妹没意见的话，就放在明后年吧，今年不要，争取明年，最迟后年，一定要找个机会把房子搞一搞。这件事不能交给别人，还是交给妹妹。

"嫌我没累死啊？"成小英有意见。

成茂生说，不需要妹妹去挑土和泥，只要现场指挥安排就可以了。搞房子有人家工程队，这件事他会交代。

成大年说："房子住得挺好。"

他意思是不想动。

成茂生说："爸爸别管了，也不必考虑钱。钱应该给人用，不该给虫子用。"

成大年没吭声。

"哥晚上住下来吧？"成小英问。

成茂生不住，一会儿还得赶回去。他说没其他事情了，让成小英回婆家去忙，他跟父亲再说几句话，完了就走。

"又不让我听？"成小英不满。

"有些事少听也好。"成茂生道。

成小英起身要走，成茂生喊她："别忘了拿月饼。"

妹妹拿着月饼盒走了。成茂生对父亲说："就怕她这张嘴。"

父子俩接着继续泡茶。成茂生却没再说什么特别的事情，茶喝够了，起身就走。

"爸你记住了，房子要搞，今年先不做，明后年再弄。"他说。

儿子强调今年时候不对。为什么说时候不对？现在一时说不清楚，以后有机会再讲。房子一定要搞，就算他为父亲尽一点儿心意。父亲对他有养育之恩，他没尽到当儿子的责任，辜负父亲了。拿什么都没法报答，就那么一点儿纯净水，父亲留着慢慢用吧。

"记住我说的话，不管他们跟你说什么，都不要管。"成茂生交代。

"是谁？"成大年问。

"他们会告诉你我都说了。这个也不要听。"成茂生强调。

"什么？"

"别的事情我可能会说，肯定不会说爸爸这里。"

成大年说不出话。成茂生没有一句解释，忽然伏到地上，给父亲叩了个头。

成大年僵在沙发上，一时无言。只一瞬间，儿子从地上爬起来，看都不再看父亲一眼，掉头走开。

门外传来汽车发动的声音，几分钟后，汽车声消失在小镇的夜空里。

成大年老泪纵横。

3

几天后"他们"来了，是几个办案人员。

他们告诉成大年，成茂生已经因为涉嫌受贿被查，正在按要求交代问题。他们要成大年配合调查。他们说，案件嫌疑人主动坦白交代，投案自首，或者检举重大线索，有立功表现，可以争取从宽处理。其亲属端正态度，主动配合办案，协助查清案情，也有助于促进其亲属改过自新。

成大年沉默无语。

办案人员说，成茂生在担任副县长期间，分管土地、城建等工作。一年多前，其所在县城旧城改造过程中，一个开发商中标承建城市公园等公共设施，周边一个地块也配套交其开发。开发过程中，由于各方反映强烈，上级掌握情况后加以干预，原定交开发商开发楼盘的地块重新进行招标，该开发商在招标中落败。因利益受损，开发商不服，举报成茂生收其大额钱财，答应帮助，却最终食言。上级部门接获举报后迅速立案初查，发现成茂生在该项目立项审批过程中，确实存在重大疑点。初查中还发现其他相关疑点，成茂生身任副县长，掌握一定权力，数年来该县土地招标使用、房地产开发项目审批主要由其控制，多位开发商与之关系密切，一些相关项目操作过程中存有违规迹象。上级领导对发现的问题高度重视，成茂生受审被查。

"他已经交代了不少事情。"办案人员告诉成大年。

成大年掉了眼泪："我知道。"

办案人员追问成大年知道些什么？他儿子通风报信过吗？成大年说儿子什么都没告诉他。儿子的母亲去世后，儿子曾经把他接进城里，在家里住了半年，那时候他就知道儿子要出事情。

"你看到他收钱了？"

他没看到谁给儿子送钱，但是看到人送东西。烧开水的电水壶啊，茶叶啊，酒啊什么的。儿子说这没什么，人情世故。人家往这里送，他也往其他地方送。

"没提到送钱吗？"

儿子不让成大年管这些事，成大年不想管，也管不了，但是会害怕。所以他在儿子那里住不下去，只半年就独自搬回小镇。邻居问他是儿子不好，还是媳妇不对？其实是他自己不对，一听有人按门铃，不知道是不是有人给儿子送手铐。天天担惊受怕。

"为什么不劝劝他？"

成大年劝过，儿子嫌他瞎操心，说如今大家都一样，不会有事。

"你儿子给你钱吗？"

成大年不要儿子的钱。他当了一辈子农技干部，退休金够用，不需要孩子养。儿子给过他一些东西，比如那把烧开水的电水壶。如果这是赃物，要没收就没收吧，他自己会去再买一把。

"只有这个？"

当然还给过他其他东西，有的已经没有了，逢年过节那些瓜子什么，还有茶叶，早都吃掉喝掉了。没用完的也还有，比如一箱纯净水。

办案人员对那些东西没有兴趣，他们主要追问金钱，现钞。他们说成茂生受贿铁证如山，他拿的钱应该有出处，大笔数额必须一一追踪到案，根据他们掌握的情况，成茂生在案发前曾分散藏匿财物，有一些钱在家人这里。

"我从没拿他钱。"成大年否认。

"他已经交代了。"

"让他来。"成茂生说，"我不知道他的钱在哪里。"

办案人员劝老人不要试图隐瞒，这种事终究瞒不住，过了初一，过不了十五。几天前他儿子成茂生还在大会场上给人讲话做报告，现在已经给关起来了。人不能做坏事，做了坏事就别指望逃脱处罚。

成大年不否认。儿子成茂生小的时候，他教儿子认字，告诉儿子人有人的规矩，字有字的规矩。他觉得儿子没当官前还挺好，当官头几年好像也还讲规矩，后来才不一样。有人讲山上有一条蟒蛇吞下了一头水牛，成大年不相信，哪怕那蛇吞得下水牛，只怕也会噎住，消化不了。这些话他都跟儿子说过。

办案人员知道成大年当了一辈子农技干部，人称"老成"，为人正派，他们不认为成大年有意成为成茂生的腐败共犯。但是如果成大年囿于父子关系，知情不报，为儿子打掩护，就好比窝藏罪犯，隐瞒罪证，待查实之后也会追究。

成大年说："我都七十多了。"

如果成大年为儿子暗藏赃款，年纪再大也跑不掉。办案人员让老人好好想想，不要错失机会。如果一时想不起来，以后想到了还可以告诉他们，他们等着。

他们打算告辞，无功而返。成大年让他们不急，要讲清楚。

"他不会跟你们说钱在家里。"成大年说。

"有的话他迟早要说出来。"

"你们只要他的钱，不要他的东西？"

他们让成大年留着那个电水壶烧水泡茶，他们不没收。

"别的东西也不要吗？"

"还有什么？"

成大年已经提到过，还有一箱纯净水。

那个东西他们也不要。

"你们还是把它拿走吧。"成大年说。

他讲了去年冬天儿子给他送纯净水的情况，提到儿子自己开车回来，自己把箱子从车上搬进家里，打开纸箱让他看满箱瓶装水。儿子让他烧纯净水泡茶，说味道会好一点儿，他没有听儿子的，嫌麻烦，镇上的自来水喝惯了，没觉得味道不好。前些日子他儿子又开车回来看他，说没有尽到当儿子的责任，辜负父亲了，拿什么都没法报答，只留着一点儿纯净水让父亲慢慢用。儿子还交代要修房子，今年不修，明后年再修。当时他想不明白，现在清楚了，儿子肯定知道自己要出事，所以来看他。因为要出事，修房子肯定惹人注意，不是时候，所以今年不要，明后年才动。儿子说，无论别人说什么都不要管，他们会说他都讲了，这个不要听。但是儿子也交代了一句话，如果有人来查，让父亲替他把纯净水交出去。

办案人员说，成茂生收贿受贿证据确凿，一点儿都不干净，不要指望拿什么纯净水表白自己，糊弄他们。

"没有糊弄。"成大年不认。

他告诉他们，儿子送水回家那天，曾经指着厅后头的楼梯，让父亲不要动下边的杂物，因为日后可能有用。他听出儿子话里有些其他意思，儿子走后特地到楼梯下边查看了一下，里边多了个纸箱。原来儿子从车上搬下来的不是一个箱子，是两个，一箱放在沙发边，一箱搬进来跟杂物放在一起。

"那是什么！"

一样，也是一箱纯净水。

"跟你说了，不要这个。"

"你们还是去看看吧。"

成大年领他们去了楼梯下边，乱七八糟的杂物里，果然丢着一箱纯净水，纸箱封口处的胶带纸都还紧紧粘着。老人说，儿子搬进来丢在那里后，他从没动过这个纸箱。

"没想看看？"

"对。"

"为什么？"

"我不要这种东西。"

那些人把纯净水纸箱搬出来，当着成大年的面打开。里边没有瓶装水，满箱都是钱，一叠一叠，一共五十迭，每迭百张百元大票，共有五十万。

办案人员把钱重新装回纸箱，搬上了他们的车。

他们问成大年看到钱有什么感觉？成大年还是那句话，他不知道纸箱里究竟是什么，但是早知道儿子要出事，从儿子把纸箱丢在杂物里的时候，或者说，从他在儿子家住，看到那些人出入家门的时候，以及听说山上的蟒蛇吃掉了一头水牛的时候。

"还有一盒月饼。"他告诉办案人员。

成小英把装在月饼盒里的三万元交出来时也掉了眼泪，她不知道日后拿什么给父亲修房子。成大年说，现在房子不要紧，人要紧。

他要求把"纯净水"和"月饼"都计为成茂生主动坦白交代并上交的物品，帮助儿子减轻罪责。他声称自己这么做是按照儿子回家时表达的意愿，替儿子坦白上交，因为儿子对他负疚，把决定权交给了他。他不需要钱，只要儿子，他的眼前一直晃动着儿子小时候认字的情形，只希望在自己的有生之年，还能在家里见到自己的儿子。

乌鸦与农夫

1

余建设给局长打电话，称有件事想向局长汇报。局长询问是什么事？他表示没什么大事，汇报一点思想。局长了解余建设汇报什么思想？可以在电话里谈一谈。余建设还是希望跟局长面谈。局长在电话那边沉吟，说手头事情很多。余建设表示不急，等局长有空，请求拨冗接见。

"再说吧。"局长挂了电话。

请求无果。余建设自嘲："操，汇报什么乌鸦？"

此时此刻，局长当然清楚余建设有些什么"思想"，局长所谓"再说吧"态度比较模糊，存在多种可能。其中一种可能是纯属推托，人家根本没打算理会余建设的思想，那么只能再而不说。当然也可能尚有机会，等局长忙完手头的事情，果真一个电话过来，让余建设上去说一说。如果是前一种可能，那么余建设准保没戏，不必指望了，反之则有希望，只要局长真的拨冗接见，万里长征就迈出了关键一步。

直到当天下午下班，局长那头没有任何动静，没有亲自打电话，也没有派秘书什么的前来稍事了解。余建设从办公室后窗往下看，局长的轿车始终停在办公大楼后边专用车位上，它没离开，表明局长一直在办公室里。也许局长一直忙不开，也可能余建设所要汇报的思想早给人家丢到九霄云外，再也不必说了。

下班回家，余建设对老婆分析："我觉得后一种可能性居大。"

老婆不服："他怎么能这样！"

"人家是局长。"

老婆问："咱们怎么办？"

余建设说："咱们豁达一点。"

老婆不说话。

她还是不服。该老婆一向计较有余，豁达不足，余建设心里有数。他认为自己老婆本质上很不错，其最突出优点是守财，擅长开源节流。两人结婚以来，老婆牢牢掌控家庭财政大权，夫妻俩的工资奖金过节费每一分钱都要由她过手，连孩子从外公手里拿的压岁钱也需尽数交公，由她收缴控制，统一使用。老婆在小学当老师，花钱很抠门，对自己要求尤其严格，包括使用奢侈品。女子都爱漂亮，有点虚荣，喜欢时尚，例如 LV 包，余建设老婆有一个 LV 包，她喜欢挎着那个东西逛商场，其实那是个冒牌仿制品，两百元的地摊货，因为花钱少，仿得还像，她挎在肩上很自然，不影响成就感。该老婆还有一好，尽管守财抠门，该出手时能出手，可以忍痛割肉，出于公心，顾全大局，也就是顾家庭顾丈夫顾孩子顾脸面，因此虽不够豁达亦无妨碍。

余建设给老婆讲了一个网络上流传的笑话，关于农夫与乌鸦。曾经有个老农在地里锄地，一只乌鸦飞过来，拉了泡屎掉在老农脸上。老农抬头大骂："操！出门也不知道穿条裤衩！"乌鸦当即回嘴："操！你丫拉屎穿裤衩呀！"

老婆不以为然："瞎扯，鸟哪有裤衩。"

鸟与裤衩没有关系吗？不对。余建设又讲一个故事，说有一家男士裤衩专卖店挂出一面推销广告牌，广告词只有五个字，叫作"此鸟有主了"。

老婆没听明白："这说的是什么鸟？"

"裤衩里的。"

"黄啊！"

余建设自嘲："这是幽默。"

有时候人确实需要幽默，例如等着局长"再说吧"，情况特别微妙的这个时候。此刻余建设不能心急火燎不断催促局长，因为他是下属，追急了会引起局长厌烦，效果适得其反。但是余建设也不能一味守株待兔，因为局长有可能贵人多忘事，也可能人家是在考察余建设是否真的很需要"汇报思想"。不能指望一个电话就让局长欣然接见，同时又不能一个接一个打电话，怎么办呢？余建设给局长发了一条短信，再次请求局长拨冗接见，允许他汇报思想。短信比电话简便，不必见人，不必听声，意思同样可以表达，相对不烦人，存在手机里也有助提醒。余建设在心里把该短信"幽默"为一滴鸟屎，他就好比笑话里那只乌鸦，从半空中一泡击中局长。还好局长不是笑话里的农夫，身为领导，局长清楚乌鸦从来不穿裤衩。

一连几天，局长那头始终不见动静。老婆越发沉不住气，总问余建设怎么回事？难道别人家的孩子是孩子，咱俩家的孩子不是？余建设劝她少安毋躁，咱们家这个孩子跟别人家孩子长得一模一样，货真价实，不是地摊上的冒牌 LV 包，这一点毫无疑问，赶时尚得来真的。

"但是咱们还要豁达。"他说。

星期五下午下班前，余建设在办公室里收拾东西，准备走人。他把笔记本收进公文包里，抓起放在桌上的手机往口袋里放，手机恰当其时，突然"嘀"的一响，来了条短信。余建设拿起手机一看，却是局长发的，短信内容极其简略："来。"

余建设没有片刻耽误，立刻离开办公室去了电梯间。余建设的办公室在三楼，位置偏下，局长办公室在九楼，再往上十楼就是顶层大会议室。余建设在电梯里没有碰上其他人，因为是周末，下班时间已经过了，留在大楼里的人不多，比较安静。出九楼电梯间时余建设也没遇到人，走廊空空荡荡。局长办公室位于东侧，通往办公室的走廊安有一扇铁门。余建设上前按响墙边的门铃，扬脸对着铁门上方的小孔，那其实是一个探头，可以把来客嘴脸传递进去供局长审阅，如果是不速之客贸然而来，该铁门是进不去的。余建设之所以需要打电话与局长提前预约，也是碍于该铁门。

几秒钟后铁门"嗒"地响了一声，门锁开启，余建设欣然入内。

局长一个人在办公室里，正在打电话，一只手拿着电话听筒，另一只手夹着一支点着的香烟。余建设进门时，他抬头看了余建设一眼，再看看余建设的手，捂着电话话筒，皱着眉头问了一句："干什么？"语气威严。

余建设说："没什么。"

局长抬手把香烟对准余建设摆一摆，示意余建设在一旁沙发上坐下，等一会儿。余建设没吭声，悄悄坐下。还好没等太久，局长三言两语把电话讲完，挂了。

"你说吧。"局长在桌上烟灰缸抖了抖烟头，"简单点，我还有事。"

余建设起身，从口袋里取出一张 A4 打印纸放在局长的办公桌上。

"这是什么？"局长问。

"个人简历。"余建设说。

局长把简历放在一边，没有看。其实确实不必看，他心里清楚。

"有什么想法？"他问。

余建设说："希望就地动一动。"

"就地？"

余建设说："请局长关心。"

局长看着余建设不说话，好一会儿才摆了下手。

"你的意思我知道了。去吧。"他说。

整个过程就这么简单。汇报非常简略，表态比较含糊。

余建设起身往门外走，局长在后边忽然问了一句话："那是什么？"

余建设说："没什么。小意思。"

他走出局长办公室。

所谓"小意思"是什么？一只布质的软文件袋，该文件袋本来锁在余建设办公桌的抽屉里，接到局长电话后，他从柜子里把它拿出来，带到局长办公室。进门时局长捂着话筒语气威严问他"干什么？"问的就是这个袋子。余建设坐上沙发后把袋子放在身边，起身时把它留在了沙发上。

事实上，余建设请求局长拨冗接见，主要目的就是将该文件袋送进局长的办公室。该文件袋可不是一滴半空中落下的鸟屎，它比较沉甸甸，装有两条香烟，是软包中华烟，局长只抽这种烟。除了两条烟，袋里还有钱，一共六迭，每迭一万，都是百元大钞，一共六百张，合计六万元人民币，包扎得整整齐齐，是余建设老婆拿存折从银行取出来，直接放进文件袋里的。余建设老婆所谓"咱们家的孩子"指的就是这六万元，而不是他们的儿子。这些钱说来不算太多，却也来之不易，为余建设老婆辛苦理财，聚敛而成，里边当还有儿子的若干压岁钱，现在一并留给局长笑纳。

余建设回到家中，老婆问："怎么样？"

余建设说："拿了。"

老婆即骂："贪官啊。"

余建设说："咱们要豁达。"

"这能成吗？"

"总是尽力了。"

老婆心痛不已："是真金白银啊！"

这种事与冒牌 LV 包确实不一回事，货真价实必须真金白银，时尚很费钱。

2

乌鸦为什么会从农夫的头上飞过？人们通常认为事出偶然，其实并不尽然，其中自有若干缘故。乌鸦与农夫发生纠纷，起因在于农夫锄地，农夫锄地时总会把一些小虫子从地底下翻到地面上，乌鸦喜欢吃这些小虫子，所以才会赶来凑热闹，因此才引发了乌鸦与裤衩等等追问。

余建设喜欢深入研究类似问题，出于其职业素养。余建设在局研究室当副主任，免不了要研究各种问题。余建设自嘲为天上那只拉屎的乌鸦，并不全是幽默，该乌鸦从半空中泡击局长实有具体原因，那就是锄地。眼下局长正在锄地，也就是考虑本局中层干部的调整提拔与使用，这种事情有如春种秋收，通常每隔若干时间进行一次，因为人类总有生老病死，干部总有进退留转，变化免不了，且有阶段性。干部调整时候，相关人士不免会有些思想，无论豁达与否概莫能外。余建设有什么思想？他自己当然最清楚，局长也不是不明白：本局研究室原主任已经在半年多前退休，其后余建设主持工作，但是一直未能名正而言顺。余建设早是研究室业务骨干，多年来工作努力，具备了足够的能力与资历，就地提任顺理成章，但是他感觉不踏实，就好比天上那只乌鸦。农夫从地里翻出来的某虫子一定得落到余乌鸦嘴里吗？余建设心知未必，特别是时下。时下与往常有何不同呢？往常相对比较单纯，只要乌鸦足够勤快，总是有虫子吃。余建设本人大学毕业到了本局，从科员干到副主任，一路过来，主要靠的是努力工

杨少衡中短篇小说选

作，完成任务，时候到了，领导们一商量，他自己还稀里糊涂之间，人就给提拔了。但是现在不太一样，领导一茬茬换，规定越来越多，程序越来越复杂，余建设这种乌鸦却感觉恐慌，因为虫子越来越看不见了，全都藏到了农夫的锄头下边。要从农夫锄下吃到虫子，眼下格外费劲，努力工作远远不够，需要其他功夫以投农夫之所好。时下农夫品性各异，有的喜欢听歌，那么乌鸦们就要尽力鼓噪，吹之捧之。有的农夫本能好色，乌鸦们就涂脂抹粉，把自己打扮得花枝招展。还有一些农夫比较务实，他们热爱真金白银，他们身边的乌鸦便会一哄而上，衔着存折到银行取款。以余建设所闻风言风语，本局现任局长不幸似乎比较务实，眼下该局长正在翻地，众乌鸦躁动不安，台面上冠冕堂皇，私下里"小意思"风行，似已成为时尚。

余建设怎么办呢？他对老婆说："咱们豁达一点儿，随它去吧。"

老婆反对："那不行。"

老婆失之不够豁达，她为老公打抱不平。她知道余建设嘴上很豁达，心里其实有些思想。从主持工作的资深副主任到主任，干的还是那些事情，工资提高不多，但是事关面子。如果到头来该他的虫子让别的乌鸦吃了，余建设心里肯定难受。机会稍纵即逝，能抓住的时候不去抓住，日后余建设自己想来也会后悔。因此还得努力一把，与时俱进，哪怕只为了对自己交代得过去，不因为自己无所行动而后悔懊恼。

老婆到银行取钱，交给了余建设。看着那六百张整整齐齐的现钞，她挺心痛。

"这不会打水漂吧？"她问。

余建设强调："确有可能。"

老婆不甘愿："那咱们太吃亏了。"

"咱们可以不吃这个亏。"

老婆知道后果，此刻出手不一定有戏，不出手则肯定没戏。她虽然抠门，毕竟能以大局为重，最后狠下一条心，忍痛出手，哪怕终无结果，到底已经尽力。

"舍不得孩子套不住狼。"她说，"拿去吧。"

于是余建设给局长打电话发短信，拉了泡鸟屎。如他自嘲："余乌鸦也时尚了。"

见过局长当晚，余建设彻夜无眠。老婆跟他一样在床上翻，辗转反侧，无法入睡。夫妻俩双双失眠，为了同一件事情，角度却有差异。老婆比较务实，她感觉局长把东西收下，万里长征迈出了关键一步，这就有指望了。不过事情想来依然很玄，咱们费老大劲拿出六万，眼下这点儿钱实不算多，万一别人一扔十万，咱们这六百张不就白送了？老婆非常担心孩子舍出去了，但是没套住狼，六万元打了水漂，那样的话太吃亏，太不公道。余建设毕竟是研究室资深副主任，他比较务虚，倾向于深入研究。

他与老婆讨论乌鸦拉屎的问题。他回顾走进局长办公室时的情形，局长一边打电话一边看他的手，捂住听筒问："干什么？"语气威严。那时候有一句话突然跳到他嘴边，差一点脱口而出。还好他比较豁达，使劲把舌头咬住，只回答一声："没什么。"

老婆诧异："你咬住什么话了？"

"你丫拉屎穿裤衩呀！"余建设骂。

老婆听不明白："这是什么？"

这是乌鸦骂农夫的粗话。农夫挨了一泡鸟屎，骂乌鸦出门不知道穿裤衩，乌鸦不服，因为即使乌鸦穿裤衩，拉屎也得光屁股。局长就好比那个农夫。农夫明知乌鸦光屁股还明知故问，拿裤衩羞辱乌鸦，局长明知余建设提着那个袋子来干什么，偏偏还要威严相问，显得领导很正确很无辜，让余建设倍感羞耻。

"我丫光屁股作案啊。"余建设自嘲。

"不要乌鸦嘴！"

老婆不喜欢乌鸦，因为乌鸦代表晦气。孩子已经舍出去了，这时候别听乌鸦叫，小心血本无归。如果余建设非要研究拉屎和裤衩，不如把乌鸦换成喜鹊，让农夫和喜鹊光着屁股骂来骂去，起码叫声比乌鸦好听，有望喜气临门。其实余建设不需要研究笑话睡不着觉，说到底笑话是人编的，世界上的动物中只有人才穿裤衩，所有的鸟无论乌鸦喜鹊都光屁股，因为鸟不需要裤衩，它们也不知道羞耻。

余建设说："眼下人跟鸟差不多了。"

3

事后证明，余建设老婆确有远见，舍掉孩子之后实不应该乌鸦嘴，乌鸦张嘴一骂，事情坏了，真是打了水漂。

局里公布一批干部任免，张三李四写满一张纸，余建设捧着该纸认真学习，从纸头学到纸尾，没看到自己的名字。但是局研究室任命了一位新主任，是个女士，原任办公室副主任，能力资历一般，年纪尚轻，长得不错。

余建设原地踏步，本次机会丧失，舍了孩子没套住狼，"你丫拉屎穿裤衩呀！"

余建设感觉非常不平。

老婆极其气愤："黑啊！"

她心痛丢掉的钱，那可不是鸟屎，扔在水里还会"扑通"一声呢。余建设劝老婆豁达一点儿，不就是一点钱吗？生不带来，死不带去。其实余建设只是故作豁达，他心里非常不是滋味，因为没有如愿，没有"扑通"，且钱没有了，裤衩也没有了。

那一天下午下班时分，余建设的手机忽然"嘀"的一响，还是一个字："来。"

局长主动召唤。

余建设去了局长办公室。情况与上一次相同，局长独自坐在办公桌后边，一手握着电话听筒，一手夹着点燃的香烟。局长用拿香烟的那只手比了个手势，让余建设在沙发上坐下，局长自己三言两语把电话讲完，挂了。

"你过来。"局长说。

余建设走到局长办公桌前，局长打开桌上一个大笔记本，指着里边的一段文字让余建设拜读。那是一段会议记录文字，清清楚楚写明："余建设，拟任研究室主任。"

"后来出了情况。"局长说，"改变了。"

"为什么？"

"上边领导交代用她。"

余建设说："不公平。"

局长说："再说吧。"

整个过程就这样，简单而高效。

余建设离开局长办公室，局长从后边喊住他。

"慢点。回来。"

余建设站住脚，看着局长。

"东西拿走。"局长说。

这一次余建设是两手空空上楼，并没有给局长带什么东西，但是沙发上有一个黑色袋子，余建设进门时已经放在那里。局长喊住余建设，示意他把该袋子拿走。

余建设说明："这不是我的。"

局长摆手："带走。"

"局长这是？"

局长语气威严："难道要我叫人送下去给你？"

余建设只得听从，拿着东西离开局长办公室。

袋子里有一盒茶叶。还有钱，不多不少，六万。

余建设把东西带回家。巨款失而复得，老婆看着桌上六选人民币，一时不敢相信。

"这是真的假的？"她问。

人民币当然是真的，茶叶也是真的。局长以一盒茶叶替换余建设送的两条中华软包香烟，虽然并非等价交换，却属礼尚往来。

老婆感觉困惑："他为什么不要？咱们孩子跟别人孩子长得不一样？"

理论上没有一张人民币是一样的，哪怕一起刚从印钞机上下来，编号也有差别。但是无论新币旧钞，只要面额相当，使用价值是一样的。

"也许你们局长其实不黑？"老婆猜测。

有可能余建设听到的风言风语都属不实，本局拒绝时尚。局长之所以没有在第一时间把余建设的钱退回，而是在事后处理，其目的只是不想让余建设过早产生思想顾虑，认为自己已经出局，不在局长考虑的人选里。这可能吗？有幸进入余建设所见任命文件里的张三李四多精于钻营，擅长以钱开路，局里人所共知，该任命书除了程序完整，未见出于公心。因此余建设得到的退款更多地出于另一种可能：局长不幸未能免俗，他很务实，

杨少衡中短篇小说选

热爱真金白银，但是人家还有底线，所谓拿人钱财替人消灾，余建设这件事未能办成，所以退款。如果办成则予以笑纳。

老婆发表意见："他倒也买卖公平。"

余建设问："哪里公平？"

农夫从地下翻出的虫子，不能说就是农夫之所有，据之以私下买卖决不公平。问题是锄头在农夫手里，除了"你丫拉屎穿裤衩呀！"乌鸦还能如何？现实结果是"此鸟有主了"，本研究室新任年轻女主任成了余建设顶头上司，余建设枉费努力，已经没戏。

老婆追查："那女的怎么爬上去的？钱更多，还是屁股更白？"

"说是上边领导交代的。"

"真的假的？"

"谁知道呢。"

余建设回顾局长语气威严命他把退款带走的情形，那时真是很狼狈，很羞耻。

"操！光溜溜裸露个鸟啊。"他自嘲。

于是轮到老婆劝告余建设了。老婆说事情已经这样，咱们豁达一点儿，毕竟咱们没太吃亏。要是人家不退钱，咱们还有什么办法？那不是鸡也飞了，蛋也打了？所以还算好，钱退回来了，六百张纸一张不少。

"纸没少，少了一条裤衩。"余建设说。

"裤衩不要紧，衣柜里有。"老婆安慰。

老婆最突出的优点是守财，巨款重归让她感觉良好，当晚睡得很香，不像余建设一上床就翻来覆去。半夜里卧室传来异常响动，老婆被惊醒，黑暗中顺手一摸，余建设不在身边。老婆大惊，爬起床跑去洗手间查看，洗手间黑洞洞的，老婆把电灯打开，却见余建设脱了裤衩，光屁股坐在马桶上，垂着头，两手捂着脸。

老婆大骇："这是怎么啦！"

余建设泪流满面。

牛到新疆还是牛

1

五一假日假期第三天，上午十点，牛建设接到一个陌生女子的电话。当时牛建设正在自家后院"吃草"，电话打到他的手机上，手机铃声发闷，因为给捂在上衣口袋里，上衣丢在一旁的摇椅边。

陌生女子询问牛建设是否外出？牛建设称自己严格按照要求，哪都没去，就在家里。女子说怎么牛家电话无人接听？牛建设建议该女再挂一次，可以判定他没有说谎。他说他妻子出门逛街，自己在后院，电话在厅里，可能没听到铃声。

陌生女子对验证牛建设是否说谎没有兴趣。她自报家门，说她是干监室的。牛建设即追查，问干监室是干什么的？这一问明白了，是干部监督室，归组织部管。陌生女子请牛建设于当天下午前往该室，有情况要跟他核对。

"有人告我状？"牛建设问。

陌生女子不予正面回答，只道来了再说。

随后牛建设继续"吃草"。牛建设姓牛，其实是人，人通常不吃草。牛建设所谓"吃草"是开玩笑，指的是锻炼身体。这个人有一爱好是俯卧撑，年轻时当兵，能不歇气撑个百十下，如今上了点年纪，依然相当拿手。牛建设住的机关大院宿舍楼也有些年纪，是二十世纪八十年代的旧楼，套房面积小，相当老旧。牛建设住一楼，上边压有六层。类似旧楼比较人性化，怕一层住房压力太大，特将楼后一小块空地划归，因此没能顶天，尚可立地，足以让住户摆几盆花，种两把空心菜，或者养窝兔子。牛建设对该空地加以绿化，种草皮，他在草地上练俯卧撑，老婆笑他是牛吃草。

后来谈及当时情况，大家都说牛建设不得了，真是牛。首先不知道干监室干什么，牛。其次知道有人告状，继续吃草，真是牛。大家这么说略带讥讽。本地有句俗话，叫作牛牵到新疆还是牛，说的是这种大型食草类哺乳动物就那秉性，身材大，反应嫌迟钝，脑袋大，处世不活络，不管放多远都一样，哪怕你从太平洋边一直把它牵到天山脚下，总是本性难移，不可救药。

2

牛建设在市人事局职改办供职，资深主任科员，被称为该办一头牛。在本地，牛这种动物让人印象很好，产奶并屠宰之余，大量使用于农村劳作，主要是耕田拉车。这东西力气大，性情相对温和，虽不免有牛脾气，总体看比较傻，让人理顺了，就很好用。牛建设经常在自家小院练习"吃草"，所以身体很好，这人力大如牛，犁几块地拉几天车，小意思，不在话下。这么说当然是一种比喻，哪怕你真把个牛轭套在他脖子上，办公室的桌子沙发间哪容该牛拉车？但是任何一个单位都有很多琐事，需要跑腿、动手、联络、服务、协调，琐事办起来既费劲且没意思好处又不多，不讨精英人士之喜爱，这就需要一头牛，需要这个牛建设。牛建设业务很熟悉，做事很负责，不吭不声，可堪重任。如鲁迅先生所表扬：吃的是草，挤的是奶。

早先有一回，市职称办组织一场日语考试，牛建设盯在现场，办理分发考卷、审验考生、收卷装订等各项考务，同时参与监考。开考数分钟，主考领导来了，悄悄指了前排一个女孩，让牛建设注意。牛建设说知道了。参加该场考试的多为本市新闻单位从业人员，这些人评职称要过外语一关。记者编辑业务领导们工作繁忙，没有时间读外语，职改部门设法通融，请了师院的老师办班培训，重点辅导，然后开考。这种考试性质比较接近走过场，大家心知肚明，考生中不少人以往没学过一天日文，如今冲它而来，主要因为该国语文比较特别，里边的汉字容易认，可资坑蒙拐骗，猜测联想，比英语好懂。主任指给牛建设看的女孩在报社当记者，因为某个原因，此人需要多点关照。

结果牛建设真把人家关照了。小女子很猖狂，在考室作弊，公然把教材拿出来放在桌上抄。场上考生没几个真行，不作弊确实有困难，问题是即使作弊也应当注意影响，宜放在抽屉下边偷偷搞。小女子如此阳光这般公开，视监考如稻草人，实有些过分。牛建设拿了支笔，走过去在小女子的桌头敲敲，以示警告。小女子笑笑，不予理睬，继续抄写。牛建设即犯了牛脾气，也不说话，伸手取走人家那本教材。小女子不好惹，笔一丢跟牛建设抢那书，牛建设一气，即提笔在人家的考卷上打个叉，宣布该考生考场作弊，资格取消。

于是事情大了。该女为某领导的女公子，迎考前其父曾给局长打过电话。主考官很重视，事前特意把她指给牛建设看。碰上这种事这种人该怎么办，牛不知道，人知道，现场诸位个个清楚。牛建设是资深人士，他不知道吗？当然知道。但是事发临头，一到要害时刻，他就变成牛了。

牛建设当过兵，当年他在部队干到副连就转业到了地方。没在部队升上去不是他表现差，是他运气不好，时恰逢部队缩减员额，他那个师列入整编，番号取消，大批军官打道回府。这人从部队带回一个二等功，因为在一次军事任务中有异常出色表现。以该项立功记录推测，如果他能一直待在部队，想必扛颗星当个将军亦可期待。但是人家命运另有安排，他回来了，去了人事局，职别为干事。他在地方上干了十多年，局里几个科室轮着走过，当过几年副科长，逐渐资深，末了到职改办管考务抓作弊，连个科长都没当上，离将军级次相差比较遥远。究其原因就那句土话：牛牵到新疆还是牛。果然变不成猴。

3

他们询问四个月前的事情。时间很具体：今年年初，元月四号那天晚上，牛建设在干什么？

牛建设说当晚他在市宾馆楼下宴会大厅请客。他女儿于元旦结婚，本地风俗，婚后第四天新娘回娘家。牛家在宾馆宴请宾客。

干部监督室接待牛建设的是两个人，一位四十上下的男子，姓李，是室主任，另一位年轻姑娘姓陈，是科员，听声音，是上午给他打电话的陌生女子。两位干部笑容可掬，对牛建设挺客气。他们说假日期间还让牛建设跑来，挺过意不去，但是工作需要，事先也打过招呼，请牛建设谅解。牛建设说两位客气了，节前接到通知，让他近几天不要外出，他严格照办，哪都没去，就在家里，随时听从召唤。李主任问牛建设以前到过干监室没有？牛建设说早先联系工作来过一次，记得当时是叫"干审科"。主任点头，说改为现在这个名称也好几年了。

然后就打听元月四日。他们知道牛建设那天晚上在宾馆宴会厅嫁女请客，他们需要了解这件事的有关细节。

"听说办了好几桌？"

"不是好几桌，"牛建设不含糊，给了一个准确数字，"一共三十八桌。"

"一桌有十人吧？"

"大多坐满。也有桌空了几位。"

这就是说，宾主加起来当有三百余众。

两位约谈者重点了解婚宴现场情况。客人是些什么人？都是亲戚吗？客人们是空着手来，还是送东西或者是送红包礼金了？牛建设说该婚宴的具体情况他有记录，可以整理一下提供给两位。明人不做暗事，他喜欢一清二楚。

李主任、陈干事很高兴，他们说这样最好。他们让牛建设回去，根据其纪录赶紧写份材料，于明天上午送到干监室来。

牛建设立刻发表不同意见。他说明天上午恐怕不行，时过四个月，有些日子了，具体情况他需要回想一下，他还得找一点资料，尽量搞准确。然后动笔，找人打印，装订，最快也得一整天。

两位干部摇头，说不行，领导催着要呢。牛建设不管，他说这种事马虎不得，要弄就得弄个清楚，非得有足够时间，少了他没办法，无法提供。两人挺为难，说他们得请示一下。于是李主任留下来继续跟牛建设攀谈，陈干事跑出去请示。十几分钟后她回来了，说领导同意，就明天下午吧。

约谈至些顺利结束，整个过程唯一言以蔽之：牛确实是牛。

这件事本可当场了结，无须留待来日。两位干部监督人员约谈，不是审理大案要案，尚属一般了解情况。对待类似事项，当事者的态度应当积极一点儿，说法可以灵活一些：是不是请客了？是啊，女儿结婚是大事，亲朋好友聚一聚人之常情。请的人多吗？没多少，就那么几桌，反正不多。咱们即不是领导也不是大款，要那么多干吗？难道还上大街拉客用餐。收礼金了吗？有些客人给了，不多，小意思，不够菜钱。需要搞个材料？给张纸，就这几句话，五分钟写清楚了。

通常情况下，事情到此为止。牛建设要是索贿受贿是个腐败领导，其犯罪情节自当查个一清二楚，时间地点数额务求准确，以供法官参考，好好判他几年。但是眼下他尚无资格，除有权给作弊考卷打叉之外，并不掌握可资交易的权力。他这种人为女儿办婚宴就那么回事，本人解释解释可以了。哪怕说得不甚清楚，有关部门也不需要立案审查，把当天出席婚宴者一一拿下，让他们各自坦白送了多大的红包，并提供可靠证据以防信口开河。类似事项不可能，不必要，也很难这么去办。

但是这个牛很犟，他非要找个牛轭给自己套上。为什么呢？真是人不知道，只牛自己知道。

4

牛建设是职改办一头牛，他有些牛脾气，牛一有脾气就难免坏事，例如把一个来头很大的小女子逐出考场，让主考等领导非常坐蜡。但是通常情况下牛还是很让人喜爱的，因为它耕田，拉车，可以挤牛奶，能为人类奉献牛肉。牛建设从军得过二等功，转业后任劳任怨，工作表现一贯不错，就因为牛了一些，总是不得其用，天长日久，不免有时会发点牢骚，说在本单位时间最长，干得最多，有事要做都想到他，给点关心的时候就想不起来了。大家一想不错，很是同情，公道之叹油然而生。单位领导也是人，大家同情此牛，领导也有同感，确实应该给点关心。牛建设时有牛脾气，这不要紧，想办法理顺了，牛还是好牛，还能多拉快跑。于是牛建设有了一个机会。

这年初春，机关里推荐干部，牛建设票数很多，都认为此牛应当给解

杨少衡中短篇小说选

决一下。领导很关心,十分尊重民意,决定解决,就安排了考核。牛建设这种情况,提起来当领导可能难以胜任,毕竟当领导要求比较高,牛建设充任监考,脾气上来不管三七二十一即把一个小女子逐出考场,弄得领导很被动,他要是当上主考,没准会把全体考生全部逐出,那简直就没法收拾。所以不好让他当领导。比较可行的方案是提拔,给个非领导职务,叫作副调研员,旧称助理调研员,机关里俗称副处调。领导们经过研究,就这么决定下来。大家在报纸上看到消息,很为牛建设高兴。

牛建设能上报纸,不因为该牛很重要。给他一个副处调,不算本地重大新闻。但是眼下提干部需要公示,告知该牛拟任何职,如存有不符合所任职务要求的问题,可在规定时间内向负责部门反映,等等。本地公示期规定为十天,公示途径是报纸,于是大家知道了牛建设的好事。当然也不是只牛建设一人有好事,跟他同批公示者计有十名,按照排名规则,以姓氏笔画为序,这时候牛建设便显出了优势。牛字笔画少,如果没有姓马的出来竞争,姓牛的通常能跑到前边,这一回正是如此,十人中无人可比,牛建设以姓氏笔画最少排了头,那天报纸的标题为:《关于牛建设等同志任职的公示》,牛建设很牛。

这个假日里,为什么牛建设没往外跑,一味只在自家后院"吃草"?因为他接到通知,要求假日期间尽量不外出。牛建设等十人任职是在国际劳动节前夕研究的,假日恰在他们的公示期内,因此需要牛建设等十人就近放假,以便一旦有反映,可以即找来了解询问。五月三日这天,打电话把牛建设叫到干监室,做的就是这一件事情。干部监督室是干吗的?日常业务不讲,干部任职公示期间,受理群众反映问题,按照规定程序进行审理,就他们的事情。

大家感觉到了,牛建设可能有麻烦。

5

第二天下午,牛建设如约到来,再进干监室。接待他的还是那两位,一男一女,干监室的李主任和陈干事。

牛建设提供了一份材料,厚厚一叠,拿出手,让对方两位大吃一惊,这才相信此牛说话不虚。这么一份大材料，真是没办法五分钟出手，花一整天时间不为过。问题是有必要吗？五个月前嫁女儿，请亲戚朋友吃一顿饭，如今需要写个情况，几句话足以对付，有必要如此大手笔，做博士论文似的，整这么一份材料？人家牛建设认为有必要，不这样不足以说明问题。

两位干部当即加以浏览，确认牛建设这份材料很有分量，很完整，基本事实清楚，证据非常充分，几近极致。牛建设在材料里提供了几方面的情况，一是出席其女婚宴的人员名单，共列有名字近三百名，包括各自的单位和身份。牛建设说明，这是根据记录加记忆整理，以当时订桌情况推测，实到客人不止这个数，肯定有部分人员当时未能记住，或现在未能想起，没有列进名单。如果需要，他还可以请当时到场者一起回忆，进一步核实。当晚，客人们一共给牛建设送了二百余笔礼金，其中有的为数人合送，包括夫妻合送。所有赠送人和赠送数额均有现场记录本为证，牛建设提供了复印件，同时把原件拿到干监室，让李主任和陈干事验证。根据这些记录，当晚该牛收受亲友同事的礼金总数六万余元。

情况列举至此已经十分完整，牛建设却不认可，他的材料加有详尽备注，有如上乘博士论文列有大篇幅注释和引文出处，以表明学术成果不凡。牛建设的备注主要有两部分，一是当晚婚宴的开支，包括酒水一共五万出头，附有发票和收据复印件。据此粗略加减，当晚收支相抵，该牛盈余万余。牛建设不以此为足，他还有另一项备注，是他的相关人情账，详细列举一百余笔记录，是近十年里参加他人婚宴、乔迁宴等人情来往时，他分别给付红包的情况。他特别说明，称自己类似人情来往都留有记录，这里提供的并非全部，涉及的只是当晚出席其女婚宴并送有礼金的人。他要以此证明自己所收礼金多为回馈，当年他送，现在他们还，数额基本相当，有的小有出入。

"这样有问题吗？"牛建设询问。

当然有问题。牛建设利用女儿婚宴收受礼金若干，有现场记录本为证，似可采信。他的相关人情账则纯属自己说的，只有一串串阿拉伯数字，没有对方开列的收条和发票佐证。可靠吗？会不会有所夸大？类似记录实难以核准，不足为据。因此李主任不能正面评价牛建设的博士论文。他只能表扬牛建设态度很认真，材料很完整。同时他还提供了一份复印文件请牛建设学习，他问牛建设对该文件是否有印象？如果有兴趣，允许他拿回去继续学习。

什么文件呢？元旦春节期间加强廉政建设的通知，由本市几个相关部门于去年底联合行文。通知不长，两页纸，列有数条，其中包括要求领导干部两节期间加强自律，婚丧嫁娶不得大操大办，铺张浪费，更不得借机敛财。等等。

牛建设还不算领导干部，但是并不因此就有权顶风作案，为所欲为。

6

古人说人贵有自知之明，看来牛也不差。那天上午有陌生女子来电，一听是通知到干监室公干，牛建设立刻询问是否有人告他。显然他懂，这方面并不迟钝。公示期间，要求他提供情况，肯定是有人反对他，或打电话或写信或亲自上门反映，把他给举报了。闲来无事总在自家后院吃草的如此一牛，居然也有对头，得蒙高看一眼，进入被举报者行列，有如报纸上屡见的贪官污吏，想来令大家很好笑。这种事说到底也属正常，毕竟牛有脾气，免不了偶尔会触犯人，例如驱逐某作弊女考生。所谓种瓜得瓜，种豆得豆，时到花便开，看来人皆难免。

牛建设被举报的事项是嫁女大操大办，这件事让大家很感兴趣，因为涉及其女小牛。这小牛可不像老牛只会在自家后院吃草，人家是本地公认的一个人物，长得好，有心计，不会读书，却会嫁人。说小牛不会读书，指的是她从小学到高中，没一次是自己考上的，从来都靠老爹吃草，挤奶，花择校费。说她会嫁人，是她从中学一出来，没几天就结识一个男孩，再过几天两人好上了，如今就结婚了。这男孩竟然很有来历，老爹是本市一个有名的房地产商，据说身家数亿。于是大家很感叹，都说真是牛建设的女儿吗？遗传变异也能变得这么凶？这哪是牛，明明是金钱豹嘛。

牛建设很生气。小女儿结这门亲家，让爹妈很受用，他生什么气呢？怪人家男孩不好。他说小伙子吃尽山珍海味，瘦得像根竹竿，哪里配得上他们家小牛？身家再大，身体不好有啥用？不如后院吃草。于是小牛拉男孩去了一趟医院，单据发票厚厚一叠，与体检报告单一起，呈父亲阅处，与其父喜用发票单据为证如出一辙。医院提供的单据表明该男孩身体器官一切正常。牛建设还是不松口，这一次是怪人家男孩头发长得不好，他说这年纪头发该是又黑又密，哪像这小伙子眼看着不剩几根，过两年一秃，哪里走得出去。

牛建设反对女儿挑中的金龟婿。理由很可笑，态度很坚决。问题是这种事如今很难由父亲说了算，人家小牛自有主张。钓一只金龟婿容易吗？这不抓住，转眼就让人给抢了。最终父亲争不过女儿，小牛弃牛家后院草地，奔竹竿秃头而去。

因此牛建设元月四日大宴宾客，脸上并无多少笑容。一直到最后，女婿还是让他很不上心，身材、头发什么的其实都是托词，总之他不喜欢。但是最终他还是遍请亲友，大办宴席，因为毕竟女儿是自己的。牛可以不认人，不会不认牛。

现在只过四个月，女婿尚未秃头，岳父就给告了。看起来本地医院水平不高，单据发票证明开了一叠，要害问题没有找到。

7

五一假期最后一天，牛建设再一次被请到干监室，接待他的还是那两位。在牛建设提供了足以申报博士学位的论文之后，他们还是没放过他。

"有一些问题需要进一步核实。"他们说。

这一次涉及的是牛建设的亲家，本市著名房地产商。本地习俗，新娘回门那天，老丈人设宴请女婿，也请亲家。当晚牛建设的亲家夫妻很配合，双双隆重出席。根据牛建设提供的名单，宾客中与亲家一方有牵连的人不少。牛建设的亲家是大款，有钱，根据"富在天涯有远亲"定律，攀他的人多，亲戚朋友包括表叔契侄数量惊人，有如该款开发楼盘砌进墙里的空心砖。这些空心砖总会在各种场合适时冒将出来，例如牛建设的婚宴。

李主任询问说，元月四日晚牛家婚宴，名单中的许多宾客是否来自亲家那一方？牛建设说不错，其中有一些人他并不认识。

"既然是双方一起，具体数字还应当搞准一点。"李主任说。

两位干部让牛建设把材料拿回去，做适当修改，务必于第二天下午之前把修改过的材料再送回来。

"你只要涉及与你有关的就行了。"

李主任如此表达，差不多已经到了极限。轮别个早就心领神会，牛建设居然没听懂，这头牛牵得够远了，至少到了甘肃，眼看过星星峡就到新疆，但是牛就是牛。

牛建设说他不知道李主任什么意思。材料有什么不对？每一个字，包括数字的真实性他都可以保证，绝对没有假话。名单中确实还少了些人，主要是亲家那边的，他不认识。他已经说明过了，如果需要，他会进一步核实，再提供清楚。

李主任说他们不是这个意思。

"我们考虑，既然是两家一起，那就各自承担吧。"

牛建设还是没有听懂。李主任无奈，只好更具体地进行指导。他说，所查元月四日婚宴一共请了多少桌？牛建设提供的材料已经写明。问题是这里边有多少该算牛建设的？如果双方一起，那么就该各负一半。也不一定就是一人一半，大家都清楚，小牛嫁了个大户，对方经济实力雄厚，为什么不能承担更多份额？具体情况别人不清楚，只他们亲家俩自己知道，牛建设可以据实修订他的材料。

现在不说人，牛也听明白了。通常情况下李主任只要公事公办，把牛建设的"博士论文"做点摘要，突出几项关键数据，往上一交就了事了。他为什么节外生枝，要当一回"博导"，指导牛建设如此修改"论文"？显然有所不忍，也许这还是他上级的意思？牛建设尽管牛，毕竟耕田拉车，众人清楚，只在自家后院吃草，未曾贪污受贿，祸国殃民。这一次有赖群众推荐，领导认可，得到这么一个机会，可望解决解决，却被人家举报了。牛建设被举事项说大不大，说小不小，恰在两节期间，牵涉文件禁止事项，认真追究起来也确实是个事，顶风作案还能提拔？让有关部门和领导很为难。如果牛建设所办宴桌数据小一点，不归为大操大办，就有考虑的余地。于是需要推敲数据。

牛建设听明白了，反应却出人意料。他当场发表意见，郑重声明，说元月四日晚是他姓牛的为女儿出嫁请客，到场的所有人都是他的客人，亲家一方人员同样是他的客人，不是主人。当晚所有宴席都算他的，一切开支都由他自己支付，定桌时他让妻子把家中存款尽数取出以先付定金，他还可以提供当日取钱的银行凭单为证。

李主任让牛建设不要急，考虑清楚了再说。牛建设说用不着考虑，情况就这样，他说的每一个字都是真实的。李主任问牛知道后果吗？牛建设说他不说假话。

李主任说："你知道我们是好意。"

牛建设说非常感谢，好意他心领了。

李主任做了最后的弥补，他还是建议牛建设不着急，回去好好回忆。几桌就几桌，实事求是，没问题。也可以考虑补充说明一点情况，提出几条原因和理由。即说实话，又解决问题，应当还是做得到的。总之争取得到领导的理解，有一个比较好的结果。想清楚了，修改好材料，明天下午前送来就行了。

牛建设站起身，拒不取走他那份"博士论文"。他说用不着了，就这样。

这就是牛，这牛到底怎么回事？原来牛家小牛找那么一个女婿，老牛从一开始就不赞成，但是没有办法，最后只能让孩子自己决定。这桩婚事很轰动，外边人说牛建设傍上一个大款，好像图了人家几个亿，让他心里非常窝火。牛建设上了报纸，众人一听提拔便有议论，都说大款果然含金量高，一定是人家花钱帮牛买官。牛建设知道后只骂他妈的。当初牛建设为女操办婚宴，是因为心里不舒服，要让大家看看牛建设办得起，用不着依靠哪个卖楼的。要是现在他自己出来捧屎涂脸，大家听说连这几桌宴席都是亲家帮着出钱，他还有什么脸？这还有人格吗？

8

牛建设最终被拿下，没过关，白上了一回报纸。以他在论文里提供的具体情况，哪怕个个想帮，确实也难，其中道理人人知道，只有牛不知道。

未免大家要评论，说果然牛就是牛，牵到新疆还是牛。这么迟钝哪是人，是牛。牛建设那不叫人格，叫牛格。如今人格不好找，牛格好找，因为牛傻，不像人。

还好该牛自做自认，照常耕田拉车，闲来后院吃草，没事一样。

新石器人类

　　我们常调侃刘成立是"新石器人类"，因为他这人颇有些与众不同，在我们中不算鹤立鸡群，也算凤毛麟角，有如远古新石器时代的人物穿越时空落到了我们身边。

　　刘成立本人跟新石器大有瓜葛。这家伙大学读的是考古，毕业后进了我们这里的文管办，搞文物管理工作。时下该工作常见于房地产开发新闻中，因为某个文物保护项目与开发商闹矛盾。刘成立在这方面倒也建树不大，有如他考古出身，对进下价值连城的古玉古瓷古字画之类古董却也研究不多。令刘成立一举成名的只是若干块老石头，据说年代比什么古玉古瓷都长久，是新石器时代还有点像猴子的那些人类老祖宗拿来砸东西的老石头。这玩意儿号称古老，却上不了中央电视台"鉴宝"栏目，不像其他古董可以拿来标价出售，于我们芸芸众生没有太大吸引力，只对刘成立有点意思。刘成立在本县文管办当主任时弄出了那几块老石头，是在县城北部望高山捡到了，那座山修一条路，几辆钩机挖开一面坡，刘成立跑到那里转悠，捡到了那几块石头。说来也得承认该家伙确实专业，眼力不错，那几块破石头太不起眼了，丢在地上任谁都不会多看一眼，准会拿脚尖一踢让它滚一边去。刘成立却一眼看中，认为石头上的砸磕痕迹非自然形成，是人为加工所致，当是古人类制作的石质用具。刘成立把这几块很可疑的老石头捡回他的文管办，上送省城鉴定，然后就惊动了许多人，有一拨一拨的专家从省城、京城光临本县考察。望高山道路工地上的钩机被停止作业，地盘交给一支考古队。考古队挖土不止，又在那里发现了若干石头器物，以及一些动物骨骸，据认为是当年那些新石器人类捕食和驯养的动物遗骸。因为这些发现，望高山终被确定为一个新石器文化遗址，据说它将本地人类活动史提前了若干千年。有专家因此建议继续进行发掘，并在望高山建一个新石器遗址公园。刘成立作为几块老石头的最初发现者出了一回名，尽管他发现的那些东西拿到文物市场上实一文不值。

当时有一天，有一个人光临刘成立的文管办，当面批评刘成立："你的问题很严重。该怎么处分你呀？"

批评刘成立的这个人不得了，他是吴长河，时为本县县委书记。

刘成立争辩："请吴书记指出错在哪里。"

吴长河当即指出，刘成立身为县文管办主任，级别不高，想法不少。不去认真管理现有文物，倒会四处转悠捡石头。几块老石头弄出这么大的动静，搞得省里专家不够，还得北京专家来。望高山挖得乱七八糟，雕几尊猴子搞一个公园不要紧，原来的路要改道，想开发的房地产不能上，有出无进，全是赔本买卖。专家来了领导要陪同，得费多少精力？接待经费也是一大块。财政本来就紧张，加上这么花，哪来的钱？扣文管办的经费，还是扣刘成立的工资抵账？刘成立自己认吧。

刘成立很沉得住气，当即表态："拿我工资给吴书记扣。"

吴长河说："你那几个工资顶个啥？扣光。"

刘成立咬咬牙："可以。"

"还要给你一个重重的处分，免掉你的文管办主任，干脆让你去接孙子算了。"

原来领导是跟刘成立开玩笑，所谓重重的处分分明就是重用。吴长河批评刘成立的那些话都不假，刘成立发现几个老石头，让县里增加开支破费接待费还耗费精力，但是却也让本县意外出了个名，从上边拿到的钱数十倍于花掉的，如此看来还是划算的。县领导接待上级领导专家很费精力，却也让领导有了更多的表现空间，对领导不无意义。因此吴长河书记是正话反说，以批评的方式进行表扬。在本县范围内，只有一个人有资格对刘成立这般表扬，就是吴长河。因为他是县委书记，第一把手，大权在握。领导批评中提到的"孙子"并非幼儿园的某个小朋友，其大名孙添，是刘成立的顶头上司，县文化局的副局长，文物一块归他分管。孙添心宽体胖，一天到晚乐呵呵的，对他们家祖上的《孙子兵法》有研究，县领导常开玩笑称他为"孙子"。孙添因年龄到点，刚刚退下。吴长河宣布拟重重处分刘成立，让他接孙子，暗指接任文化局副局长，该怪异处分不像是开玩笑。孙添腾出的位子尚待填补，刘成立捡到的几块老石头填补了本地考古一项空白，让他本人来填补文化局这项空白显然也相当合适。

　　吴长河是在公开场合对刘成立做上述批评的。那一天为表示重视文化，吴长河专程到县文化、文联等单位调研，他身边围着一群人，有县里其他领导，也有部门头头脑脑。吴长河在调研结束拟离开文化局之际，途经走廊边文化局所属文管办时，忽然心血来潮走进门，与刘成立握握手并张嘴批评。现场聆听领导批评的人有若干位，领导并不忌讳他们旁听，因为所有这些人都在他有效管理之下，包括会捡石头的刘成立在内，没有一个人需要领导太当回事。

　　但是旁听总会带来传播，吴长河对刘成立的批评迅速在本县扩散，人们开始饶有兴趣，等待刘成立受处分接孙子。有性急的朋友提前给刘成立打电话祝贺，称他为"刘副"。刘成立很较真，拒绝接受该称呼。他反复强调没那回事，妄自认领有失尊严。

　　刘成立这人一向比较严肃，为人偏于淡定，不太热衷俗务，所以他才会捡到那几块老石头。如果他像我们一样闲来总是打听这个八卦那个，估计也不会一脚踢到新石器时代。问题是这一回不是他去买彩票图帽子，是人家吴书记直接点名，拟将孙子之位给他当头奖，情况便有些不同。不说我们大家忍不住为之传播，即便是他这样一个古时候的人自己也有些把握不住。他嘴称妄自认领有失尊严，心里显然是有想法的。"接孙子"于他无疑极具吸引力，一来当领导令人眼热，有名有利。二来还能为人民服务，可以做点事情。刘成立是想做事的人，如果他真能"接孙子"，拥有更大的权力，调动更多的资源，对他继续在望高山捡石头并扩大战果肯定大有好处。因此只要不是妄自认领而是实至名归，岂不无限风光，大有尊严？

　　但是事情总没下文，吴长河对刘成立的重重处分迟迟未见实施。一晃几个月过去，刘成立一如既往地沉得住气，我们的感觉却非常不对。领导按兵不动，其中必有原因。这原因是什么呢？看看刘成立那张严肃的新石器脸就可以推想一二。现在是什么时代？谁能指望无须争取，好事自己从天上掉下来，直接砸到自己的脑袋上？哪怕买彩票中了头奖，你也得在规定的时间内，亲自拿着那张印着字码的花纸头前往投注站兑奖兑现，谁要是只会坐在家中等着人家携那笔巨款亲自送上门来，时间一过保准两手空空，巨额幸运奖项化为乌有。领导公开宣布拟对刘成立实施处分，该处分实尚未落实，如果刘成立不去努力，领导完全可能改变主意，只当它是开个玩笑。这是完全可能的。刘成立尽管被我们戏称为新石器人类，毕竟生活于当今，如俗话所形容："没吃过羊肉，也见过羊拉屎"，这些简单道理他该是知道的。

事实上他确实心里明白，只不过比别人更矜持一点儿，更沉得住气一些。如果此前什么事都没发生，没有哪位领导走进门来对之严肃批评并引发广泛热议，那么刘成立可能一如既往地波澜不惊，一天到晚蹲在望高山上捡石头，与新石器人类为伍，无须为其他想法烦恼。问题是事情已经发生，而时间一天天过去，领导的严肃批评经广泛传播后渐渐沉静，越来越像个笑话，曾经有过的"刘副"笑称已经像是调侃，人们还在不断关心刘成立怎么回事？这个时候他终于有些坐不住了。

他说："这个样子真是有失尊严。"

这种感觉我们很理解。如果你曾被人们热议追捧过，到头来还是个光头，那顶帽子没戴到脑袋上，确实自尊心很受伤，会感觉很没尊严。这时候是需要努力的，迫于形势及大家的关心，刘成立终于有所行动。

他往吴长河办公室挂了一个电话，提出要面见领导。

接电话的是小李，为县委办干部，领导身边工作人员，跟随吴长河处理相关事务。

小李问："找书记有什么事？"

刘成立说："也没什么大事。"

"吴书记最近很忙的。"

刘成立表示理解，吴书记任何时候都是很忙的。刘成立实在不想给吴书记添麻烦，只是有一些思想得向他汇报，找别人没用，只能找吴书记。不会占用领导太多时间，几分钟就可以了。

小李说："我会报告领导。"

"拜托了。"

刘成立静待佳音。等了一天又一天，一周时间过去了，什么动静都没有，有如吴长河曾宣布的重重处分。小李不可能私自压下刘成立的请求，吴长河也不可能忙得拨不出几分钟时间。这里边像是有什么地方出错了，刘成立却难以核实其错何在。换上一个会来事的，可能会再次致电小李，表明自己汇报思想十分迫切，打听一下领导有什么考虑。但是刘成立毕竟是新石器人类，一再拜求，他脸上挂不住。

看来领导真没把他太当回事，所谓"重重处分"实为"始乱终弃"，刘成立无须自寻烦恼，还是老老实实到望高山捡他的老石头去吧。

这时忽然来了个电话，是小李。

"领导让你晚上来，到办公室。"小李说。

"啊，谢谢！谢谢！"

刘成立终于迈出了历史性的一步，好比当年我们祖上那只猴子从树上爬下来，在地上迈出了直立行走的第一步。

真所谓"有耕耘就有收获"，刘成立的思想汇报取得成功。一个月后，我们与刘成立共同期待已久，似已烟消云散的重大处分终于落下，刘成立迅速通过各规定程序，被任命为副局长。

我们为刘成立感到高兴，纷纷致电或以其他方式表示祝贺。刘成立一如既往地淡定，未曾表现出过分欣喜，也没有对大家做何主动表示，例如私下请请客之类。这种表示其实很应该，很寻常。秦朝时候陈胜当农夫时曾以一句著名语录与一同玩泥巴之辈相约："苟富贵，无相忘"。刘成立虽然出自新石器，比陈胜资格老，对该道理应当也略知一二，但是到了升官之际却置之不理，什么都不做，彻底"相忘"，似乎那顶帽子本来应当就是他的，戴到头上不过水到渠成，旁人对他的关心都是瞎操心，不足以放在心里。刘成立其人的性格毛病此刻暴露无遗。

有一天晚上几个朋友精心策划，把刘成立约了出来，事前没有露底，待到众人在饭桌前坐定才拎出一瓶酒，称当晚是祝贺刘成立进步。朋友们不计较刘成立的毛病，自己破费掏钱为他庆祝，似乎升官的不是他而是我们，这种无私义举闪耀着友情的光芒，却不料刘成立居然还不领情。

"如果为这个，那么免了。"他说。

"为什么呢？"

刘成立称他感觉别扭。

这有什么可别扭的？新石器人类忽然成了当代"刘副"，起初的确会感觉不适应，这个可以理解。别说是古人穿越，即使是一直生活于现实中的我们诸人，有朝一日祖坟冒出青烟，忽然扶摇直上，一时之间我们也会感到不适应，进了会议室找不到位子，坐在主席台上，台下众目睽睽，感觉不知道该干什么。这都正常。如果把这种不适应放大成所谓"别扭"，一味沉溺于自己的感受中，得了好处还要加倍矜持，让别人看来就很过分了。

但是刘成立我行我素，当晚拒绝喝酒，也拒不接受任何口头祝贺，谁提起这一话题他就跟谁一言不发，一脸严肃，像是人家刚挖了他的祖坟，搞得大家很不舒服。聚餐因此早早收场，不欢而散。

朋友们都骂："刘成立这家伙真是他妈的。"

刘成立终于还是适应了自己的新身份，渐渐像个领导了，坐在主席台上知道端个身架，念起讲稿也能抑扬顿挫。虽然经过领导岗位锻炼，有了诸多发展，这个人骨子里的那种东西似乎还未完全消散，时而还让我们想起日渐遥远的新石器时代。刘成立在"刘副"的位子上未曾忘本，对让他得以发迹的那些个老石头情有独钟。本县望高山的新石器遗址公园终于建成，刘成立为之做了许多事情，确有一份功劳。

时过数年，有朝一日突然石破天惊发生了一件事情，这才让我们想起刘成立当年拒绝接受升官祝贺的往事，发现其间原来藏有玄机。

吴长河出事了。

当年吴长河在终于履行诺言，给了刘成立一个"重重"处分之后不久就离开本县，调任另一个县书记。两年后，吴书记春风得意上了一个台阶，成了本市的副市长。我们已经习惯他在电视新闻里指出这个，指出那个，以及强调"要"这样，"要"那样。忽然有一天有消息指出：他"进去"了。

吴副市长的典型事迹与时下常见于报端的官员腐败案如出一辙，包含收受贿赂、买官卖官以及与他人通奸三大基本内容。吴长河落马后，调查人员来到我们县，根据吴长河交代的名单，把若干官员叫去核实情况，刘成立竟然也在其中。

原来刘成立那一次"思想汇报"不仅牵扯思想，还涉及金钱。刘成立给吴长河送了四万元。这件事本属于"你知我知"性质，除了两位当事者，没有第三人知情。蒙吴长河厚爱，将刘成立隆重列入交代名单，新石器人类再度成名。

我们听到消息都非常吃惊。吴长河卖官不令人意外，早在当年书记任上说一不二之际，外界就有风传，称吴书记一张金口，得有敲门砖才敲得开。现在看来果然所言不假。但是刘成立也会参与到买官行列中，这让我们始料不及。他不是个古时候的人吗？怎么会进化得如此之快？

据我们了解，刘成立虽然一如既往地淡定，一脸古人类的严肃，对调查人员却也供认不讳，承认确实给吴长河送了钱。

"为什么干这种事？"

刘成立称自己当时鬼迷心窍，觉得被议论成那个样子还上不去，确实有失尊严。心里确实也想要那个位子，希望借此多做点事情。思想斗争许久，才狠下一条心求见吴长河。听人说吴长河开口要看表现，两手空空找也白找，因此就带了那笔钱去。心里还想，如果外边传的有误，人家吴长河不收钱，那就原封不动带回来，也还不亏。没想到吴长河问都不问一句，就像没看到那个纸包似的。

"官买到手感觉有尊严了？"

刘成立称情况刚好相反，当上副局长后他没感到高兴，毫无成就感，四万元把什么都破坏了。一想起这帽子是靠钱买来，心里特别不是滋味，感觉很没尊严。本来可以不这样，也不应该是这样。

于是我们明白了，当初刘成立拒绝接受祝贺，原是心中有愧于这四万元。刘成立毕竟是古时候的人，尽管进化迅速，跟着身边一些人学会了"汇报思想"，却未能像别人一样心安理得。他所谓的"尊严"是什么呢？图像很含糊，表现很矛盾。起初他被"刘副"戏称所累，名不符实让他感觉有失尊严，这个可以理解。经"汇报思想"并送上款项，终于好事成真，帽子有了，尊严应当也就有了，这符合逻辑。列在吴长河卖官名录中的其他人在这方面表现比较正常，他们升官之后个个喜不自禁，今天点头哈腰送钱，明天坐到台子上拿腔拿调做廉政重要讲话，并未感觉有何不妥。他们都很有尊严感，知道时下那东西不只是个概念，它很具体，可以标价。以刘成立为例，尊严相当于一顶帽子，值四万元人民币。却不料刘成立与众不同，事情做了，心里却过不去，拿到了帽子，感觉反而没有尊严。

按照办案人员要求，刘成立写了旁证材料，也写了一份检讨书。在两份材料里他都承认了送钱的基本事实，同时再三强调事情是吴长河先提起的，不是他主动要求当什么官。只因吴长河信口一说却不落实，外界议论纷纷，让他感觉很没面子，所以才会鬼迷心窍，等等。刘成立所称当是实情，问题是事情至此，人家只认基本事实，强调这个已经没有太大意义。

吴长河被判了十六年徒刑。作为吴长河案的附属项目，刘成立却给判了无期。

这是我们的调侃说法。刘成立以其四万买官事迹，实并未列入刑事处理范围。他送钱数额不是特别大，同时未发现其他腐败行为。他本人是个业务干部，念及其在考古尤其是发现望高山新石器遗址方面的造诣以及其分管文物工作的具体成效，上级放了他一马。他得到一个重大处分，头上那顶帽子却未被拿掉。经过一轮调查和处理，领受一次洗礼，刘副还是刘副，似乎一切如常。

但是实际上今非昔比，有一个无可改变的基本事实已经为人们所知，就是那四万元人民币。这一笔钱不仅留存于案件的口供笔录里，传颂在人们的调侃与戏说中，更驻留于各相关媒介上。吴长河被判刑的消息为各类媒体广泛报道，一些报道出于隐私考虑，将刘成立以及其他同样涉嫌向吴长河买官的人隐去真名，刘成立成为"刘某某"。但是也有许多报道直接引用法院判决文本，明确点出相关人物姓名，该谁是谁，一点也不含糊。刘成立及其四万元白纸黑字，在报道中写得清清楚楚。时过境迁之后，相关消息依然挂在互联网上，任何人只要在百度搜索打下"刘成立"三个字，就能在筛掉众多同名者的条目之后，查到那些消息，看到刘成立买官重要事迹。这些记载像一块膏药贴在刘成立身上的醒目位置，让他从此成为一位污点官员，无从摆脱。

我们不禁替刘成立担忧。对许多具有同等经历者而言，如此存在于网络，荣任污点官员或许不是什么问题。事情既已做出并败露，没给法院抓去判刑，没给上级拿掉帽子就好，在网络上占有一席之地有什么大不了的？但是刘成立与他人不同，以我们对他的了解，如此真刀实枪扬名于网络，如老辈人所说是给"钉在历史的耻辱柱"上，他会感到特别有失尊严。

这种丧失尊严感将从此与他相随，哪怕天长日久，网络上那根耻辱柱钉满别的姓名，刘成立已经给淹没不见，他还是会有被人在背后指指点点的感觉，这种感觉或许会与他相伴终生，有如获判无期徒刑。所谓"一朝投资，终身受益"，这四万元人民币会让刘成立一辈子都享用不尽。对他来说，尊严的代价已经相当于无期徒刑。

刘成立曾在一个比较私密的场合表示过不服。

"事情不应当那样写。"他对我们说，"我从一开始就提出过。"

让他耿耿于怀的是事情的来龙去脉。网络上的新闻报道和法院的判决对他这件事的表述都比较简约，说的是"县文化局刘成立为谋求提拔，给吴长河送了四万元，吴长河收受该款项后，帮助刘成立成为副局长。"刘成立在接受调查时，曾经一再强调这件事起因不在他，而在吴长河，是吴长河在文化调研中一时兴起，宣布给他一个"重重"处分，而后却不兑现，这才引起了后来的"汇报思想"和送钱。以我们所知，吴长河讲的确是实情，问题是对案情的那般表述也没有错。刘成立去找吴长河，并非没事找事要去拉关系套近乎，其目的很明确，是要争取吴兑现承诺，因此确实是所谓的"谋求提拔"。从法官和记者的角度看，这个基本事实无误就行了，此前还有多少情节不需要更多描述。无论刘成立服或不服，人家有理由就这么说，你还能怎么着？

有一天他们文化局开会传达上级文件精神，全局大小齐聚会场。这种会本来只拿耳朵参加就可以了，没有谁需要多说什么。刘成立却在听完传达后提出要谈谈体会。当天传达的上级文件包含有廉政建设内容，刘成立由此引申，结合自己犯错误的教训表达了若干认识。他当众作了检查，还把广泛见诸媒体的关于他"为谋求提拔"如何如何的那段文字拿出来宣读了一遍，表示深感痛心，日后一定引以为戒，等等。

刘成立公然自揭疮疤，翻晒污点，让我们感觉非常意外。明明对"为谋求提拔"心有郁闷，为什么哪壶不开自己提哪壶，还要率领大家来共同学习？是他已经想开了，觉得反正就那回事，与其让人在背后指着说，不如自己当众说，死猪不怕开水烫，官照当话照说，没什么大不了的。或者是另外一种状况，"为谋求提拔"一直梗在心里，"无期徒刑"刺激太大，找不到其他办法表达，只能用这种方式聊为发泄？

我们比较倾向于后者。刘成立虽然给钉在互联网那根柱子上，究其本质毕竟还是新石器人类，他比我们想象的要复杂。我们能够断定的是此刻他说什么都徒劳无益，不可能让他比之此前更有尊严。污点就是污点，无论你晒或不晒。以眼下情况看，刘成立实在不如想开一点，紧闭嘴巴。对一个无期徒刑囚犯来说，想得开比什么都重要。

后来刘成立果然平静下来，没有更多的说法问世，一如既往地沉得住气，一脸淡定和严肃。那段时间里他热衷于攀登望高山，有事没事常在遗址公园里流连忘返，似乎还想在那里捡几块老石头，重拾往日的荣耀。或许这能有助于减刑，从无期改判为二十年？

难得他真的在那片山地间再次发现了线索，该线索有可能指向本地考古的又一重大发现。刘成立为之极力努力，上下运作，终于把一支考古作业队拉进望高山，遗址公园再次变成了工地。

这一次效果不佳，考古发掘一无所获，草草收兵。

这时就传来刘成立倒在工地上，昏迷不醒的消息。

他给送进医院，而后再也没有离开。他被发现患有肝癌，已经全身扩散。三个月后，他于医院离世。

刘成立患病期间表现依旧淡定，不知是因为医生和家属对患者隐瞒病情的缘故，或者他真的相信，他总说自己没事，躺几天就好了。他心里一直记挂着未见成效的望高山考古新发掘，坚称扩大范围再挖，一定能找到东西的。

此刻他想从山里挖出的东西已经不是老石头，也不是什么器物，而是新石器人类的遗骨。迄今为止望高山考古发掘出不少东西，却还没有找到一个新石器人类真身，他为之感觉缺憾。相信有那么多遗存出土，与之相伴的人类遗骨当不会丢得太远，应当就在那一带近旁，再努力一点就可以找到，哪怕找到一个头盖骨，一条胫骨，甚至是一个脚趾头也好啊。

可惜他已经无能为力。

弥留之际，我们去与他告别。他在昏迷中醒来，忽然抓住我们其中一个人的手，叫了一声："吴书记！"

我们大惊，而后一起明白这是搞什么。

被抓住手的那位仁兄支支吾吾："这个，这个……"

刘成立说:"我要汇报思想。"

而后他又昏迷过去。

他留在当下世界的最后遗言就是这个。弥留之际在他心里翻腾不去的竟是"汇报思想",可见该经历对他的深刻刺激。我们可以断定,他希望进入时光反转通道再找吴长河并不是想重温美好旧梦,当年那次思想汇报确无任何值得怀念之处。刘成立回到当时或许是想修改旧迹,有如科幻电影所描述。在他弥留之际的这次思想汇报里,他或许还会给吴长河带去一个纸包请其笑纳,但是里边装的是他写的关于望高山发掘出古人类头盖骨的长篇巨著,除此以外没有其他东西,哪怕一分钱都不会有。失去的尊严因之找回。

可惜一切都未能改变。刘成立走了,英年早逝。一般认为癌症的发生与情绪恶劣直接相关,"为谋求提拔"显然起了重要作用,郁闷在刘成立的肝藏长成了一个肉团,该肉团迅速变成了一个癌。令人感慨的是在同一案以及其他案的同类人物中,其他人大多活得好好的,哪怕买官送款数倍于他。更别说因此成为罪囚的吴长河,人家心安理得当你的领导,心安理得拿你的钱财,心安理得把你供出来,眼下心安理得地对你的匆忙走人深表遗憾。他本人坐在囚室里认真改造,准备减刑或保外就医。他或他们都比较想得开,不像刘成立。刘成立真不应当生活于当下,对他来说,当下环境实在太复杂,太不适合他这种人生存了。如果可能的话,他应该老老实实待在新石器时代,拿那些个老石头砸来砸去,无须找谁汇报思想。我们这么说当然只是调侃,刘成立的着急离去让我们倍觉痛惜,深感遗憾。这个人本不至于走得这么着急,这个生命本来可以显得更有光彩,更焕发一些。为什么会如此匆匆消失呢?除了因为吴长河这种当下权势领导太过出彩,我们似也难辞其咎。如果我们没有早早拿"刘副"跟刘成立调侃,让他感觉压力;如果我们不提供所谓"敲门砖"之类议论,让他受到恶劣影响,或许这一切就不会发生,他还好好地活着。如此说来谋杀刘成立的主犯是吴长河,我们也有胁从之过。刘成立本人当然不是没有责任。他心里为什么总是纠结于尊严什么的呢?到头来把自己的身体和生命都赔了进去。尊严于他已经等同生命,现在他走人了,却未必尊严。

所谓"有的人死了,他还活着"。刘成立已经消失,网络上"为谋求提拔"的消息依然还在，不知会比他多活多少年。时至今日，我们偶尔还会随手"百度"一下，回味这位死者"汇报思想"的故事，以表缅怀。随着时日迁移，我们越发为刘成立的消失感到惋惜。当初实不应当把他的遗体变成一盒毫无个性的骨灰，而应该把他埋回望高山的某个角落，有朝一日让考古队发掘出来，作为疑似新石器人类遗骨供后人研究。或许那时候该遗骨上的污点已经暗淡，其中竟还能深入探究环境信息，并发现若干可贵。

古时候那头驴

1

……丁海洋意外死亡不久，外界传闻纷纷，网络上一则《代县长离奇丧命》帖子传播甚广，造成多方面影响。为了弄清真实情况，在省、市领导的高度重视下，相关部门迅速抽调人员，组织联合调查小组，对丁海洋死亡一案进行全面调查，围绕该案的几个主要疑点，深入了解，细致取证，掌握了该案的基本情况。

——摘自《联合调查小组情况汇报》

事后回溯，丁海洋在出事当天确实有若干异常，只是当时未被大家充分注意。类似事件通常都是这个样子，人们总是在事后才一下子记起此前某些迹象。

出事那天是星期六，双休日休息时间。当天上午九时三十分，丁海洋抵达沿山高铁广场，专程前来参加预演，以项目建设总指挥身份，现场检查督促。预演定于十点开始，丁海洋提前到位半个小时，场上负责官员请他到站内专设首长休息室稍事休息，他不听，声称要"散散步"，下车后提提衬衫领子，正正眼镜，即从广场通道口步行穿越广场，身后跟着一干人员。丁海洋此刻"散步"的用意不详，他不说，大家不便多问，特别是该领导到场后不哼不哈，板着个脸，脸色不太阳光，比较缺乏温暖，这种时候不会有人没事找事去招惹他，众人均一声不吭，只是跟着走。

走着走着忽然出了意外：丁海洋于行进中扭头看一下周边，似乎想了解个什么，没留神间脚步绊了一下，顿时一个前扑摔出去。走在他身边的县政府办主任眼疾手快，一把扯住他的手臂，一时之间却难扯牢，丁海洋身体失控，旋了半个身子，一屁股坐到水泥地面上，眼镜掉在地上。还好被拉了一把，未曾在众人面前摔个大跟头，只是额头蹭到路旁一支水泥护树桩，留下一块青紫。

没等大家回过神，丁海洋已经从地上爬起来，对着身后的范秋贵大发其火。

"范总，你的人都是饭桶吗？"他质问。

范秋贵瞪目，表示不解："丁县长这是？"

"为什么满地都是沙子？不会扫干净点？"

范秋贵大睁双眼往地上看："沙子？不会吧？"

身边人赶紧为领导拾起落在地上的眼镜。丁海洋一边戴眼镜，整衬衫，一边继续揪着范秋贵训斥："什么不会？滑了我不要紧，到时候让省领导滑了摔了怎么办？是存心暗算还是肆意谋害？你认哪条罪？"

范秋贵把双手高举："丁县长饶命，我害怕。"

队中有人忍不住发笑，丁海洋扭头后看，严厉搜查，看是哪个家伙竟然如此开心？但是肇事者并未找到，笑声收敛得足够及时。

丁海洋问："大家看看，这地上有沙子吗？"

有数人赶紧回应："是啊，是啊。"

"有吗？"

"有的！有的！"

丁海洋这才笑出声来。

"妈的，你们冤枉人家范秋贵啊。"他说。

他表扬那几位在水泥地面上看到沙子的人一定有前途，因为他们知道领导喜欢听什么，该叫唤的时候会叫唤，该响应的时候知道大声响应。相比之下，范秋贵这样的人就不行。范总要是改个行，不当私企老板，考个公务员进机关，准定吃不开，因为太精明，太会算计。范秋贵当私企老总搞建设项目，该有的毛病都有，眼睛只看见钱，没看见人，但是也有一好，做事基本认真，至少知道轻重。让范总去修公厕，偷工减料估计少不了，做这个高铁广场那一定不敢，免得给自己留下一辈子麻烦。至于脚下水泥地面有没有沙子？还是应当问范总，因为是他的人负责广场清洗整理，这么重要的事情，想必不敢马虎。

范秋贵保证没问题："我们清理了三遍，我亲自检查过，确实不敢有半点马虎，不能说一粒沙子都没有，洒得能滑倒人，那肯定不会。丁县长让我修公厕也尽管放心，保证不偷工减料。"

"看来范总同样也有前途。该叫唤的时候也叫唤，叫起来还挺大声。"丁海洋说。

丁海洋摔了一跤，心情竟然似有好转，亦能调侃几句。他一边率众"散步"，一边解说成语，讲了个古时候贵州毛驴的故事，也就是"黔驴技穷"。他说古时候贵州那只毛驴有两大本事，一是会叫，二是会踢。驴碰上老虎时大叫一声，居然让老虎吓了一跳，可见要紧时候叫唤非常重要，性命攸关。人跟毛驴可有一比，关键不在会不会踢，而在会不会叫，叫得大声还是小声，好听还是难听，能不能让领导听得进去。所以眼下大家经常在琢磨怎么叫，不太琢磨怎么踢。

众人知道丁海洋是在调侃，这一话题不太好响应，一时无人响应。

那天上午于沿山高铁广场进行的所谓"预演"亦称"彩排"，类似于非正式演出。该广场工程已告基本竣工，拟于八月八日上午举办落成典礼。时下各种典礼举办少了，可不办则不办，办则必须从简，由于高铁广场为本市、本县一大重点项目，丁海洋力主落成时还应当办个仪式，邀请省、市领导隆重光临，前来重视，让建设者和作出贡献者享受喜悦，借之扩大宣传，显示成果，鼓舞人心，这才不像小偷入室行窃得手般光顾着拍屁股走人。只要按照"简朴、热烈"要求办仪式，那就不违反上级精神。作为项目总指挥，丁海洋亲自策划组织这一仪式，为保证到时候不出差错，特意提前安排进行了这一次预演，他本人亲自前来督阵。

丁海洋率众"散步"之际，预演队伍按时进场，到达各自指定位置。当日预演的主体是一个"建设者方阵"，该方阵其实就是一支农民工队，来自范秋贵手下各建筑工地，总计二百余人。按照丁海洋的要求，范秋贵召集了这一队人员，发放全套新工作服，包括黄色安全帽和白色工作手套，并加以适当训练，整得像模像样，于当天上午正式摆布到丁海洋及众人面前。该队伍入场时，有指挥员在一旁喊口令，队列成四排纵队"一二一"齐步走，虽达不到部队阅兵那般齐整，却也略有气势，辅以整齐的黄帽子白手套，看起来颇为亮眼。

丁海洋即指着该方阵说："今天我重点检查这个。"

他停止"散步"，率队来到站台前，"建设者方阵"已在站前广场中部前排预演位置站好。丁海洋一行刚刚到达，即有一声号令响起，全体人员整齐鼓掌，而后高喊口号："欢迎欢迎，热烈欢迎！"

丁海洋扭头问范秋贵："范总，车呢？"

范秋贵招招手，一辆黑色奔驰车从前边驶过来，停在丁海洋一行身边。丁海洋带着县政府办主任上了车，命驾驶员把车开出广场，再从广场通道口开向预演区域。轿车即将到达之际，预演队伍鼓掌、喊口号，时机掌握非常恰当。

丁海洋坐在前排助手位上，他摇下车窗，探出身子对鼓掌队伍招招手，掌声口号声更其热烈。丁海洋再招手，掌声口号声戛然而止。

丁海洋在车窗里喊了一声："同志们好！"

队伍回应："首长好！"

"同志们辛苦了！"

"为人民服务！"

丁海洋命驾驶员停车，他打开车门走下车，站在队伍前边。

"喊什么呢？"丁海洋批评，"我都听到啥了？"

他是嫌人家喊声不够大，气势不足，不像那么回事。一队戴了白手套的民工毕竟还是民工，不好拿去比照阅兵式上的士兵，丁海洋却不依不饶，非要人家喊出那股味来。于是就在那里当场训练，一遍两遍三遍，广场上"首长好！""为人民服务！"口号声此起彼伏。民工们终于都懂得扯开嗓子大吼了，丁海洋还意犹未尽，还好一旁县政府办主任把他拉了拉，手里拿着个手机示意有电话，丁海洋这才作罢。

来电话的是县委组织部一位副部长，有一件急事：县人大常委会已定于两天后即星期一上午召开，会议主要议程是通过丁海洋任职相关事项，按规定需要准备一份丁海洋的简历材料，这份材料需要请丁海洋亲自过目一下，以避免错漏。由于时间紧，又赶上双休日，只能麻烦领导抽空加班审阅。该副部长询问丁海洋什么时候能安排时间看一看？怎么送给丁海洋？

丁海洋问："就是那么回事，也得搞那个东西？"

"要的要的，规定的。"

"那么就弄吧。"丁海洋说，"也就那几句话，你们看合适就行。"

对方为难："还是要请丁县长审一审。不会费县长太多时间的。"

丁海洋告诉对方此刻他在沿山高铁广场这边检查工作，接着还有其他事情，不准备回县城了。如果材料非要他过目不可，那就发个传真吧，直接发到项目指挥部。

对方表示马上就会将材料传过来。由于材料需要印发给与会各位人大常委，得麻烦丁海洋尽快抽空看一看，如果需要修改，可以直接改在上边，然后传回给他，他再安排人员打印装订。

丁海洋说："马上传过来吧。"

这个意外电话让"建设者方阵"得以侥幸解脱，不再需要一遍遍大喊"首长好！"丁海洋把督阵任务交给县政府办主任等人，吩咐他们按计划组织预演，无须等他。他自己带着小吴匆匆上了一旁的奔驰车。小吴手里拎着个大公文包，他是县政府办干事，跟随丁海洋，公文包是丁海洋的，小吴干事本人还用不上那么大的家伙。两人上车后，奔驰车即启动，向广场角落的一排临时工房开去，指挥部就设在那里。

丁海洋进指挥部时，一份传真件已经摆在办公桌上，以《丁海洋同志简历》为题，只有两页纸。丁海洋拿着那两张传真纸调侃，似有不甘："加起来也没几个字嘛。"

虽然只有几个字，眼下却是少不了的，没有它就不好开会了。星期一的县人大常委会会议内容有两项，一是决定丁海洋副县长为代理县长，二是决定于两周后召开县人民代表大会，大会主要议程是选举县长，这就是要将代县长丁海洋选为县长。按照法律规定，县人大常委会可以选举副县长，决定代县长，却不能选举县长，因为该权限属于人民代表大会，得分别完成。由于通过人事事项需要提供相关材料，供与会人员审议时参考，丁海洋同志要成为代县长，需要向人大常委会与会常委们提交一份《丁海洋同志简历》，这份简历字数不多，却需包含个人基本情况、履历，以及简短的任职评介。个人基本信息和履历取自个人档案，不外"某人，性别某，某年某月生于某地"等等，信息取自个人档案，通常不会有错，摘引时偶尔也会有所疏漏，因此需要请本人核对。任职评介不外"该同志政治素质好，能与党中央保持高度一致"等等，内容为上级主管部门提供，主要取自考核材料，这部分内容不能没有，却难具体，表述相当格式化，意会即可，不需要丁海洋费心斟酌。却不料丁海洋偏要为此费一点劲。

他在指挥部一个小会议室关上门看材料。不过十分钟，电话又来了，询问丁县长看过材料没有？有没有什么问题？可以打印吗？丁海洋回答："我看问题很大。"

对方在电话那头一愣："丁县长，这是这是？"

丁海洋说，材料里"某人性别某"没有错，都是档案里抄的，没把男的抄成女的就可以了。问题主要在后边。"该同志政治素质好"什么的，怎么都那么千篇一律？不能具体生动一点吗？比如丁海洋同志，为什么不写一写"此人只会穿白衬衫戴眼镜，能力平庸，除了投合领导，一心向上爬，工作没有政绩，乏善可陈"？还有关于权钱交易什么的，为什么不见表述？例如"该同志利用其主管沿山高铁广场项目之机，从建筑商范秋贵手里收受巨额贿赂"，为什么不写一写？即便把握不大，也可以写明为"据一些群众反映"嘛。

这些话一听就不是那么回事，不外乎借题发挥，宣泄一下情绪而已。但是丁海洋郑重其事，像是非常较真，让对方听了禁不住发懵，一时口吃："丁，丁，这不是……"

"不是什么？"

"那个那个……"

丁海洋这才发笑："行了，紧张啥？跟你开个玩笑。"

"啊啊，是这样。"

"就这样吧。"

他同意对方将材料交付打印，底稿上可注明已请丁海洋本人亲自审阅。

刚放下电话，外边砰砰有人轻敲两下门，而后小吴推开门探进个头来。

"丁县长，范总有事找您。"小吴说。

"范秋贵？他有什么好事？"

"他在这里。"

丁海洋摆摆手，范秋贵即从门外走进小会议室。

根据后来取证，当天上午，高铁广场进行预演之际，丁海洋与范秋贵在指挥部小会议室闭门密谈，时间不长，也就半个小时左右。准县长和私企老板在这半个小时里谈些什么？涉及什么敏感内容？只能由范秋贵提供旁证。范秋贵声称他们其实没谈什么，当时他跑到指挥部找丁海洋是要一笔工程款，这种事不好当着众人面说，因此他趁丁海洋独自离开看材料时凑过去找。这件事其实没什么问题，丁海洋告诉他已经跟建设和财政部门研究过了，待相关手续完成后就付。而后两人闲聊片刻，范秋贵起身告辞时，丁海洋才突然问起一件事。

"民工的补贴给了吗？"他了解。

丁海洋问的是场上大喊"首长好！"的"建设者方阵"。这些农民工参加训练，需要占用一些工余时间，应当酌情支付若干补贴，这事曾经商议过，丁海洋要求范老板放点血，补贴由范秋贵自行负责发放。

范秋贵回答说："补贴没问题，落成典礼完了再发吧。"

丁海洋说："不要等，赶紧发掉。"

"急啥呢？"

丁海洋命范秋贵在今天"预演"完成后一定立刻发放补贴，算一个了结。而后队伍可以解散，民工该回哪个工地就回哪个工地，不必再继续训练走步喊口号了。

范秋贵吃惊："为什么！"

"看来用不上了。"

丁海洋这才告诉范秋贵，他刚得知一些新情况，原定的落成典礼有可能会给取消，上级可能不批，即便批了，估计也不会有重要领导前来参加。现今情况与以往不同，领导们格外注意影响。

范秋贵不禁抱怨："妈的，这不白干了？"

丁海洋即拉下脸："谁说白干了？广场没修成吗？"

"嗓子白喊了。"

丁海洋问："我听了不算吗？"

范秋贵赶紧改口："县长也是首长，听了也算。"

丁海洋这才有了笑容："你不如说县长算个屁。"

"我可没这么说。"

"你说了也是白说。"丁海洋问，"车在吧？"

"在外边。"

丁海洋还要用那辆奔驰车。丁海洋把守在外头的小吴喊进来，让小吴回广场去，告诉那边他有急事必须先走，大家不要等他了。

而后他自己上了奔驰车离去，时为上午十点半。

当天丁海洋一行是乘坐县政府的中巴到沿山高铁广场的，此刻他撇下众人，临时征用企业老板的私车独自离开。没人知道他为什么要这么做，打算去干什么。据了解当天上午从县政府大楼出发前，政府办主任安排有轿车送他，他不用，径自上了中巴，做与大家同乐，秀一秀准县长优良作风状。没有谁料到该举止并非心血来潮突然起意，竟是精心策划，为其后征用私企老板豪车潜离埋下伏笔。就许多不宜阳光之事项而言，公用车辆目标太大，极容易引起注意，必须尽量弃而不用。

八个多小时后，当天黄昏，丁海洋于省道风雨亭处被人意外发现。发现者为一位青年女子，当晚开着一辆丰田轿车从县城经省道前往市区，行经县境边缘的风雨亭。那一段道路位于丘陵地带，起落转弯较多，加之天黑，能见度不好，女子开了大灯。风雨亭位于下坡拐弯处，轿车经过时，灯光扫过路旁的亭子，女子忽然发现亭边石栏上坐着个男子，身穿白衬衫，在车灯照射下相当显眼。女子不禁多看了一眼，该男子侧脸避开车灯光，没有正面相对，其长条脸和脸上的一副眼镜却清晰可辨。女子注意到他坐的石栏上还放着一个公文包，认出他似为丁海洋，一时惊讶，下意识地踩了刹车。刹车片"吱"地只一响，女子随即改变主意，松开脚，加油门，轿车"忽"又窜出去，眨眼间掠过了风雨亭。

该女子没有跑远，下坡转了个弯，她再次改变主意，掉转车头，沿坡下往上，从另一方向开近风雨亭。车灯远远扫过亭子，风雨亭的柱子石栏八角顶俱在，里边却已空空荡荡，刚才那个人以及他的衬衫眼镜公文包都不见了。

女子这一个去回不过五分钟工夫，这点时间已经足够让一个人消失，特别是在夜晚，在空旷的荒郊野岭丘陵道路间。

女子把车停在路旁。天色已晚，山野间到处黑乎乎的，她不敢贸然下车找人。她在车里摇开车窗，对着风雨亭后边黑暗中的山岭喊了一声："丁县长！"

没有回应。

女子再喊："丁海洋！"

依然没有回应。

女子打开手机挂电话，电话没人接。几分钟后她放弃了，掉转车头，下坡离去。

后来，丁海洋的踪迹正是在风雨亭附近被发现。

那是数十小时后的事情，其时丁海洋失踪已经沸沸扬扬：星期一上午，县人大常委会如期召开，人们忽然发现没有看到丁海洋的眼镜和白衬衫，于是便着急起来。按照惯例，当天上午的会议丁海洋必须参加，不能缺席，因为议程中有他的内容，他必须以一个良好形象出现在会议上，做个合适的自我说明，表示自己将不负上级和在座人大常委们的重托，履行好自己的职责等等。但是直到会议召开之前，丁海洋一直没有露面。工作人员着急了，四处打电话联络，这才发现丁海洋无从联系，没有人知道他在哪里，包括丁海洋的妻子。丁海洋失踪前，曾于周五下午打电话到市区家中，告诉妻子自己有事要留在县里处理，这个双休日不回家了，因此丁妻一直以为丈夫在县里忙，直到县里找过来，才知道丁海洋已经不见了。

由于事出突然，没有时间多斟酌，县里几个领导一碰头，即迅速把情况报告市委。当天的县人大常委会被紧急暂停，相关议程暂不进行，等待情况明朗。而后市、县两级相关部门即动用各种传统办法和技术手段，全力追踪丁海洋。丁海洋的最后踪迹很快得到定位，确定在省道风雨亭附近。一组追寻人员立刻赶赴该处，迅速在风雨亭后河岸边草丛中发现了相关物品：丁海洋的公文包被平放在草丛中一块石头上，公文包上放着他的衣物，包括白衬衫、背心和西裤。衣物都经仔细折叠，放置得整整齐齐，衣物上还压着丁海洋的手机、手表和充电器，似乎是防止山里间歇而至的风把衣物吹散，以备回头再穿。根据河边草丛的踩踏痕迹，搜寻人员推测丁海洋是把自己脱得只剩一条短裤并妥善放置好衣物后，再从这里一步步走下河去。

那一段时间恰值炎夏，天气闷热，丁海洋或许是在这里下河游泳以解暑？这种可能当然不能完全排除，但是显然除了神经病患者，没有谁会独自于夜深人静之际如此下河戏水，更别说这个人还是个准县长。

现场没有发现第二个人的踪迹，丁海洋钱包里的数百元现金均健在，可以断定此间没有抢劫或搏斗一类情节。丁海洋的公文包里没有什么值得注意的东西，只有几份简报、丁海洋自己的几份讲话稿，以及上午传真到高铁广场项目指挥部的那份《丁海洋同志简历》。根据现场种种迹象，搜寻人员断定丁海洋是自己走下河去的，在事发当天之前，他似乎还曾仔细清理过自己的公文包，让它干净得出奇，有如他身上白衬衫的领口。显然丁海洋不是忽然热得受不了急着把自己扒光下河，他似乎早有预谋。

风雨亭边的河流不宽，最深处也仅齐腰，只因地势原因，水流比较急。风雨亭是一座界亭，坡上属于本县，下坡就是市区地界，亭边河流也一样，丁海洋下水之处属于本县，下游百余米外就不是丁海洋的地盘，而后再往下游数百米，小河汇入了南门江。搜寻人员在丁海洋下河处附近岸边没有发现他上岸或停留的踪迹，估计他是顺流而下了。丁海洋会游泳，理论上说，只要体力足够，他可以从这里一直游到南门江，再沿南门江一直游到太平洋去，有如他的名字所暗示。

但是他没有去那么远。星期一下午，有钓鱼者在下游五十余公里处南门江水闸边的乱草丛中发现一具男性裸尸，迅速报了警。尸体身份很快被确认，他就是丁海洋。经法医检查，确定其直接死因是溺水。

死者体内还检出酒精残留，未曾被时间和流水冲洗挥发干净。

没多久，一个《代县长离奇丧命》的帖子迅速蹿红于网络。

2

丁海洋意外死亡后，外界纷传其牵涉重大案件，怀疑为畏罪自杀，一些网络帖子直接点及沿山高铁广场项目，称丁海洋涉嫌利用职权收受承建商范秋贵巨额贿赂，正在接受调查。据查，目前各级纪检部门并未对丁海洋进行立案或初审，在查案件目前也未发现涉及丁海洋。

丁海洋涉及重大案件传闻并非初起，去年秋季丁海洋曾被提名为拟任县长人选，不久因故取消，其后即有相关传闻发生。当时丁海洋本人虽有情绪波动，总体表现并无大的异常。

——《联合调查小组情况汇报》

当初丁海洋只是高铁站广场项目的副总指挥，他没把该头衔太当回事，私下里自嘲为"六指"，也就是多余的。众所周知，人的一只手掌通常生有五个指头，但是偶有异相，某人的某手掌侧边多长了个指头，大多为畸形，这就是所谓六指。六指不仅无用，伸进袖子钩钩挂挂，还有碍观瞻，如今多在婴儿时即被手术截除。丁海洋并无异相，天生十个手指头，唯"丁副总指挥"确为六指，基本无用。

那时候沿山高铁广场项目号称"一号工程"，由王涛亲任总指挥。王涛时为本县县委书记，第一把手，高铁广场是重点项目，王涛亲自挂帅以示重视。工程项目这种事毕竟还应当有政府方面的领导参与，王涛说县长事多，不必扯进来，让丁海洋挂吧。丁海洋是常务副县长，县政府领导里排名第二，在高铁项目里也排第二，列王涛之后。王涛让丁海洋荣"挂"副总指挥，要求他认真参与该项工作，衬衫要白一点，眼镜要亮一点，"院士"高见多发表一点，以推动项目建设。

丁海洋表态："王书记一声号令，丁海洋坚决照办。"

王涛其实没打算让丁海洋多管这个项目，他拿丁海洋的衬衫和眼镜开玩笑，表示其摆设意义重于实际，让丁海洋发表"院士高见"实带贬义：丁海洋到县里任职前在市委办工作，市委机关位于市区南郊，近旁有座南山，机关大院俗称"南山大院"。里边有一批干部年纪不大，却已有相当机关经历，多在领导身边工作，或当领导秘书，或给领导写材料，地位比较特殊，通晓机关事务，彼此因工作便利和需要经常混在一起，互相笑称为"南山大院院士"。丁海洋下来任职前为一大"院士"，他是写材料出身，当年有一位姓李的市委书记比较中意他的文字，每有讲话稿，都要求让丁海洋过一下，"院士团"便有笑话，称李书记离了丁海洋不会讲话了。后来李书记荣升到省里去了，丁海洋有自知之明，清楚自己的手笔对李书记的胃口，不一定合张书记，他在李离任之前提出要求，希望能下到县里任职，有些基层经历。念他讲话稿写得不错，李书记开了口，他给派到本县，当了常务副县长。本县县委书记王涛是一位强势领导，起自基层，丁海洋不太让他放在眼里，"院士高见"到他那里其实就是屁话。丁海洋在他手下很低调，任何时候丁海洋的"高见"都是态度："按王书记意见办"。丁副县长"院士"出身，知道怎么与上级相处，如何掌握分寸，王涛让他"挂一挂"，他就挂一挂，王涛交代什么他照办，王涛没开口他就不过问。如果有人请示相关事项，他首先要问："一号知道吗？有什么意见？"这里边的"一号"就是指王涛。如果王涛还不知道，那么先去报告。如果已经知道，那么等王涛定了再执行。在各相关场合，无论是向上级汇报项目，或者召集下级开会部署，丁海洋都会适时发表"高见"，发言总是紧扣王涛不放，从"王书记怎么怎么说"到"王书记运筹帷幄，高屋建瓴"什么什么的，哪个词汇流行就用哪个表扬，毕竟丁海洋写材料出身，在这方面有优势。王涛没怎么把他当回事，并不妨碍他一再表扬领导，因为有必要。王涛之强势不是虚张声势，这个人背景不凡，很得上边一位省领导欣赏，是其一员爱将，上升在即。丁海洋作为下级，需要努力靠拢，至少得表现出那种姿态。当时丁海洋曾在"院士团"里拿"古时候那头驴"自嘲，说驴见了老虎不能踢，一踢就露出驴腿，暴露底细，立马送死。所以驴只能叫唤，发表"高见"，讲究唱功，努力唱得一号乐开怀。

去年秋天，王涛提任本市副市长，带来本县领导班子一番轮替，原县长很快被提起来接任书记，丁海洋作为常务副县长，县政府老二，有望顶上去当县长，却迟迟不被提名。有了解情况的"院士"私下告诉丁，王涛在这个问题上具有相当影响力。王涛认为丁海洋虽会表态，但未必真实，脑子里不知都想些啥。王涛比较中意另一个人，该同志排名在丁海洋之后，却跟王涛走得近。

丁海洋不禁骂娘："咱们脑子里他妈的还能想些啥？"

当时谁也没料到，王涛只当了三个来月副市长，屁股还没把椅子坐热，忽然就出了事：因为市区一个热门地块的收购转让事宜，有人把一封实名举报信寄到中纪委，告王涛副市长利用分管土地、建设之权，安排暗箱操作，收受某开发商巨额贿赂。当时王涛后边那位省领导已经退到二线，王本人因独断霸道早为人反映，这一次实名举报恰当其时，立刻引起上级重视，相关部门就信中提供线索迅速展开调查，没多久王副市长就让办案人员从办公室给带走了，从此于公众的视野里消失。

那时候范秋贵忽然给丁海洋打来一个电话，紧急求见。

丁海洋问："什么事？"

范秋贵说："项目上的事，很急。"

丁海洋问："一号什么意见？"

范秋贵顿时结舌："他，他……."

"去找他，不必找我。"

丁海洋是在调侃。王涛任副市长后，相关人事安排还未完全跟上，沿山高铁广场项目总指挥一直没有更换，"一号"还得算他。现在他给带走了，让范秋贵去哪里找人？丁海洋也不全是调侃，因为范老板此前什么事都直通王涛，从没把"六指"太当回事。

那个星期六，丁海洋回到市区家中，丁妻从橱柜里取出一只密码箱交给丁海洋，说是当天下午有一个叫范秋贵的人上门，声称箱里装着"一号资料"，是为丁海洋出国准备的，请丁妻转交给丈夫。时省里有一个经贸团组将参访美国友好州，丁海洋是成员之一，正在做出国准备，几天后就要动身。丁妻以为所谓"一号资料"是丈夫要带出国用的，便把密码箱留下来放进柜里，于当晚交给丁海洋。

这只密码箱打不开，已经上锁，范秋贵并未留下密码。丁海洋把箱子拎在手里掂掂，感觉挺有分量。他决定打开一瞧，于是就去试试密码，只一眨眼工夫就把箱子打开了。原来范秋贵已经有所提示，"一号资料"的密码就是"001"。箱里相关资料很多，种类单一，全是百元美钞，一共五百张，合五万美元。

丁海洋立刻给范秋贵打电话，让他来把资料取回去。范秋贵说："领导别客气。"

"赶紧给我来。"

范秋贵声称他在省城办事情，暂时还不能返回。

"星期一之前，你要是不来，后果自己负责。"丁海洋即警告。

两天后是星期一，范秋贵销声匿迹，连个影子都没有。丁海洋并未食言，他把密码箱带回县里，交给了县纪委，请纪委书记送交上级。

而后他随团组去了美国，一周后返回，时沿山高铁广场工地已经乱成一团。

范秋贵"跑路"了，与王涛一案相关。王涛副市长因市区地块出事被查，办案中扩展到其县委书记任上的问题，高铁广场项目成为疑点之一，范秋贵进入办案人员视野。范秋贵是本市人，其企业近年到处承揽工程，发展迅速，已具相当规模，在本市建设行业排进前五，外界却有议论，指他拿工程靠的就是敢砸大钱。丁海洋上交的那只密码箱使范秋贵嫌疑大增，办案部门决定让他来配合调查王涛案，范听到风声，顿时跑得不知去向。范秋贵"跑路"造成工地施工中断，民工一哄而散，部分被拖欠工资较多的民工结队上访，一时纷纷扬扬。上级相关部门为工程突然停工着急，要求县里督促原承建单位复工，或者中途换马，另找承建单位，以尽快恢复工程建设。丁海洋身为项目副总指挥，在"一号"不存之际，负责牵头研究处置工地问题，他却不急于处置，提出情况比较棘手，一些问题以他目前的权限还难以协调。

"明确之后就可以解决清楚。"他说。

丁海洋所谓的"明确"就是正名，确定身份。王涛出事后，市里几经斟酌，研定提名丁海洋为本县县长人选。丁海洋主动上交范秋贵重贿，提升了上级的信任度，加之他本来就在备选人员之列，提名他也算顺理成章。按照现行干部管理办法，县长人选市里可以提名，却要由省里研究决定，这就是丁海洋需要等待的"明确"。"明确"需要一点时间，有时候还会百费周折。

这一次果然不顺，有一个人出来搅局，竟是范秋贵。范老板受不了跑路藏匿之累，躲了几个月又突然现身，跑出来投案自首，而后哗啦哗啦交代出一堆人和事，涉及数十位官员，包括王涛和丁海洋。原来范秋贵之所以敢上门送"一号资料"，接丁海洋警告还拒不将其回收，是因为丁早就拿过他钱，数额达到十万人民币。范秋贵认为丁海洋只是假正经做姿态，既然以前拿了，这回当然还会笑纳。没想到丁海洋一翻脸居然真把密码箱交到纪委去。

丁海洋对范秋贵所供十万元贿金供认不讳，其来路与范秋贵举报基本一致。这笔钱是范秋贵拿到沿山高铁广场工程后给的，当时丁海洋随同王涛到工地视察，范秋贵往两人的轿车后备箱各放了一个资料袋，说是春节快到了，送一份公司的宣传画册慰问领导。丁海洋一听感觉有异，但是王涛没有表态，丁海洋只能"按一号意见办"，跟着装聋作哑。待回家后取出来一翻，才发现资料袋里装着钱。

"钱现在在哪里？"办案人员追查。

"你们可以问小吴。"丁海洋说。

小吴为领导拎包，居然也帮助洗钱？据小吴交代，当时他按照领导要求，以"爱心人士"为名，把这笔钱分两次汇入一个户头。该户头属于市妇联，当时正在为一位家境贫寒的白血病患儿做手术筹集善款。

经办案人员取证，丁海洋与小吴所称属实，这笔款确实去了那个地方，以一种偷偷摸摸的方式。丁海洋为自己分辩，说当时之所以没有声张，没有退款也没把钱上交纪委，都因为涉及王涛。他把这笔钱公开，相当于暗指王涛拿钱。退还给范秋贵，"一号"知道了肯定猜忌。无论怎么做都会有后果，他难以承受。所以只好那么悄悄处理。

"王涛出事后你为什么不交代这笔钱？"办案人员追查。

丁海洋称自己不想没事找事。

无论如何，该他的事终究躲不开。尽管可以排除受贿，却不能说丁海洋做得正确。丁海洋没有因范老板的十万元受追究，他所等待的"明确"也跟着烟消云散。按照省里主管部门要求，市里迅速从机关另外物色一个干部作为新的县长人选，上报省里研定。由于新人选提出并上报之后难免为外界所知，市委书记指定组织部长即把丁海洋找来作一次谈话，作为被替换的原定人选，得要求他正确对待这一变化。同时也让丁海洋有个思想准备：一旦省里作出决定，新的县长人选确定，市里拟将丁海洋调回市直单位安排，因为经过这一番起落，让丁海洋继续留在本县工作已经不合适了。

丁海洋没料到结果竟是如此明确。他当场表示不服："这不公平。"

他强调自己被提名早为人们所知，现在突然改变，外界肯定议论纷纷，断定他有问题。他有什么问题？不就是范秋贵那十万块钱？他没有拿那钱，情况已经查实，因为那个把他拿掉，他难以接受。

领导说："不仅仅因为这个。"

领导告诉丁海洋，外界对丁海洋还有质疑。沿山高铁广场项目包括多个方面，除了广场主体工程，还有绿化工程，道路建设等等，牵扯的不仅范秋贵，还有其他承包商。丁海洋跟范秋贵有十万元交道，跟其他承包商有没有呢？具体情节如何？全都交到妇联去了吗？高铁广场有疑问，其他项目呢？除了廉政问题，也有人质疑丁海洋的政绩。丁海洋下来担任常务副县长后干过些什么？有什么突出表现？是不是只有"按一号的意见办"？这些质疑至少表明丁海洋有一些反对者。上级决定让丁海洋离开，某种程度上也是对他的保护。

丁海洋辩解："这些事都可以查。"

"你要求上级派人查你吗？"

丁海洋说："我是清白的。"

丁海洋坚持不服，最终还是表示服从。此刻木已成舟，除了表达若干不满，已经无力改变结果。

那天晚间，"院士"团在老农土菜馆小聚，丁海洋按时到场。老农土菜馆位于郊区，比较隐蔽，有利于"院士"们聚会。丁海洋被换掉的消息迅速传出，即有人在第一时间出面召集若干伙伴聚会，陪丁海洋喝两杯，聊表慰问，帮助排解，一起分析研究。这种场合没有外人，可容丁海洋尽情发泄，却没想那天他喝得很闷，并无太多表现，除了偶有几句"妈的"，没有更多言论。朋友们劝他放开一点，他回应基本正面，说自己院士出身，什么情况都见过，都知道，反正就这样。他提到近日里他算是内外交困，外头有问题，家里也有，老婆为一个电话醋劲大发，严重怀疑，其实都他妈的莫须有。事到如今还能怎么办？算了，放不开也还得放开。县长那种苦差事不让干也罢，没啥了不起，不就是再回头当"院士"吗？

聚会期间，突然有电话打到丁海洋手机上，是县政府办公室主任的告急电话，称本县发生群体性事件，数百上访村民趁夜举事，围堵省道路口，阻碍交通，事态有进一步扩大之势。县委书记命通知丁海洋速赶回县，负责处理该事。

"为什么是我？我的眼镜好还是衬衫好？"丁海洋问。

原来与眼镜和衬衫无关，只因为沿山高铁广场项目。闹事的是沿山镇周边两个村庄村民，这两村庄因靠近溪流和石山，村民历来除务农外还营采砂采石，沿山高铁广场建设时，王涛确定一条，当地村民征地拆迁按规定给予相应补偿，项目施工单位所需要的砂石也包给这些村庄，让村民可以更多得利，以此换取合作。不料王涛出事，范秋贵跑路，施工停顿，一些砂石款拿不到，村里积压的砂石也无处可去，村民派代表找政府相关部门交涉无果，情急之下聚众闹事。丁海洋眼下还是项目副总指挥，所以要他出面处置。

丁海洋问："一号什么意见？"

"是书记的意见，他请您赶紧回来。"

"我是说王涛。他什么意见？"

县政府办主任一时说不出话来。

丁海洋郑重其事说，村民闹事，追根究底应当是当初王总指挥行事决定有些问题。眼下这一裤子屎别人擦不干净，所以建议还去请他。

王涛已经给关起来了，丁海洋这么提议算什么？推诿还是调侃？难得他煞有介事，似乎真在发表"高见"。话说回来，此时此刻丁海洋以这种方式表示一点情绪也不奇怪，作为一个已经被"拿掉"的出局官员，县里刮风下雨那些事已经跟他不太有关系了。

但是他也没敢在土菜馆再待太久，毕竟人还没走，不能落下把柄，被指为事件突发之际敷衍塞责。接电话后丁海洋在土菜馆稍待片刻，即提早离开，匆匆返回县城。

赶到县政府时大约是晚九点，县政府大门边停着几部车，聚着十几个人，都是相关部门负责官员，等着随同丁海洋赶赴现场。丁海洋的车一到，那些人一起围上来。丁海洋开门下车，脚刚点地，突然当众一个跟头，脸朝下扑倒在地上。现场所有人都大吃一惊，大家赶上前七手八脚扶丁海洋，丁海洋双目紧闭，竟然昏迷不醒。

立刻有人叫："别动！别动！让他躺着！"

几个手快的人赶紧打120叫急救车。不想刚叫了车，丁海洋忽然苏醒，一翻身扶着轿车门站起身来。他的脸上流着血，是摔倒时擦伤了脸颊，身子发抖，但是翻身站立的动作基本流畅，大体麻利，不像中风脑梗之状。

"我没事，别，别叫那个车。"他说话了，语速显慢，有些吃力。

身边人劝告："丁县长还是先上医院好。"

丁海洋问："小，小吴？"

小吴从人群后边钻出来。丁海洋即吩咐："去医院。"

小吴点点头，什么都没问。

丁海洋上了车，领着一行人直奔现场。

半个多小时后，小吴领着县医院院长匆匆乘车到了现场。他们在公路边养路段工房里见到了丁海洋，时丁海洋正在与闹事村民代表谈判，一见小吴和院长进门，他就眉头一皱："小吴怎么搞的？"

小吴支支吾吾："常佳医生，常佳医生不不……"

丁海洋摆手，没让他说下去。医院院长赶紧接上话，说当晚他在医院处理一件事情，刚好看到小吴来，一听说丁县长身体不适，就自作主张跟着过来看看。

丁海洋笑道："那就劳驾院长帮助检查这几张创可贴。"

时丁海洋脸上的擦伤已经做过处理，贴着几张创可贴。县医院院长是该院外科第一把刀，丁海洋让他检查创可贴纯属调侃。

那一次群体性事件闹到凌晨，终于平息。其平息基本不是得益于丁海洋，以丁海洋当时的状况，实难有何高招或者高见，但是老天爷帮了他忙：当夜凌晨刮北风，气温骤降，还下起小雨，村民们吃不消，这才勉强听从劝告，相继撤离现场。

几天后，丁海洋离开本县，悄然消失。那时候有关丁海洋即将走人的消息已经传遍县内外。丁海洋在正式离开之前先玩了一次非正式消失，他去了北京，对外声称是"跑项目"，此刻该同志还能跑什么项目？谁都认为这是虚晃一枪。当时就有人猜测丁海洋可能是在跑自己的事情，他给拿下来了，"明确"掉了，不再是县长人选。他已经表示服从，但是或许因为心里不服，也可能另有原因，他还另有打算。拿下他的决定是省里做的，或许丁海洋要从北京更高层次把事情再办回来？

果然，丁海洋去北京活动之后，一回来即刻反悔。他找到市委主要领导，表示自己不愿意离开本县，希望市里再做考虑。

"这件事已经定了。"领导说。

"县长人选明确了，我的安排并没有明确。"丁海洋说。

他强调说，上级决定不用他而提名他人当县长，他只能服从，但是并不一定不当县长就非得离开。他愿意留任原职，继续当他的常务副县长，哪怕只留任一段时间。

领导问："你想留多久？"

"一年半年吧。"

"为什么？"

他提了一条理由：他是沿山高铁广场项目的副总指挥。这个项目是重点，上级非常重视，现在碰上问题了，处于停工状态，他认为自己有责任去解决那些问题。

丁海洋为自己找的这条理由不仅很难站住脚，且有疑点。以往丁海洋副总指挥自称"六指"，于该项目并没有太积极表现，为何此刻一反常态？王涛在这个项目中接受巨额贿赂，丁海洋本人也曾从承建商范秋贵手里收受过十万元，或许这里边还有事尾？或许丁海洋在该项目里并不像表面那么低调，除了已经暴露的范秋贵，还有李秋贵王秋贵？丁海洋一旦走人，事情就将破败？他需要留在原职，用一段时间理清摆平后事，设法把尾巴藏起来？人们有理由怀疑。

由于丁海洋的努力，也因为若干具体情况，市里终于同意丁海洋暂留原职，主要任务是解决高铁广场项目出现的问题。这个项目眼下变成烂摊子，没有谁喜欢去收拾，丁海洋自告奋勇，何乐而不为？如丁海洋自己形容，该项目有一裤子屎，无论该屎是王总指挥所拉，或者是丁副总指挥所留，此刻需要有人去把它擦干净。

3

　　根据相关同志提供的线索，我们在调查中发现，一段时间里丁海洋曾出现一些失常状况，情绪时有异常波动，除了任职变化方面的因素，也有其个人原因，包括个人身体方面的一些问题。

　　　　　　　　　　　　　　——摘自《联合调查小组情况汇报》

事情起于一个星期六晚间，天下大雨，常佳在县医院住院部值班。大约零点时分，有一个电话打到值班室，来电话的是院医务部主任。

"常医生吗？"主任问，"今晚还有谁值班？"

常佳告诉他还有一位陈医生。病房里一位病人有些情况，陈医生刚过去处理，过一会儿应当会回到值班室。

主任沉吟片刻："这样，还是你吧，劳驾你一下。"

主任让常佳放下手中的事情，马上去出一次诊，地点是县政府大楼。刚才县政府办公室来了一个电话，请医院派个医生过去。

"那是什么事？"常佳问，"哪个天大的官要死了？"

主任也不甚了解。常佳去了就知道。

常佳当即拒绝："主任，这种事找其他人吧。"

主任连说："拜托拜托。"

如果没有特殊情况，县政府那边不会这样突然电话相请，如果只是某个一般干部生急病，也不会这么叫医生，因此可以推测是某位领导突然有需要，却又没办法到医院来，所以请医院派人过去。县政府如此相请，医院不能不认真对待，但是不知道病人具体情况，医生很难派。此刻天下大雨，年纪大的不好出门，太年轻经验不足的也不敢派，常佳是从大医院出来的，水平不一般，经验也丰富，因此只好请她出马。

"我要是一不小心把那大官治死了怎么办？"常佳问。

主任说："你尽力而为就可以。"

"死就死了，咱们不怕人闹是吗？"

"哎呀常医生，帮个忙行不？"

常佳说："雨这么大，我得怎么去？"

主任告诉她，政府接医生的车已经到了，就在住院大楼门边等着。

几分钟后常佳上了那辆车，冒雨前往县政府。县政府大楼与医院其实就在同一条街上，只不过一个在北边，一个在南边，距离不到两公里，如果不下雨，那就是几分钟的车程。常佳穿了件白大褂，衣兜里塞了个听诊器，其他的都没带，一来因为不知情况，二来也懒得费心准备，去看看再说吧。

车到政府大楼，有一个年轻人守在大楼门厅里，常佳一下车，年轻人就迎上前，自称是政府办的小吴干事，请常佳跟他上楼去。

"是谁怎么了？"常佳问。

年轻人没吭声。

常佳闭上嘴，不再发问。两人坐着电梯上楼，电梯里静悄悄，只听到钢索运行的嚓嚓声。上到七楼，小吴领常佳出电梯过走廊，常佳不由吃了一惊：时已半夜，这七楼却灯火通明，走廊尽头那间会议室里人影晃动，声响很多，像是在开会。

"会开了一半，先停下来。"小吴没头没脑说了一句。

他们背向会议室，朝走廊另一边去。走到中部一间办公室门口，小吴停下脚步，取钥匙开门，领着常佳进了房间。

有一个男子躺在办公室门边的长沙发上，身上裹着一条毯子。男子身子一阵阵发抖，却又满脸是汗，男子约四十出头，瘦长体型，脸色苍白，穿白衬衫，戴副眼镜，镜片后边眼光发直，眼神恍惚。

这男子叫丁海洋，是本县的常务副县长。副县长在本县当然是个人物，却也实在算不了什么天大的官。

当天晚间，丁海洋在政府会议室主持开会，听取沿山高铁广场建设相关情况汇报。会议奉王涛之命召开，王涛时任本县书记，项目总指挥，他在省城办事，打电话交代丁海洋把相关部门叫到一起汇总一下情况，催促一下进度，丁海洋如命于当晚开会。会间有人提到一笔工程款没有到位，询问是何原因？丁海洋表示自己不清楚，须待王涛书记回来后再了解。话说一半他突然不吭声了，抬身从座位上站起来，径直朝大门口走去，步子有些晃荡。坐在门边列席会议的小吴发觉情况不对，赶紧起身，尾随丁海洋穿过走廊回到办公室。丁海洋一进办公室就扑倒在沙发上，紧咬牙根，浑身发抖。小吴大惊失色，拿起电话准备打120叫急救车，即被丁海洋摆手制止。

小吴问："那么让县医院来个医生？"

丁海洋还是摇头。

小吴给丁海洋倒了杯水，丁海洋伸手，却接不住，水杯掉在地上摔成数片，开水流了一地。紧接着他自己哇一下呕吐，一时满地流淌。

小吴着急了。

"丁县长还是找个医生吧，他们不会乱声张的。"他请示。

丁海洋呻吟，没有明确表示反对。小吴即给医院打了电话，而后赶紧处理地板上的脏物，再跑到会议室假报消息，说丁海洋在办公室接到上级一个紧急电话，有件要紧事情必须先处理，待处理完毕再继续开会。于是那些与会者就在会议室里等候，抽烟喝茶，静候丁副县长。没有谁知道此刻丁海洋正在处理的要事就是在沙发上发抖呕吐，左翻右转，头痛欲裂。

常佳进屋后马上为丁海洋做检查，把一下脉，翻开眼睑检查瞳孔，再拿听诊器检查胸腔声音。检查中丁海洋紧闭双眼，咬紧牙关，冷汗不绝，一声不吭。

常佳收起听诊器，对小吴说："病人必须马上送医院检查。"

"他，他还要开会呢。"

"是吗？去开会吧。"

丁海洋突然一个翻身从沙发上坐起来，裹着毛毯发抖。

"小吴，吴。"

他哆嗦着说话，要小吴送医生回医院去，他没事。

"我说有事。"常佳即回应，"这里我是医生。"

"我没没……"

"你没事。但是你头痛，剧痛，是吗？"

丁海洋没吭声。

"感觉像有人拿大棒打你的头？"

丁海洋摇头。

"像一把锥子扎你？一抽一抽钻心疼？"

丁海洋还是没吭声，却下意识点了下头。

"你必须去医院检查。"

丁海洋回答："今晚不行。"

这句话忽然表达得很清晰。常佳面露惊讶："哟，看来有救。"

她让小吴倒一杯温开水，自己从大褂衣兜里掏出一个小药瓶，倒出两粒药片，让丁海洋就着温开水吞下去。

小吴问："这是什么药？"

她回答："处方药。"

"能行吗？"

她答得很干脆："不行。"

但是居然有效。丁海洋喝水服药之后，症状逐渐减轻。常佳在丁海洋办公室继续观察，二十来分钟丁海洋从沙发上走下来，常佳起身告辞。

小吴把常佳送下电梯。送常佳回医院的车已经停在楼下。

"常医生，今晚的情况请不要告诉任何人。"告别时小吴向常佳交代。

"这是你的意思，还是病人的意思？"常佳问。

小吴说："是领导的交代。"

常佳说："告诉他，我是个出了名的大嘴巴。"

小吴一时无言。

"让他赶紧上医院检查去，拖得越久他会越麻烦。"

常佳径自上车离去。

两天后，星期一上午，常佳是门诊部的班，那天上午病人特别多，一个接着一个看。这时医务处一个人跑过来，让常佳先停诊，到医务处去一下，有要事。

常佳问："又是谁要死了？"

"快去，给你发红包呢。"那人也打趣。

常佳去了医务处，在主任办公室里领到了那个红包，却是前天晚上躺在政府大楼办公室沙发上发抖的病人，丁副县长，他亲自上门来了。常佳一进门，正在与丁聊天的院医务处主任即站起身，让他与常佳去谈。

"你们叙旧，我就不打扰了。"主任说。

丁海洋笑："其实也就是探望探望。"

常佳感觉他们说得古怪，她没吭声，等着瞧。主任一离开，丁海洋就伸手从口袋里掏出一张名片递给常佳，让常佳可以验明正身以示郑重其事。

他开口解释，说今天是专程前来对常佳表示感谢。一来感谢她周六晚上的帮助，二来感谢她替他着想，不事声张。刚才他已经从主任那里了解到，常佳回院后没对任何人提起当晚情况，连主任都不清楚。他本人也没跟主任多说什么，只讲跟常医生是旧识，常医生在省立医院时，因一位朋友的病情，他曾经找过她。

常佳说："你已经去打探过了啊。"

丁海洋点头："我需要了解。"

"心里很不踏实是吗？"

"你总是这么直爽？"

"差不多。"常佳问,"你需要医生帮助什么?开处方药,还是安排检查?"

丁海洋摇头,称自己身体没有问题,那晚是突发意外,可能因为连日劳累心理压力过大。发作过了就好。由于一些具体情况,他本人很不希望这一意外成为人们谈论的事情,他知道当天晚上常医生离开时,小吴曾经代他表达过这个意思,他觉得自己还应当当面向常医生表达一下为妥。

常佳问:"你是特意来让我闭上大嘴巴?"

"医生为患者保密,这应当是医德,也是职业要求吧?"

"这是以病人,还是以县长身份要我闭嘴?"

"常医生也不愿意自己的隐私成为问题吧?例如那个手术事故?"

常佳平静道:"那个事谁喜欢说尽管说去。"

"我只想提醒一下,请常医生多注意。"

"丁县长放心,我正想着怎么让全世界人都知道,像手术事故啊,闭嘴啊。"

"常医生不能这样。"

"我还在看门诊,该走了。"

常佳即起身离开。

当天晚间,常佳在医院宿舍接到丁海洋一个电话。常佳接电话时不由得吃惊,这个官员怎么会有她的电话呢?回头一想也不奇怪,这种事于丁海洋这样的人当然不困难。

"找我什么事?"常佳问。

"对不起常医生,我想跟你谈一谈。"

"咱们没谈过吗?"

"我觉得上午谈得不对,冒犯了常医生,要表示道歉。"

"不敢当啊。丁县长想怎么谈?"

"像患者同医生那样谈。"

"丁县长承认自己有病?"

"我认为这个应当由医生判断。"

"丁县长像是挺焦虑?"

"常医生可以把它当作一个症状。"

丁海洋果然挺焦虑,他在电话里道歉,声称要做点解释。以他的身份,此刻频繁出入医院有所不便，他希望常医生能再到他的办公室来一趟，他已经叫小吴带着车去接常佳，此刻那辆车已经停在常佳所住医院宿舍楼楼下。

十分钟后，常佳到了丁海洋的办公室。

这一次丁海洋分外客气，见了面还是道歉，说自己在医务室办公室与常佳交谈时提到那个手术事故，只是想以之类比，并不是有意伤害常佳。后来想来也觉得不合适，要请常佳不要在意。

常佳平静道："没啥。那个事全世界人都知道。"

"我知道常医生不可能这么轻松。"

常佳不做声了。

常佳做轻松状，其实确实不如表面然。常佳出生在省城一个医生世家，父亲当过省里一家大医院的院长，常佳本人女从父业，医学院毕业后进了省立医院当外科医生，拿手术刀给病人开膛破肚，找的丈夫也是医生，在同一家医院供职。一年多前，常佳给一位女患者做一起很普通的胃切除术时出了意外，患者术后大出血，没抢救过来，死于医院，其后死者亲属抬尸大闹，搞得院内院外沸沸扬扬。该意外被确定为医疗事故，主刀医生常佳须承担责任。调查人员认为常佳因个人生活问题情绪波动，手术中精力不集中，没有及时发现患者状况突变征兆。所谓"个人生活问题"指的是其时常佳的父亲过世，而她本人刚刚离婚，因为发现丈夫外遇。这个医疗事故让医院赔了一大笔钱，也让常佳无法继续待在省立医院，由于生活和工作不顺，她连省城也不想待。常佳的母亲是本市人，在市区有房子，常佳携女儿，带着母亲回到本市定居。她联系市医院，想去那里工作，却因为手术事故影响，一直没能安排进去。本县医院院长是常佳父亲的学生，常佳母亲找了他，通过他把常佳收留到了县医院。常佳不愿意再拿手术刀，改当了内科医生。常医生长得相当惹眼，小地方来了这么一位人物，不可能不被注意，她的故事很快地广为人知。以她的个性，丁海洋提及那个事故，她当然会感觉受到刺激和冒犯，丁海洋为此道歉，无疑会让她感觉好一些。

丁海洋问："我是不是还在哪里得罪过常医生？"

"有吗？"

丁海洋感觉常佳似乎有些成见，从那个周六晚间他倒在沙发上初次见面时就有感觉。医生可以有个性，可以认定靠医术吃饭无须去巴结谁，但是她也不需要随时随地流露反感，表现很不待见。

　　常佳说："有些人确实让我很不待见。"

　　原来她真有意见，从她自己的遭遇而生。她始终不认为那起手术事故原因在她，更与她本人的婚变没有任何关系，事件之发生有一些特殊因素，客观调查自有结论，但是却受到人为干预。由于医闹大闹，上边头头一个接一个下批示，下边具体负责官员担心不能尽快平息事态，会影响自身仕途，因此先入为主，草率认定，她成了牺牲品。从那以后她最不待见的就是这些人，特别是那些比芝麻大点的大官们。

　　丁海洋说："原来如此。"

　　他对常佳表示理解，但是如果换成他可能也一样，在高位上他也会那样批示，作为具体官员他也会那样来办。通常情况下大家都会这么做，当然也会有特殊情况。

　　"你倒是挺直爽。"常佳有点惊讶。

　　丁海洋称自己其实并不直爽。例如眼下时常有人让他发表"高见"，他一张嘴可以讲出一套又一套，其实都是些废话，相当于什么都没说。因为说也没用，就好像某个人手掌的第六个指头，不管长得多长都属畸形。但是面对医生不需要玩那种"高见"，还是应当尽量坦诚，这对自己有利。

　　常佳问："丁县长表现得这么坦诚，目的还是要我闭嘴？"

　　丁海洋说："是想与医生有一点正常沟通，仅此而已。"

　　他向常佳解释了所谓的"很焦虑"，说眼下他身边有些特殊情况，他得特别注意各种影响。常佳是医生，知道医生那些事，却不一定通晓官员这个行当那些情况，对其中道道也许难以理解。他可以打个比方：常医生大学毕业到了医院，需要从实习医生干起，然后是住院医生，主治医生，副主任医生，主任医生等等，上了下边这个台阶，才能上上边那个台阶，类似于从芝麻到花生米再到西瓜。假设眼下常医生要从副主任医生升为主任医生，但是职位空缺只有一个，竞争者却有好多，这个时候如果有人议论，说常医生胳膊坏了，拿不动手术刀了，那一定对她很不利。

　　常佳即评论："丁县长当医生的话，肯定不是个好医生。"

"为什么？"

常佳称自己当医生这么些年，兴趣只在治病。那些个什么台阶她从不放在眼里，管他主任副主任，不管芝麻还是西瓜，爱给不给随便。

丁海洋说："幸好常医生当年去读医学院，没想往我们这座大楼来。"

他知道常佳是个好医生，但是好医生也不都是常佳这个样子。一个人生于此时此地，注定他必须按此时此地的通常方式生活，当然也有例外，常医生也许可以算一个。这个问题日后可以探讨，眼下彼此还不熟悉，多说可能反而混乱，不利沟通。他今晚请常医生来，表达歉意，略做解释，最后就想表示一个意思：他认为该表明的已经都表明了，之后无论常医生向全世界的人说些什么，一概由常医生自己决定，他不会干预，的确也无法干预。

常佳问："真的吗？"

"是这样。"

"丁县长现在说的不是废话？"

"不是。"

"把医生找来，说了这么一大通，却不问病？为什么？"

丁海洋还说自己心里有数。身体没大事，哪怕有也还可以拖。

"有什么事情比身体更重要？芝麻西瓜？主任医师？"

丁海洋笑笑："那是个比方。"

"丁县长不担心拖不起吗？"

"常医生断定我一定拖不起？"

常佳承认："需要进一步检查才能断定。"

丁海洋对常佳表示感谢，说常医生确实是个好医生，对病人非常负责任。他认准常医生了，如果有需要，他不会找别人，只会求助常医生，请常医生安排进一步检查以及医治。在此之前请常医生对他多一点理解，无论待见不待见。

他们没再多谈，丁海洋不再强调闭嘴，常佳不做任何承诺，谈话就此了结。但是显然丁海洋放心了，常医生有个性，有来历，一个副县长在她眼里不算什么，哪怕丁海洋在这里管天管地，实也管不到她。坦承一点，客气一些，也许反有助于互相理解。

此后相安无事，丁海洋没再叮扰，常佳也没向全世界宣布些啥，她实无兴趣。

有一天常佳看门诊，一个年轻人拿着份病历卡走进来，放在常佳的桌子上。常佳一看眼熟，想一想，这不是那个小吴吗？县政府办公室干部，丁海洋身边工作人员。

"身体怎么啦？"常佳问。

小吴把胳膊放在桌上，让常佳把脉。这个动作是伪装：不是他有病求医，是来为他的"领导"取点药。他没说是哪位领导，但是他们都明白那是谁。

"他什么情况？"常佳问。

"他没什么。只是需要点药。"

"什么药？"

这个药丁海洋不知道，小吴也不知道，只有常佳清楚。前些时候有个星期六晚间，丁海洋在政府办公室里发病，常佳给他服了两粒药片。当时小吴曾问是什么药，常佳回答是"处方药。"此刻丁海洋想念该处方药了，只能让小吴求到常佳这里。

"又发病了？"常佳问。

小吴连说："没什么没什么。"

常佳厉声道："说实话。"

小吴不再隐瞒，他点点头，承认丁海洋又发病了，症状与上次相当。

"已经不止一次了，是吗？"

小吴又点头。前些时候有一回比较严重，丁海洋头痛欲裂，摔在办公室地上人事不省，后来又自行缓解。今天他感觉不太好，赶紧命小吴找常佳取药。

"我不能这样开药。"常佳说，"让他到医院来。"

这时常佳的手机响了，来电人竟是丁海洋，时间掐得非常准确。

他在电话里喘气，说话有些吃力。他向常佳道歉，称有一个会议在等着他，实在无法脱身，不得已才派小吴到医院替他取药。他请常佳包涵，一旦可以脱身，他会亲自上门找常医生。眼下还请常医生帮助，让他挺过这一关。

常佳问："你感觉怎么样？"

他在电话那头喘气，好一会儿："感觉很不好。"

"这样不行。"

"我知道。帮我一下。"

这句话显得非常无助，常佳给打动了。

放下电话，她问了小吴一句："他为什么呢？"

小吴吞吞吐吐，提到本县王涛书记升副市长了，丁副县长有可能转正。这种时候他得特别注意各种影响。等等。

常佳没给小吴开药。同上回一样，她取过自己的小包，掏出一个小瓶，把小半瓶药倒进一个小纸袋，交给小吴。

"一次两片，四小时后再服一次。"她交代，"如果不行，马上送他过来。"

小吴什么都没问，匆匆离去。

几个月后小吴再次前来，这一次没绕圈子，直截了当请常佳再开点药。

"又发作了？"常佳问，"清晨还是晚间？"

"都有。"

"呕吐？"

"有时会。"

"为什么到今天才找我？"

小吴提到这几个月发生了很多事情。眼下领导脱不开身，也需要格外注意，因为事情还需要省上"明确"。

"'明确'什么？"

小吴解释：一旦"明确"，领导就转正当县长了。

"接下来该想什么？市长？省长？有完没完？"

小吴表示那还远，现在先得等"明确"。那需要一点时间。

"他以为自己还有时间？"

"这种事不会拖太久。"

常佳摇头："你去告诉他，再拖下去可能麻烦大了。"

小吴称一定百分百转告。但是现在还是请常医生先给点药。

"给什么药？"

小吴脱口道："不是阿司匹林吗？"

常佳顿时满腹狐疑："什么阿司匹林？"

小吴承认，按照丁海洋的安排，他悄悄把上次常佳给的药片拿去药检站鉴定过，发觉是普通的阿司匹林。丁海洋考虑不再麻烦常佳，自己弄点药就可以，但是无论是药房买的，还是请别的医生开的阿司匹林都没有用，只有从常佳口袋那个瓶子倒出来的药片才有效果。因此没有办法，还得找常佳。

"他完了。"常佳摇头。

"领导说，无论如何请常医生再帮一次，等事情定了，他会来找您的。"

常佳无语，再掏出药瓶。瓶里确实是普通的阿司匹林药片，自省立医院那次医疗事故发生后，她不时感觉头痛身体不适，不得不借助它。

她对小吴说："告诉你的领导，事不过三，以后没有阿司匹林，也没有常医生了。"

那瓶药剩下小半瓶，小吴全数带走。小吴刚离开，常佳就翻抽屉，找出了数月前丁海洋在医务处办公室给她的那张名片。

常佳往丁海洋家挂了一个电话。电话那头传来一个成年女子声音，这应当就是常佳要找的人。

"请问是丁副县长的太太吗？"常佳问。

对方不回应，话音很警惕："你是谁？"

常佳也不说明，只问："你丈夫的身体状况你清楚吗？"

"你到底是谁！"

"如果不清楚，赶紧让他去医院检查。不放心的话可以到外地大医院去。"

不等对方回应，常佳把电话放了。

隔天晚上，丁海洋打来电话，在电话里非常生气。

"你怎么能这样！搞误会了！"他抱怨。

常佳不动声色："请问您找谁？"

"你不是常医生吗？"

"常医生是谁？"

"什么？"

常佳把电话一丢了事。

从此没有阿司匹林，没有常医生了。这件事该谁谁认吧。

常佳说到做到，决不通融。其后不到一星期，小吴于一个晚间再次跑到医院找常佳求助，请求常佳再给点药。他告诉常佳，领导刚刚当众倒在地上，在县政府大门口，轿车边。领导点名叫他去医院，那意思只有他明白，是让他赶紧求医求药。

常佳说："让他到医院来。"

小吴称此刻事急，沿山村民闹事，把公路堵了。领导要带人前去应急处置，没有空过来。这一段领导确实没心情看病，因为本来马上要"明确"的事情忽然有问题了。

常佳不管丁海洋有没有心情，坚决拒绝再提供药品。所谓"事不过三"，不会再有第四次了。小吴求医未果，最后把医院院长带到了沿山公路站。那时丁海洋正与村民代表谈判，他已经缓过劲儿，脸上贴了几张创可贴。

然后一个衣着光鲜，收拾得整齐得体的女子找到了常佳。

"我是丁海洋的妻子。"她向常佳自我介绍，"咱们通过电话。"

丁妻是做足功课才来的。她告诉常佳，那一天接到常佳电话，她大吃一惊，起初误以为是丁海洋偷偷出轨，找了个小三，小三不安分，找正夫人搅局。为这事她跟丁海洋大闹一场，丁没有轻易松口，闹得没办法了才跟她提到常佳，发誓自己跟该女医生根本没什么事。起初她不信，后来多方了解，才觉得丈夫说的可能还真是实话，因此便着急起来。此前丁海洋曾跟她提起过头痛，称工作很忙，心情不好，时有头痛，她没太在意，要丁海洋去医院看看，丁海洋总是推，要等事情定了再说。丁海洋的那件事不太顺，先是王涛作梗，后是范秋贵折腾，现在打水漂，已经给替换，当不了县长了。丁妻觉得官当不上去，那就看病去吧。丁海洋还不死心，不想让更多人知道他的情况，因此她不找别人，只找常医生咨询。

常佳给了丁妻一个医院地址和一个医生的电话，医院和医生都在北京。常佳说，以她直觉，丁海洋身体问题可能出在脑颅，北京这家医院比较专业，这位医生是常佳父亲的学生，可以去找他。

丁海洋去了一趟北京，对外谎称"跑项目"。北京归来后他反悔了，以身为沿山高铁广场项目副总指挥，负有责任为由提出要求，终经市里同意暂留于本县。

常佳得到了一份礼物，是一只北京烤鸭，据称出自全聚德，由小吴带到医院。

常佳问："这是为什么？"

"领导和他夫人说，感谢常医生。"

常佳还问为什么？小吴告诉她，领导从北京回来后像是变了一个人。感觉好多了，情绪也放松多了。

常佳摇头："我不知道你说些啥。"

她坚决退还那只烤鸭，以示到此为止。

4

……据我们了解，由于一些特殊情况，丁海洋任职过程中发生了一些变化，丁海洋总体表现基本正常，表示过愿意正确对待，服从上级决定的态度，但是在一些场合也曾表示出不满和不服。在上级决定让他再次主持工作并再次决定提名后，这种情绪依然有所表现，工作中也有一些表现比较反常。

———摘自《联合调查小组情况汇报》

丁海洋亲自出马"打捞"范秋贵，其行为确属反常。

那时候丁海洋被暂留于本县，主要任务是推进高铁广场项目。本县新任县长已经到位，该领导叫黄捷，原为市发改委副主任，年纪与丁海洋相仿，资历略逊于丁。黄捷迅速到位表明丁海洋彻底没戏，但是没妨碍丁海洋继续坚守他那一亩三分地，即高铁广场项目。他是该项目的副总指挥，因为过去和眼下的种种情况，本县书记、县长两位主官没急着接管该项目，总指挥一直暂缺，理论上还可以追溯到王涛那里，尽管该旧日一号已经坐在牢中。丁海洋以副总指挥身份全面负责高铁广场项目，昔日"六指"只会说："一号什么意见？"现在他本人似乎一跃而为一号了，人们却都清楚那只是名义上的，而且也是暂时的。丁海洋已经出局，他费尽心思如此这般留下来，其动机有些可疑，令人费解。

丁海洋动作很快，一经允许暂不离开，他即找到市委负责领导，提请

杨少衡中短篇小说选

有关方面迅速研究，解脱范秋贵。理由是范秋贵是高铁广场项目主体工程承建商，因牵涉王涛案被查，致使工程陷于停顿。高铁广场项目是重点项目，需要尽快重开建设，不能因王涛案而一直停顿，县里曾考虑重新招标更换承建商，却因为情况复杂不易操作，可能带来巨大成本增加，并可能致工程更其拖延。根据这一情况，最佳方案还是督促原承建商继续完成该工程。据了解王涛一案的调查已经基本结束，范秋贵该说的也都说了，他是私企老板，不是政府官员，他在王涛腐败案中只是配合调查，不是被调查案犯，如果已经大体了解清楚，建议让范秋贵解脱，回来做工程。

领导说："这老板本身也不是没有问题。"

丁海洋说："即使要追究他，也可以先放出来，一边做工程一边追究。"

"他要是跑了怎么办？"

丁海洋担保范秋贵不会跑，如果跑了，他愿意就此承担责任。

丁海洋言之凿凿，态度很鲜明，理由很充分。时下官员腐败案中总是少不了范秋贵一类人物参与进来"配合调查"，这些企业老板贿赂权力官员，也属触犯刑律。具体办案中，为了促使他们提供证据以突破案件，通常会以"坦白从宽""立功受奖"原则处置。因此范秋贵只要交代得足够多，出来后依然还是范老板一个，不像王涛副市长从此一去不复返。既然如此，让范老板把王涛及若干官员丢官送牢子之后，放他出来继续把工程做完，不失为一个现实的，也是合适的选择。放范秋贵出来做工程确实不妨碍继续让他"配合调查"或追究，而且还不需要担心他跑路消失，因为他涉案后已经跑过一次，无奈忍受不了逃窜之累，自己又跑出来投案自首了。有此前科，无须过于担心他再来一次。

不过丁海洋亲自出面"打捞"范秋贵，则非常令人奇怪。丁与范是什么交情？两人间曾有一笔"001"资料来去，价值五万美金，这笔资料被丁海洋上交给纪委办案部门，导致范秋贵拔腿跑路。后来范秋贵回来自首，该老板很够意思，很讲交情，给了丁海洋一份巨额回报，交代出更早前的一笔十万人民币。这笔钱虽然没有把丁海洋最终放倒，却也产生直接后果，让丁海洋等待中的"明确"化为泡影，当不成县长了。两人间的往事如此亲密，丁海洋怎么会亲自出马替范老板说话求情？难道该官员与该老板间的交情远不止这两笔，还有其他更亲密的且尚未暴露的巨大往事？如果是这样，丁海洋确实需要尽快把范老板弄出来，以防更大麻烦，这或许就是他执意要赖在本县官位上的原因？但是他公然跳出来担保范老板不会跑，把自己与该老板的特殊关联直接暴露，岂不是此地无银三百两？这不像是一个"院上"水平官员会去干的。

无论动机多么可疑，丁海洋打捞有效，范秋贵给放了。或者应当说丁海洋之打捞只是助了一臂之力，人家范老板已经坦白足够了，也该给放出来了。范老板出来后，第一件事当然要登门道谢。他打了电话，去了丁海洋办公室，众目睽睽之下两手空空，什么都没带，连个老板包也没拿。

丁海洋问："范老板见了我，害怕吗？"

范秋贵承认心里很不踏实。

"丁副县长什么时候让你怕过？"

范秋贵承认以前从未有过。现在不一样了。

丁海洋说："范老板放心，丁副县长有仇必报，肯定让你屁滚尿流。"

范秋贵感慨："丁副县长好像忽然变成另一个人了。"

丁海洋冷笑问："现在谁是一号？谁是六指？"

而后丁海洋全力督促，范秋贵屁滚尿流收拾局面，工地施工迅速恢复。

那一段时间丁海洋其他事不干，眼睛只盯着一个范老板不放。堂堂常务副县长似乎把自己当成了工地监理，一天到晚在工地上跑来跑去，下狠劲儿督促，进度要问，质量要追，动不动发脾气骂娘，搞得人人避之唯恐不及。没有谁不觉得丁副县长变成了另一个人，当年那个要么不哼不哈，要么都是"王书记高屋建瓴"的丁海洋忽然消失不见了，没有消失的似乎只有他那标志性眼镜以及身上的白衬衫。

工地施工因之进展神速。

有人开始猜测，丁海洋或许另有缘故？高铁广场或许被他视为一步棋，他不惜放老对头范秋贵一马，是因为让范重出确实是推动项目进展的最佳方案。他一改"院士"旧貌，摇身一变变成另一个人，痛下狠劲，是要抓住机会，利用备受关注的重点项目孤注一掷，让自己来一个绝地翻身？

高铁广场项目之重要不在本县，它在全市以至全省建设盘子里都有地位。这个广场其实就是一个站前广场，该站及广场位于本县沿山镇，沿山离县城远而离市区近，建的是市一级的高铁站，为其前后近百公里高铁线路中最大的一个站，本市市区和附近数县客流将通过这个站吞吐。该高铁站起初是按一个一般站点设计，为在建中的贯穿本省南北的高铁线上的普通站点，后来形势发展，一条新的东西向高铁项目被推上日程，设计方案确定两线于沿山交会，这个高铁站成为铁路枢纽，重要性被一再提升，设计和建设方案因之屡经变动，站内设施、站台以及站前广场都比最初方案成倍扩展，铁路和地方经多次互动，最后确定的具体建设格局为：铁路建设单位负责线路和车站等主体设施，而站前广场及配套交通、生活服务、绿化等项目由地方负责。所谓"沿山高铁广场"项目指的就是地方上管建的这一块，其资金由省、市、县三级筹措，具体建设交由本县组织实施。目前在建中的南北向高铁工程是国家以及省的一大重点项目，作为其中一个站点，沿山高铁广场项目事关全线按时建成通车大局，因而备受重视。当初王涛亲任总指挥，把这个项目作为"书记工程"，因为该项目确实比较重要，而现在丁海洋能说动上级，让他们同意他暂时留下，主要原因也在这里。

　　显然，如果丁海洋在主抓高铁广场项目上成效突出，确实可以成为一大政绩，或许对他有利。但是他不遗余力推动进展之际又伴有反常，行事有如为自己掘墓挖坑。

　　高铁广场快速施工之际，省长来了。省长带领省里几个部门要员到本市视察，在建中的高铁是本次视察重点，沿山高铁站被列入视察内容。市里提前将省长视察重点及要求传达给本县，命迅速做好相关准备。本县自书记、县长以下，各相关人物及部门均全力以赴参与准备，丁海洋具体负责该项目，自然格外吃重。对他来说该视察无疑是个表现机会，机会难得，必须抓住。

　　由于视察内容众多，省长在沿山待的时间很短，前后不到一个小时。期间包括在工程指挥部听汇报，以及现场考察。汇报当然须由当地主官，也就是本县县委书记亲自承担，按照事前准备的材料汇报。书记汇报时丁海洋坐在后排，他的官小，这种时候只用得着耳朵，无须劳驾喉咙。但是他超规则行事，拉长喉咙叫唤了一声。

　　那时候省长听完汇报了，把手中的材料丢到一边。

　　"还有什么情况要让我们知道？"省长问，"材料上有的就不要说了。"

场上一时鸦雀无声。

这是常规程序。上级领导下来调研，听完汇报后都有此问，以表示本次调研广泛听取意见。但是通常都不应当有回应，这时候如果有谁跳出来说三道四，那相当于影射刚才汇报的领导以及所准备的材料不完整，有欠缺，甚至有问题。

省长刚打算接下来发表指示，丁海洋从后排举起了一只手臂。

"这是谁？"省长发现了。

丁海洋站起身，报称自己是本县常务副县长，兼本项目副总指挥。

"你有补充？"省长问。

丁海洋称刚才县委书记汇报提纲挈领，内容完整，汇报得很好，对汇报提到的那些问题他没有更多补充。

这是标准的"院士"高见。省长一听眉头发皱："这些话不说。"

"我另外想提个意见，希望引起领导重视。"丁海洋说。

丁海洋提的意见直指省、市两级政府主管部门。他说，按照高铁广场建设方案，资金筹措由省、市、县三级承担。县里在征地、配套方面的投入基本到位，而应由省、市两级下拨的资金因一些人为障碍，一再拖延拖欠，造成工程款不能如期支付，给工程进展造成不利影响。这个问题他曾去省上和市里协调多次，一直未能顺利解决。县里很希望省长能够关心过问，又担心牵涉到的省、市主管部门责怪，因此书记没有直接汇报。他作为现场负责人，非常盼望问题迅速得到解决，确保施工进度不受影响，省长视察机会难得，所以自作主张提一下意见。

省长扭头看身边跟随的大员："情况是这样吗？"

场上一片寂静。

省长敲了一下桌子："这个问题回去立刻核实，直接向我报告。"

丁海洋所提意见实为捅娄子，无疑将得罪上边两级相关部门及负责领导。这种意见通常不能直接提，至少不能在那种场合公开提。但是丁海洋就那么跳出来叫唤。这哪里是"院士"丁海洋的固有风格？他要么是利令智昏急于表现不惜冒险一搏，要么就是脑子进水了忽然变成了另一个人。

那天听完汇报，省长一行在市、县领导陪同下到施工现场视察。丁海洋官小，这种时候只能跟在后边，没机会往前凑。今天情况忽然不同，省长在一台水泥搅拌机前站住脚不走，扭头往后看。

"那个负责人呢？"他问，"叫他过来。"

省长问的是丁海洋。丁提意见时自称是"现场负责人"，省长记住了。

丁海洋被叫到前排，站在省长身边。省长指着搅拌机和一旁正在施工的工地，让丁海洋说明一下这里都在干些什么。丁海洋报告说，这一块区域正在返工。承建单位施工时质量有问题，被发现了，他要求承建单位敲掉重来。

"承建单位是谁？具体是什么问题？怎么发现的？"

丁海洋报告，承建商是范秋贵，具体施工单位是范秋贵公司的第二工段第三班，问题主要是沙和水泥的配比不当，是在一次突击检查中发现的。为了确保工程进度和质量，现场这里除常规检查外，经常组织突击检查。每一次常规检查和突击检查，他本人都亲自带队，有时通宵达旦。

省长没吭声，掉头走开。

省长视察完工地，动身离开。临行前与当地官员握手，按照常规也就是与县委书记、县长握一握。这时他又问了一句"那个人呢？"

丁海洋再次被叫了过来。他从后排往前走，忽然脚步给自己绊住了，"扑通"一下扑倒于地，在省长和众多领导面前摔了个狗啃泥，眼镜都摔飞了。场上顿时有人发笑，离得近的几个人赶紧去把丁海洋拉起来，不料他软乎乎的，竟拉不起来。

省长立刻赶上前查看："怎么回事？"

丁海洋被硬拽起来，由两个人架着，跟省长握手道别。

省长问："身体怎么啦？"

丁海洋嘴唇哆嗦，好一阵才说感谢领导。他没什么，好好的。

"去睡一觉。"省长下令。

本次视察以一个略带喜剧效果的结尾圆满结束。

对沿山高铁广场建设，这次视察至关重要，省长亲自过问让该项目面临的各项问题，特别是资金问题顺利解决，施工加紧进行。丁海洋本人则因为这次视察被人们广泛谈论，除了"这家伙怎么变成这样？"，也有人认为其动机可疑，更多的人为他捏了一把汗。丁海洋如此告大状，日后还能有他的好果子吃吗？

他说："管他妈的。"

他拿"黔驴技穷"自嘲，说古时候贵州那只驴碰上老虎了，彼此都陌生，驴大叫一声，把老虎吓了一跳。所以关键时刻会不会叫唤至关重要，事涉生死。问题是这头驴后来伸腿踢脚想驱赶老虎，老虎一看原来就这本事，一张嘴把驴咬死吃掉了。这就是说胡乱踢很危险，一头驴要是胡乱踢，那就是快完蛋了。

丁海洋在省长视察汇报会上跳出来提意见，那算是叫唤一声，或者也是胡乱踢人一脚？丁海洋未以细致解读。他只认定这样做管用，能把事情弄起来就行。

有朋友问他："这个项目对你本人有那么重要吗？"

丁海洋说，丁"院士"被指称为"能力平庸，没有政绩"，看来未必吧？以高铁广场项目而言，丁海洋其实还是有能力办成点事的。

这时发生了一个意外：黄捷屁股刚刚坐热，职务中的那个"代"字刚刚拿掉不久，忽然就调走了。黄捷原是省发改委一个副处长，交流到本市任职，人家在上层有关系，恰逢一个外派香港任职机会，比在下边当县长有前途，因此匆匆撤退。黄捷突然离去，位子又现空缺。按照常规，在上级没有作出新人选决定之前，由政府的第二把手主持工作，该第二把手眼下依然还是丁海洋。

于是丁海洋梅开二度。

丁海洋从沿山工地跑到县政府大楼主持县长办公会，他自嘲说，看来老天爷还关照，觉得他没干过瘾，又给了一次机会。机会来之不易，一定要紧紧抓住，除了干成些事，也得恢复一点名誉。

他所谓的"恢复名誉"就是讨官要官。重新主持县政府工作后，他即提出调整沿山高铁广场项目领导机构，让他名正言顺当总指挥。这个头衔其实是虚的，不牵涉级别工资，恰好本县现任县委书记不想跟在王涛屁股后边挂这个名，因此就给丁海洋谋到自己头上。丁海洋得手之后再接再厉，乘胜前进，直奔重点，目标就是当初与他失之交臂的"明确"。

丁海洋的作法却相当反常：他吩咐复印一份举报信，分发给县长办公会学习讨论，与会人员人手一份。这份举报信举报的正是丁海洋本人，内容包括"此人只会穿白衬衫戴眼镜，能力平庸，除了投合领导，一心向上爬，工作没有政绩，乏善可陈"，以及"利用其主管高铁站广场项目之机，从建筑商范秋贵手里收受巨额贿赂"等等。

这份举报信当时刚从北京层层转下来，市里相关部门从中摘出几个要点，请丁海洋本人做一个书面说明，以便向上级反馈。这份举报信却不是新作品，早在丁海洋上一次主持县政府工作时就曾广为流传，丁海洋本人也曾收到一份，握有全文。当初该举报件发生时，有关部门曾对里边的具体指控调查过，有过一个说法，所控几项未予认定，对丁海洋任职却有不利影响。类似举报件总是广为散发，范围涵盖中央、省、市、县各级，时间上不尽一致，上级不同部门处理程序各有不同，因此尽管已经调查过了，同一份举报件经常还会滴滴嗒嗒陆续自上而下转来，有如老年患者尿不净。

丁海洋对这份举报信有情绪可以理解，抓住它做文章甚至复印全文供县长办公会学习讨论，这就显得反常。相关事项丁海洋早就有过一份情况说明，悄悄将该说明重抄一遍寄送反馈，这才是通常应对办法，丁海洋偏要反其道而行。除了在县长办公会组织学习，他还跑到市里要求上级学习该举报信，他写了一份书面报告，请求上级领导再次组织深入调查，核实举报内容，如有问题他愿受党纪国法处置，否则应给予恢复名誉。丁海洋还嫌如此闹腾不够劲，居然直接给省长写了一封申诉信，以沿山高铁广场"现场负责人"身份陈情，请求省长给予关心。

事情闹大了，这哪里是"院士"丁海洋会干的？可真的他就这么干了。末了真的来了一个调查组，按照上级领导的批示，应丁海洋本人的请求，对该举报件反映的各个问题再做一番深入调查。这次调查基本维持上次调查的结论。这个结果不出意料，一来因为丁海洋似已越过谷底，胜比当初，而范秋贵与丁海洋之间关联更不似从前，如人们所笑，如今范秋贵咬遍全人类也咬不到丁海洋那里，无论两人间以往的五万十万，或者还另有百万千万。

这一轮调查对丁海洋发生的影响与上回完全不同：他给再次确定为继任县长人选。

据说是省长说了话。省长对"现场负责人"印象很深，认为该同志敢直言，工作落实严谨，情况熟悉，与现今那些庸庸碌碌，没想干事只想提拔的官员很不一样。

事情至此，丁海洋"恢复名誉"目的基本达到。

但是他又突现反常。

丁海洋被确定提名，时为初夏。按照通常做法，丁海洋将如其前任黄捷一样，先经人大常委会确定为代县长，负责县政府工作，直至来年初县人民代表大会例会再选为县长。市里考虑这一段时间过长，总是以代县长身份负责工作有所不便，因而考虑采用另一种做法，通过相关法律程序，于年中增开一次县人民代表大会，这个大会当然也需要有政府工作报告等常规内容，其核心议题却只有一项，就是选举县长。市里这个意见是对丁海洋的有力支持，免得他夜长梦多。代县长毕竟不是正经县长，代理时间过长容易有变数，特别是丁海洋几经周折，基本出局才又侥幸转回来，已经经不起更多折腾，赶紧尘埃落定为妙。

但是丁海洋却跑到市里反映，建议不要增开一次人民代表大会，代县长就代县长，没什么大问题，等明年初人大会再选不迟。

领导诧异："为什么呢？"

"行政成本太高。"

丁海洋拿钱说事，称本县人民代表有近三百名，加上工作人员吃喝拉撒，开一次会花费少说得几十万上百万。为他一个人的任职专门花这个钱开这个会实无必要。

"这与你个人无关。"领导说。

丁海洋的意见未被采纳。因为那一次除本县外，还有另一个县有县长变动，也需要开人民代表大会选举。这种情况下必须协调一致，不能一个县开会，另一个县不开。市里从有利工作考虑，决定两县都开。

丁海洋感叹："当初差点给撺走，现在倒变成赶驴上架。"

丁海洋千方百计为自己恢复名誉，大功告成之际却害怕了，竟想把自己曾经求之不得的事情往后拖，这显然反常。他为什么呢？

驴终究未被赶上驾，丁海洋在县人大常委会召开前夕溺水身亡，让他代理县长以及召开县人民代表大会选举他当县长的两项决定无果而终，事情止于无法改变之前。

5

据反映，丁海洋溺水身亡当天有一些异常迹象。我们就此做了深入了解，其相关举动多事出有因。同时亦有一些具体情况，表明丁海洋依然在考虑日后工作，与上述迹象形成矛盾。丁本人没有留下任何说明或遗嘱，也使其死因认定更显困难。

——摘自《联合调查小组情况汇报》

丁海洋出事当天上午，在沿山观看了高铁广场落成典礼彩排，该典礼事实上已经被取消，丁海洋心里明白，却还在那里煞有介事，把一出戏唱完。这一举动虽显反常，设身处地替丁海洋考虑，他确实非常希望有一个隆重庆典，让他这个很不容易的"现场负责人"兼即将上位的新县长得以一时风光。典礼取消了，应该容他拿彩排过把瘾，因此也算事出有因。当天上午十时许，丁海洋坐着范秋贵的奔驰车离开沿山，而后于当天傍晚在风雨亭被人发现，其间这段时间他在哪里？他干了些啥？有何反常表现？这无疑是解开其死亡原因的关键点。

情况其实很简单：那天中午他去了老农土菜馆，"院士团"在那里再次相聚。早先那一回，丁海洋被叫到市里谈话，通知他县长提名被取消，要求他正确对待，而后"院士团"相会老农为丁海洋排解。此刻丁海洋咸鱼翻身，他提议大家再聚老农喝两杯，让他一表感谢。丁海洋如此回报理由充分，但是时间点显然不对：如果丁海洋要让大家同贺高铁广场竣工，酒应放在落成仪式之后喝。如果丁海洋要与大家分享从芝麻到花生米的快乐，应在他真的当上之时才办，即使等不及人民代表大会召开，至少也该等人大常委会确定他代理县长之后。但是他等不及了，匆匆要在那天中午相聚老农，似乎是有意识地为自己安排一顿告别午餐。

可是当时还有若干矛盾表现，表明他还在考虑未来事宜。出事那天，跟随他工作的小吴从沿山回到县城后，在办公室里忙了一个下午，晚上也加班到深夜。小吴是奉丁海洋之命，为他赶做一份发言稿，准备在星期一上午人大常委会上用。这是惯例，人大常委会通过任职决定前，拟被任人员需要有一个述说表态性发言，这个发言做得不好往往会丢票。丁海洋命小吴为他起个初稿，要求言简意赅，切合他的具体情况，他口述了四个要点，让小吴记录下来，作为发言的大纲。按照他的要求，小吴要在星期一早他到办公室时把稿子交给他，他要先看一看，九点整再前去人大会议室参加会议。如果丁海洋既定于周六晚从人间消失，他何必做此安排？显然说不通。

不过那天中午在老农土菜馆，丁海洋确实又表现可疑。

那天他喝了不少酒，他很少那么喝过。他们喝的是洋酒，由丁海洋自带。那酒其实是范秋贵的，放在奔驰车的后备箱里，供丁海洋使用。丁海洋使用那酒毫不手软，声称本次宴请非公款，他个人已经提前结清账目，所以尽管喝，无须担心，也不需要更多理由。今天别人喝多喝少他不干涉，他自己必须得喝，以此表达对大家关心支持的感谢之情，并庆贺高铁广场顺利完工，预祝自己顺利当选。当天果然他来者不拒，一杯接着一杯，虽然没把自己当场放倒，已经好不到哪去。

有朋友说："丁海洋像是变成另一个人了。"

丁海洋说："碰上那些破事，自然大彻大悟。"

他还拿"黔驴技穷"说事，称以往解读该成语，重点总在嘲笑古时候那头驴"技穷"，碰上老虎除了叫唤，就是胡乱踢。不踢老虎还犯疑，一踢就把老虎逗乐了：原来就这本事，扑上去一口咬死。现在他发觉这样理解不够完整。事实上古时候这头驴很了不起，面对老虎不惜奋力一踢，这一踢露出了驴脚，把自己一条命给葬送了，叫作"一踢千古"，但是它也把自己一脚踢进成语，从此流传千古，可称之为"千古一踢"。

有人打趣："丁海洋，你那个高铁广场是一踢千古，还是千古一踢？"

丁海洋谦虚："咱们这些事最多让人说上一两年，哪里比得上人家那头驴。"

席间，丁海洋上卫生间，有一位朋友跟着一块去，两人站成一排解手，一边畅排一边闲聊。朋友出于关心，要丁海洋悠着点，别喝得太猛。丁海洋说心里高兴，忍不住就多喝了点。朋友看丁海洋的脸，指着额头问："那是怎么啦？"

丁海洋伸手摸摸，额上的青印是早上沿山彩排现场那一跤摔的。丁海洋告诉老友如此当众表演已经不是第一次，上回老农菜馆聚会，回到县里一跤倒地，而后省长视察时再演一回。反复出现，都出于同样的缘故，没有办法，不留神间眼睛一黑就摔。摔不是问题，当众出丑却是问题。

朋友关切："身体有什么事吗？"

丁海洋指着自己的头："这里有事，头痛欲裂。"

朋友大惊："是吗！"

丁海洋告诉朋友，他的脑袋里长了个东西，情况很严重。他到北京问过医生，医生判了死刑，缓期大约半年一年吧。也可以做手术，把脑壳锯开，把里边的东西割掉。手术的最坏后果是当场报销于手术台上，一般情况是瘫在床上大小便失禁，最佳后果是哆哆嗦嗦延续几年生命，这还要看运气。医生说他的运气不好，脑子里这个东西位置长得不好，很难割干净，像他这种情况的患者往往割过一次，几个月后又长出来，还得开颅再割一次。他现场去参观一位住院病号，是第三次开脑袋，情况惨不忍睹。以他感觉，实在是生不如死，以其那样不如算了。

"怎么从没听你说过！"朋友叫唤。

丁海洋笑："因为没喝啊。今天喝得差不多了。"

"得想个办法！总会有办法的。"

丁海洋已经想过办法了，他的办法就是弄点药控制，同时封锁消息，连老婆都设法瞒住。起初感觉特别懊丧，人生一世这么过去，什么都没留下，心有不甘。所以他才反悔，留在县里不走，拼死拼活把沿山高铁广场弄起来，也算给自己立座碑，留点东西供人想念，让大家知道丁"院士"只会叫唤"运筹帷幄，高屋建瓴"，那是环境有点问题，人在场中只好如此，并不真是连踢一脚都不会。一旦不管不顾，孤注一掷，情况就不一样。黄捷忽然走人，老天爷又给他送来机会，这时候当然得抓住不放，讨官要官，争取恢复名誉。现在居然成事了，心里忽然很矛盾。一方面心有不甘，情不自禁想要继续干下去，回头想来又觉得玩笑好像开大了，恐怕不好继续开下去，应该严肃一点，免得到头来上边领导有意见，县财政百十万打水漂，那都是真金白银啊。

朋友正色道："丁海洋你不是开玩笑吧？说的不是玩笑话？"

丁海洋笑："说的都是醉话。不算数的。"

如上回一样，当天中午的"院士"餐聚匆匆结束。上回是因为丁海洋突接电话，赶回县里处理沿山村民堵路上访，这回则是他一高兴喝多了，力不能支，被扶到老农土菜馆的客房里休息。丁海洋在那个客房里睡了五六个小时，醒来即动身离去。范秋贵的那辆奔驰车一直守在菜馆外边听候调遣。

　　丁海洋绕开市区，从老农土菜馆径直回县城。起初很安静，他把眼镜摘下来丢在座位边，自己缩在后排位子上继续打盹，似乎尚未完全酒醒。后来他开始用脑袋敲打车门和车座，敲得"澎澎"有声，越敲越响。司机听了害怕，问他哪里不舒服，要不要停车？他不吭声。车到风雨亭，他忽然起身问了一句："风雨亭到了？"

　　司机说："是。"

　　"停车。"

　　丁海洋下了车，命司机把奔驰车开回去找范老板报到，不用管他了。

　　司机叫："这行吗？"

　　"我另外叫车来接。没事。"丁海洋说。

　　于是他独自留在风雨亭边。丁海洋在这里停留似乎出于心血来潮，也可能与他头部的剧烈疼痛有关，或许他是痛得受不了，要在这时略做喘息，放松一下，而后再叫车离开？他在自己地盘上叫个车确实易如反掌。风雨亭比别处也就多个亭子，该亭子并无特殊来历和背景，只是一个标志：它位于本县与市区的交接处，亭子以下地界属市区，以上地界属本县，为丁海洋的地盘。丁海洋即将成为这里的县长。

　　丁海洋下车那时天色还亮，从下车直到被人发现，时间有两三小时之久。这一段时间里他既没有离开，也没有下河"洗澡"，没有谁知道他待在那个山间小旮旯里都干了些什么。或许如他所说，是在那里借酒"矛盾"？思忖自己是叫车来接，返回县城，准备提提衬衫继续往县长位子上走，或者因为头痛欲裂，决定不开玩笑，趁着还来得及，赶紧拜拜，别让上边领导有意见，百十万真金白银打水漂？

　　这时候需要有一个人帮助他拿主意。鬼使神差，这个人果然来了，却是女医生常佳。医生有时候代表天使，有时候代表死神，常医生也不例外。她开着辆丰田车经过风雨亭，远远的居然一眼认出了丁海洋的公文包、眼镜和白衬衫。

　　常佳从省城归来后定居于市区，与母亲和孩子一起生活。她在县医院上班，每双休日回家都是自己开车。那个星期六她值班，傍晚才驱车从县城返回市区，不料再次踏进丁海洋的故事里。常医生有个性，起初她没想理会该患者，因为她早就宣布：没有阿司匹林，没有常医生。她一踩油门跑了过去。可常医生毕竟是个好医生，跑过之后她又感觉不忍，于是把车掉头返回，停车呼唤，想把患者找回来，此刻该患者在这里晃荡，肯定有问题，让她觉得放不下。但是这一次丁海洋拒绝相见，他把自己藏了起来。或许恰就是常医生的出场，让丁海洋格外痛切地意识到自己是一个病人，时日无多了，一时格外头痛欲裂，于是他脑子里的矛盾摆轮"忽"的一下子就摆了过去？

　　总之那个丁海洋不复存在。

6

　　丁海洋在确定任职之前意外死亡，市领导对此非常重视，即责成相关部门尽快组织调查，确定其死因。相关部门按照领导要求，迅速组织力量调查取证。调查人员在初查之后，建议采用"不幸溺水"的提法为丁海洋治丧，不涉及其是否死于自杀。这个意见被采纳，亦被网络上一些人指为"隐瞒真相"。按照领导要求，这次我们对丁海洋之死做了进一步调查，鉴于丁海洋死亡前虽有反常迹象，却没有直接证据表明其确属自杀，我们认为，原调查结论还应予以维持，丁海洋死因还宜确定为"不幸溺水"。

　　　　　　　　　　　　　　——摘自《联合调查小组情况汇报》

笑声的破洞

　　星期六上午，尹周生给我打来一个电话，语气亲切问我是否在家？没钻到哪个崎角旮旯里去吧？我一边回答自己老老实实与老婆孩子宅于家中，坚守假日岗位，一边心里暗自诧异，思忖尹周生是要干什么？

　　"检查个人卫生。洗脸刷牙没有？"他问。

　　尽管是假日，也已经上午十点，再怎么懒散也该起床吃饭了。

　　"刮胡子了？"他再问。

　　我表示惭愧。剃须刀没电，插在插座上充电。

　　"到我办公室来吧。"

　　"领导找我有事？"

　　"送你一把剃须刀备用，德国名牌。"他说。

　　"感谢感谢。"

　　连声感谢其实只为推托。我告称知道领导很忙，每天这个求那个找，没完没了的会议，星期六还得到办公室，确实累，我们当下级的必须知道体谅。领导找我一定有些事情，如果电话里能说，可以直接交代，我立刻去办。

　　"不要我的德国剃须刀？"

　　"尹副市长客气啥呀。"

　　他笑："号称应强，又硬又强，身段也这么柔软？"

　　我说："让领导笑话了。"

而后尹周生切入正题，原来他是要打听情况。他问我单位里这几天有什么风声没有？我回答说这两天我不在单位，去参加省里一个培训，刚回来。

"听说又来了几个人？"

"来人？我不知道。"

"不会吧？"

"是真的。"

他转口问："为什么不来找我？"

我表示歉意："坚决改正，回头马上去找领导检讨。"

"我不欢迎，拒绝接见。"

"领导多包涵！"

他问："有什么事要我帮助？"

"不敢给领导找麻烦。"

他即批评："心怀鬼胎。"

"领导又批评了。"

"其实你这个人不错，是我关心不够。"他笑，"记住，剃须刀给你留着。"他哈哈笑，把电话挂了。

放了电话我赶紧查记录，他是用手机打的。

这个电话非常蹊跷，正常情况下此刻他不可能给我打电话，特别不会用手机向我了解风声，打听来人。他在电话里一阵哈哈，表现得很放松，我听起来却感觉异样，因为笑声不实，似有个破洞，里边隐隐约约藏着些东西，我不知道那是什么，但是肯定跟我有牵扯。他在电话里又是拒绝接见又是表扬不错，看似开玩笑，内涵很丰富，其直接效果就是把我拖进他的案子里。

我跟尹周生是中学同学，在一个班读过三年书。尹周生早在当年就是领导干部了，在学校历任班长、团支部书记、学生会主席等职。他的家庭背景不一般，父母在银行有职有权，本人聪明机敏，学习成绩好，特别是长得帅，同学堆里随便一站就如鹤立鸡群，因此极有女人缘，身边总有大胆女生挤着蹭着跟他搭讪。尹周生高中毕业后考上省城一所大学，毕业进了省委机关，跟在一位大领导身边，渐渐做大了，三年前他从省里回到本市，赫然已经成了尹副市长，风光更胜当年。他到任之初有一则笑谈流传甚广：市妇联召开妇女表彰会，请尹副市长出席讲话，该会出席者几乎全为女性，女士们爱说话，见了面叽叽喳喳，没完没了，大会还没开场，会场已经开锅一般。忽然全场女士闭起嘴巴，瞪大眼睛都朝向主席台：原来是新任尹副市长从边幕走出来，这位领导脸面光鲜，头发有型，模样特别帅，一下子把女士们镇住了。

尹周生有头有脸，很重要在于他刻意打理。我知道早年间他已经很会收拾自己，班上女生传说他口袋里藏有一把小梳子，会背着人拿梳子整理头发。我相信该传闻准确，只是我从未亲眼看到过，显然尹周生擅长打理自己，也善于隐蔽。我号称同学，当年懵懵懂懂，拉里拉塌，所以连个小组长都干不上，跟他天差地别。后来我上大学读的是数学，毕业回到本市，选调到审计部门，因配合监察局办理一个经济案，最终把自己办进市纪委，工作多年一直是普通办案人员。我这种人与尹周生无法同日而语，却不料他还记得起我。有一次市机关开干部大会，我俩在走廊上邂逅，他居然一眼认出我，问我情况怎么样？为什么不去找他？他还指了指我的下巴，示意我注意。我很诧异，询问尹副市长有何重要指示？他说："胡子该刮了。"

我跟尹周生只是初中同学，高中文理分班之后就没在一起。当年同学时没有太深交情，眼下差别大了，我这人比较识趣，觉得不必挖空心思攀附，或称不要去打扰领导，所以我没有主动去跟领导接洽。不想尹周生虽然对我有所批评，却不忌讳同学关系，后来他帮我在市委主要领导那里说了话，我被提为二室的副主任。

由于这些瓜葛，尹周生遇到麻烦之际突然找我检查卫生，说来也合情理。我在市纪委工作，我会知道一些情况，且老同学间打打电话并不异常。问题是尹周生其人非常聪明，他应当猜想到此刻他的手机可能已被监控，他的每一次通话都可能被记录在案，包括他找了谁，说了些什么。他知道我是老资格办案人员，哪怕我想偷偷通风报信，也不可能在电话里讲，为什么他还要拿起话筒，哈哈哈笑上几声？

这些疑问没法直接发问，因为高度敏感。尹周生副市长眼下照常着正装于本市各大主席台做重要讲话，脸面光鲜，形象宜人，念起讲稿抑扬顿挫，实际上他正在走麦城，外边风声四起。以我观察，可能要不了几天，他的案子就将明朗化，他可能会"进去"，彻底告别他的无限风光。

他的案子不是我们办的，由省纪委直接抓，因为他是省管干部。省纪委有一个专案组到本市调查案情，来来去去已经数月，由于案件发生于本市，上级从我们二室抽调几个干部配合办案，我不在其列，原因没有解释，但是我心里有点数。我注意到专案组主要了解土地和建设方面的情况，本市这两方面的主管领导是尹周生，批地批项目都要他点头，他身边总是众星捧月，围着各种老板以及形迹可疑的妙龄女子，外界风言风语不绝。因此从省纪委人员来本市摸情况开始，我就感觉尹周生可能有麻烦，领导知道我跟他是同学，彼此间有些个人交往，有意让我回避，没让我参与办案。

前些时候，尹周生一案在潜行数月之后，忽然浮出水面，起因在于一次出访。我市有一个经贸代表团访问澳大利亚，定由副市长尹周生带队，出访的审批手续已经全部完成，几天后就要出发，上级突然通知调整人员，尹周生不当团长了，改由市外经局局长带队，理由是尹周生副市长另有重要任务。作为老资格办案人员，一听到这个情况，我就知道尹周生大事不好，已经被限制出境。通常情况下，尹副市长接下来的重要任务就是接受审查。没有足够把握，上级不会轻易动他这一层次的官员，一旦开始动作，直到被立案并进入"两规"，那就意味着出事落马，很少有例外。

因此尹周生在电话里"哈哈"，那是假笑。他责怪我为什么不去找他，问我有什么事要他办？表现得很亲切，那不是重点，该电话的主题是打听风声，即案件进展，所谓"来了几个人"指的是省里的专案人员。一段时间以来省里有人常驻本市，根据案件进展还有一些人来来去去。眼下如果有重要办案人员到来，那么很可能是案情调查有了突破，经过上级研究，决定对涉案人采取措施了。

我说的这些都是常识，外界可能知之不多，尹周生这么大的领导肯定跟我一样了解透彻。他清楚自身处境，却给我直接打电话探听案情，这个动作相当怪异。他笑声里的破洞让我感觉不安，因为不知其中暗藏什么。

二十余小时后，我的疑问有了答案。

星期天上午，我被通知立刻到单位，领导有事找，接到通知我心里即有感觉。纪委部门假日加班是常事，但是这一段时间我手头并没有急迫任务，临时召唤必有特殊缘故，我立刻想起尹周生给我的电话。

果然是他出了事：昨天上午给我打完电话之后，他突然不见了。

我闻讯大惊："不见了？不会吧！"

领导追问："你知道他去哪里吗？"

"我不知道。"

尹周生涉案被查已经不是秘密，此刻忽然消失不见，很可能是负案潜逃。如果他犯的事情不够大，他不至于选择逃跑，一旦一跑了之，则肯定是大案缠身。我不了解具体案情，却明白值此节骨眼上，他的忽然消失事关重大，情况相当严重。

"尹副市长在电话里跟你说了什么？"领导查问。

"他没说什么。"

除了笑声有点破，尹周生的电话似乎没有更多内容。但是这个电话已经成了我的问题，如果我未能配合办案人员将尹周生找到，容尹周生成功负案在逃，从此销声匿迹，我就是浑身是嘴也说不清楚了。

"你好好回忆，他跟你到底说些什么？"

领导当然清楚我们讲些什么，该通话的内容他们肯定已经完全掌握，且知道并不存在问题。但是有时候通话内容并不重要，重要的是弦外有音，打电话者通过一些平淡无奇的交谈，传递了只有他们才彼此领会的信息。尹周生与我通的这个电话会不会也是这种情况？领导有理由怀疑。

我做了解释。我本人对该电话感觉怪异，但是实在想不出尹周生出于什么目的，也不知道它与尹的突然失踪有何关联。

"他打的最后一个电话是给你。为什么？"领导问。

我无言以对。

"德国剃须刀指的是什么？"

我确实一无所知。我用的剃须刀是街头小摊买的义乌小商品，我对刮胡子一类问题从不讲究，不像尹周生永远脸面光鲜。也许正因为这个，他成了领导而我只能从属。

"你跟尹副市长的个人交往多吗？"

我如实说明。我与尹周生是老同学，我曾经得到他的关心，但是我们并没有太多个人交往。他是领导，我跟他碰面说话的机会不多，有时彼此打打电话而已。他问我为什么不去找他？问有什么事要他帮助？那只是对

杨少衡中短篇小说选

老同学表示亲切，我要是一天到晚找该领导办事，他肯定烦透了，真会拒绝接见。

"没有求他办过事吗？"

我的提拔确实得到过尹周生的帮助，但是事前我并没有求他，因为脸皮薄开不了口。事后我们一个同学告诉我，尹周生表扬我是老实人，工作认真为人本分，眼下这种人不多了，能帮就要帮一把。就此事我对他心存感激，认为尹周生挺不错，能念同学之情，但是我也更不敢去找他，向他开口。

我不知道自己的说明能否打消怀疑，领导暂时没再追问，只让我好好回忆情况，提供帮助，当务之急是找到尹周生。

尹周生失踪的具体情况是这样：星期六上午，尹周生在市政府大楼他的办公室看文件，当时未显异常。尹周生父母都已过世，他本人家在省城，到本市是单身赴任，妻儿没有跟随，因此节假日里尹周生如果不回省城家中，常常就在办公室处理事务，以室为家。当天上午尹周生在办公室待到十点一刻，也就是给我打完电话不久就出了办公室，拎着他的公文包乘电梯下到大楼地下车库，上了他的轿车，自己开车离开。那时他的驾驶员在市政府小车班值班室跟几位同事喝茶聊天，等着尹周生出车电话。按照安排，尹周生将在午饭前用车，让司机把他送到宾馆，那里有一个小食堂，市里无家可归的单身赴任领导们集中于该食堂办餐，却不料尹周生不吭不声自己开着车提前跑了。尹周生会开车，有执照，存有一套轿车钥匙，以备临时之需，但是以往他只在省城办事时偶尔自驾游，在本市从来都让司机接送，这一次例外。

"过了多久才发觉他失踪？"我问。

有半个多小时。这里边有些原因：尹周生虽然在接受调查，目前依然是副市长，办案部门需要留意他的举止，却还不到可以限制他行动自由的阶段。市纪委一位配合办案的干部奉命掌握尹周生动向，当天上午该干部在市政府大楼坚守岗位，他以星期六没事串门，跑到小车班聊天的方式待在那里，尽量不引起注意。他在小车班得知尹周生中午才会用车去宾馆吃饭，于是坐下来放心聊天，哪里想到尹周生虚晃一枪，居然不叫司机，自己开车跑掉了。

"尹副市长会不会是临时有事要办，来不及做交代？"我问。

发现尹周生失踪后，相关人员迅速着手寻找，立刻发现情况异常：尹周生手机关机，无法联系。尹周生身为负责官员，不能让上级和相关部门找不到，他如果不在办公室，不在宿舍和家中，手机必须是开通的，以备发生紧急事项时能够及时得到通知。有时候当然也可能出现意外，例如手机突然故障停电等等，此类事在别的官员那里偶尔发生，尹周生却从未有过，因为他特别细致。尹周生一案正在调查办理中，他突然联系不上肯定不是因为意外。尹周生失踪之初，办案人员还不敢完全排除因意外失联的可能，过了一夜到了星期天上午，尹周生依然毫无消息，手机不能联络，无从定位，这时候已经可以确认无误，尹副市长跑了，就此失踪。

昨天上午发现尹周生失去联络之后，相应的措施已经立刻启动。办案人员一边千方百计寻找其下落，一边急报上级，安排防范。这一防范的要点就是防止尹周生逃出国门。尹周生已被限制出境，按规定护照已收回上缴，但是不能排除他还有后手准备。时下有些腐败官员利用职权和关系，秘密为自己弄一本备用护照，用假名和假身份，贴真照片，一旦有事，以最快的速度持这种护照逃离，海关难以截获。尹周生是否准备这一手还不得而知，上级却不能不重视防范。尹周生的资料已经传往附近几座机场协查，无论他以什么名字什么证件去办登机手续，机场相关部门都会把他先控制下来。如果他手脚敏捷，已经在协查通知到达之前逃离，那么依然可以从登机记录中找到他的踪迹，知道他现在变成了什么人，他正在逃往何处。

直到周日上午止，没有发现尹周生出现在任何机场。作为尹周生失踪前最后一个联络人，我成为此案一个人物，被领导召回单位协助寻找尹周生，尹周生给我打的电话成为寻找他的主要线索。我很惭愧，辜负领导期待，未能提供任何有价值的东西，因为尹周生那个电话除了让我感觉奇怪和不安，没有其他。

"他为什么不给别人打电话，只给你打？为什么别的时候不打，逃跑之前才打？"

我无法解答。

"好好想想，这里边肯定有原因。"

我问："他的案子究竟是什么情况？"

"这个你不要问。"

我不是好事之徒，了解案情主要是因为自己被牵扯进来，案情有可能暗含尹周生的去向。作为一个老资格办案人员，我也清楚在形成结论之前，相关案情不能向无关者泄漏。我虽然也算有关者，眼下让我了解内情显然还有所不宜。

领导也给我提供了他们掌握的一点信息，该信息出自最后一个看到尹周生的人，此人为年轻女性，机关工勤人员，星期六上午在市政府大楼做电梯卫生。当天尹周生拎着公文包从十楼他的办公室下到地下车库，电梯里只有该女工陪同。女工认得尹周生，跟他打了招呼。按照女工回忆，尹副市长对她点点头，很高兴很亲切，脸面带笑，头发纹丝不乱，光鲜如常。

尹周生在出逃之际依然高度重视自身形象，我不感觉奇怪。但是从他留下的美好形象无法分析其出逃方向，有如此前他给我的电话难以捉摸。说也好笑，尹周生在电话里责怪我为什么不去找他？结果我果真来找个不停，因为他自己"躲猫猫"去了。

我被留下来配合工作，通过各个途径寻找尹副市长，整整一个上午，我们没有取得进展。中午一点半左右，市交警支队传来一个重要线索：发现尹周生所驾轿车。

从尹周生失踪之时起，有关方面就悄悄展开对这辆轿车的紧张追查，因为该车的去向就是尹周生的去向。最先查到的资料来自市区中心地带十字路口的监控探头，它记录了这辆车西行穿过该路口，行驶速度正常，不显慌乱，没有违章。该路口以西两公里处另一十字路口本来还有一个探头，该探头不巧坏了，没有记录到这辆车是继续西行，或者折转了方向。本市城西城南城北三个方向，分别有三个高速公路出口，高速公路探头多，但是所有探头无一例外都没有逮住尹周生的轿车。他应当是有意避开高速公路，谢绝拍照，以防没走多远就被追踪锁定。本市境内国道、省道及县道、村道的监控设备较少，集中于几个大桥收费处，只要地形熟悉可以避开。尹周生显然是这么做的，他的车没有出现在各个探头监控范围里，以至我们开始怀疑他是否把车藏起，弃车徒步潜逃，或者偷梁换柱变动了车辆，如果那样，只怕他要人间蒸发了。

结果五尖溪大桥收费站传来消息：昨日上午十二时，所查轿车经过了该收费站。

五尖山区位于本市西北部，区域内有五座主要山头，山高林密，地界分属于两个县。五尖溪大桥扼于进山门户，只要尹周生的目标是五尖山区，他就必定要在该大桥收费口的探头下现身，无可回避。五尖溪大桥的记录让我们把尹周生的去向锁定在那一片山地，问题是他到那里去干什么？五尖山区范围广阔，他会跑到哪座山尖哪个山洞里躲藏？必须到哪里去找到他？

领导问我："应强，你说他会在哪里？"

我要求："赶紧问一下司机，车上后备箱里有什么？"

他们立刻给尹周生的司机打了电话。司机回答说，轿车后备箱里有修车工具、灭火器、备用胎等常规物品，还有一箱酒，几盒茶，是人家送给尹周生，尹让放在后备箱里还没取走。除此之外就是两根钓鱼竿。

我问："钓鱼竿什么时候放进去的？"

"好几个月了，总在那里。"

领导问我："钓鱼竿怎么啦？"

我分析："尹副市长可能钓鱼去了。"

"在哪里？"

"在五尖水库。"

"你怎么知道？"

这话说来挺长：近两年前有一个星期六，我在家里陪女儿做作业，很意外接到尹周生的电话，问我有时间吗？他有事。当时我刚被提拔，心里对他挺是感激，人家有事找我，当然不能推托。我赶到市政府，远远就见他的轿车已经停在大门外。他按下车窗向我招招手，我这才知道他并非让我到办公室陪聊，是要我跟他到外边转一转。

上车后我问："尹副市长去哪里呢？"

去的就是五尖水库。

"尹副市长去视察水库？"

是去钓鱼。星期六略略放松、休闲。

我当即发笑："尹副这是钓什么鱼啊！"

我是笑他打扮。尹周生坐在车上，一如既往地脸面光鲜，头发纹丝不乱，而且还着正装，衣冠楚楚，身上的西装领带皮鞋一望而知都是名牌。如此打扮分明是去主席台就座，哪里是去水库钓鱼。领导再怎么讲究也无须正装钓鱼，莫非鱼愿不愿上钩还看他那条领带是否时髦？

尹周生即批评："你不懂。"

原来他刚出席过一个剪彩仪式，那种场合自然当着正装。钓鱼确实不需要讲究打扮，本地乡下人都是穿条裤衩下水抓鱼，但是尹副市长钓鱼之意不在鱼，他不是没有鱼吃也不是没有鱼卖，钓鱼对他只是放松和休闲，就好比听音乐。听音乐得有好的音响，那才能找到感觉，钓鱼也一样，不能不讲究。钓鱼不需要着正装，却有专业的钓装，从帽子到鞋子一应俱全，顶级的钓装比他身上这套正装还要贵，可称天价，任你钓多少鱼都卖不了那一套衣服的钱。

"后备箱里有两套。"他说，"一会儿咱们一人一套。"

"天价的？"

他笑，后备箱里那两套不算顶级，够不着天价，但是也已经够好的。

"咱们拿什么钓鱼？难道拿鞋子和帽子？"

我提出该问题，是因为未见鱼竿。我光屁股的时候就在家门外的池塘里钓过鱼，知道钓鱼得有鱼竿，钓鱼竿不是吹火棍，它必须有足够长度才能够得着鱼。早年我们小孩拿细竹竿结上钓丝做钓鱼竿，那种细竹竿不可能放进轿车里。

尹周生笑话："你啊，学习不够。"

原来人家现在不用细竹竿了，用的是合金竿，顶级的鱼竿用钛合金，也就是建造宇宙飞船的那种材料，质地轻而弹性好，还可以折叠起来放在套子里。尹周生的轿车后备箱里有两个套子，里边的鱼竿不是钛合金，不过也已经挺好的。

我不知道尹副市长拉我钓鱼目的何在，如他所言只是休闲放松，或者还有笼络之意？彼此毕竟是老同学，领导要表示关心，加之我所在的部门比较特别，他用得着。说不定他还有些具体任务要交给我办，准备在钓鱼之际布置，这都是可能的。

结果什么都没有，既没有笼络也没有任务，连钓鱼都没有：轿车走到半道，市政府办紧急电话通知，省上来了一位领导，让尹周生负责接待。

尹周生接完电话就命司机掉头返回。当日钓鱼未遂。

他说:"应强,咱们另找时间。"

当然只能这样。

"有什么事要我办吗?"他还问我。

"没事没事。"

这以后就没时间了,我再也没有机会一睹专业钓装和钓具究竟啥样,与细竹竿有何区别。尹周生是领导,号称百忙,我职位不高事情也不少,一个案子办完再办一个,很少有闲下来的时候。钓鱼未遂不久后的一个星期六,尹周生曾给我打过一个电话,当时我恰在加班办案,尹周生问了几句就把电话挂了,什么都没说。我觉得他这个电话可能是在履约,如果我恰好没事待在家里,估计见识钓装和钓具的机会到了,只不过我是注定没机会弄懂钓鱼,从此尹周生不再跟我提起此事。我身为下级,领导有要求咱们得响应,领导不说那就算了,咱们不便主动请缨陪同,钓鱼之约悄然作罢。

事实上我并非如此单纯,我心里隐隐约约还有异样感觉,是关于尹周生轿车后备箱里的钓装与钓具。我猜想它们也许真的达不到顶级,却肯定价格不菲,与我们小时候的短裤衩和细竹竿不可同日而语。我相信尹周生不会自费购买,那些套子肯定是某老板相送,老板们为什么要送他如此礼品?除了钓鱼用品,是否还相送其他?而尹周生又为他们做了什么?身为纪委干部,多年办案,我知道很多人是怎么滑下去的,联系自己听到的风言风语,作为老同学我对尹周生心存感激,也为他暗中捏一把汗。

有一次一位旧日同学自香港归来,尹周生召集聚会,散席后拉我上他的轿车,跟他一起回去。在车上他开玩笑,说多少人挖空心思拉关系找他,偏偏有一个应强有关系就是不找,这是为什么?怕给领导找麻烦还是怕给自己找麻烦?我当即承认是怕给自己找麻烦。尹周生很意外,反应非常迅速。

"难道怕我倒了,连累你?"他问。

我讲了另一个理由。现在干什么都讲关系,一旦大家知道可以通过我求尹周生办事,他们会一拥而上挤破我的家门,金钱美女,要什么给什么。其中肯定有些人我无法拒绝,我自己也可能会把持不住,让人家套住。因此我害怕。

尹周生大笑："原来是自己吓自己，心怀鬼胎。"

尹周生何等聪明，他能不明白？我绞尽脑汁说自己，意在试图对他有所提醒，他拿"心怀鬼胎"挖苦我，表明他并不把我的提醒当回事。作为下级我只能到此为止。我是一个普通人，很惭愧我也有各种想法和欲望，也希望有人相助，但是我不去找尹周生，不求他办事，除了脸皮薄，确实也出于谨慎，本能地与潜在危险拉开一点距离。

尹周生行事周密，总是以面目光鲜示人，很少暴露裤衩里的毛，知道尹周生好钓鱼的人不多，如同知道尹周生利用职权受贿的人一样。有传闻称尹周生只与两种人一起钓鱼，一是与之交往较深的企业老板，二是上边来的关系特铁的重要部门官员。我什么都不是，应当算个例外，也许因此我注定只能钓鱼未遂。

想起那一次半途中止的五尖水库之行，我终于明白尹周生失踪前给我的电话怎么回事，他哈哈笑声里的破洞原来暗藏算计，我躺着中了一枪。这个电话的真实用意是什么？却是通过我给办案人员指路，告知他去了哪里。尹周生清楚他的电话会受到注意，我本人是纪委干部，他失踪后，我一定会因这个电话被叫去提供线索，配合追踪。一旦发现他出现在五尖溪大桥，我一定会想起那次未遂钓鱼并推测出他的去向。

领导听了我的陈述，一时感觉意外。

"难道就是钓鱼？"他们问。

我无法回答。

情况有些严重。尹周生突然失踪惊动各方，上级高度关注，下边四处搜寻，各大措施基本已经把尹周生作为负案潜逃人员对待。如果尹副市长并没有打算远走高飞或者人间蒸发，只不过因为工作繁忙，精神紧张，偶尔利用双休日放松一下，独自驾车前往某一座水库钓钓鱼。由于某个意外，他的手机发生问题，一时与外界失去联系，让大家虚惊一场。如果竟是这样，对他的全力搜索和追踪就是过度反应了，在我们紧张无比极其烦躁之际，他开着车拎着一桶鱼悠然度假归来，那样的话岂不相当搞笑。

领导说："无论如何，先把人找到再说。"

我奉命随同搜寻小组立刻动身前往五尖水库，小组由市纪委一位常委亲任组长，成员数名，包括配合工作的警察，任务是找到尹周生本人。此刻尹周生的下落并未确定，五尖溪大桥收费站提供的是已经发生过的车辆通行记录，五尖水库钓鱼只是我的一种推测，现在最重要的他究竟在不在那里。

根据我的建议，尹周生的司机被带上一起行动。五尖水库面积很大，我并不知道尹周生可能猫在哪个角落钓鱼，他的司机应当清楚。路上我们向司机询问，果然不错，尹周生喜欢在该水库一个拐角隐蔽处做窝垂钓，司机帮他提水桶，知道那个地点。司机还说尹最常去的钓鱼点是市区南边另一座水库，五尖这里来过两三次而已。尹周生嫌这边远，而且五尖水库的鱼又懒又傻，不懂得咬钩。

我问组长，如果我们在水库边找到尹周生，他什么事都没有，就是坐在那里垂钓，该怎么跟他说话？组长回答："就说请尹副市长速回市区参加重要会议。"

我明白了。办案步伐紧锣密鼓，但是看来对尹周生采取措施的决定还没有正式做出。事情是否还有变数？会不会尹周生钓鱼归来，一切烟消云散了？我没有参与办案，不知底细，说心里话真不希望他出事，愿意他依然脸面光鲜坐在主席台上。毕竟彼此同学，他帮过我，甚至在昨日的电话里他还没忘记问一句："有什么需要我帮助？"

我们赶到水库，在那里发现了尹周生的轿车，而后迅速在水库边一个拐角隐蔽处发现了他的踪迹。这里背山面水，有一片小空地，周边是小树林，水面平缓。尹周生的鱼桶和钓鱼竿丢在岸边一棵树下，旁边还放着他的公文包，但是他本人不知去向。

我顿觉紧张。我把大家带到这里，尹周生自己不会玩金蝉脱壳吧？我注意到他那支钓鱼竿落在地上，竿前端垂在岸边，后部卡在一丛灌木里，鱼竿前的细丝垂落水面，丝形紧绷，揪拽钓鱼竿，把灌木丛拉向前倾。我掂掂那支钓鱼竿，发觉很重，似乎是钓到大鱼了，如果不是被灌木丛卡住，这鱼竿肯定得给拖下水去。

我们抓住钓鱼竿，慢慢收拢钓丝，借助水的浮力，把鱼钩钓住的大鱼从水下拉上水面。最终拉出来的不是一条鱼，是一具尸体，身上缠绕着钓丝和水草。死者衣物齐整，穿的是全套专业钓装，从帽子到鞋子一应俱全，正是尹周生。

尹副市长竟然如此死亡，我感到难以置信，倍觉震撼。

现场没有发现可疑痕迹，警察迅速排除他杀可能，死因剩下两种，或者是自杀，或者是意外落水。尹周生会钓鱼，却不会游泳，他垂钓之处岸高水深，无论是自己往水里跳，或者被什么东西拉下去，都必死无疑。从尹周生涉案被查的背景以及他"自驾游"状况判断，他应当是自杀，自杀理由可以理解：他曾经风光无限，难以接受身败名裂的处境，更担心案情发展扯出他无法面对的人和事，因此决定结束自己。如此推理符合逻辑，但是现场情况又存有若干疑点，无法排除意外落水的可能：如果尹周生打算自杀，从他十楼办公室的窗台纵身一跳就可以了，有什么必要换上一套专业服装，开着车舍近求远跑到五尖水库跳水？即使他喜欢死到此地，到水库后直接往水里一蹦就完事了，何必坐在岸边把鱼钩抛进水库？从道理上显然讲不通。

领导问我："你怎么判断？"

"感觉可疑。"

领导再次询问："剃须刀是什么意思？"

我一时语塞。

丢弃于尹周生死亡现场岸边的公文包里放着若干物品，其中有一把梳子，还有一只崭新的剃须刀，包装完好，尚未使用，包装盒上的外文此间无人能懂，估计当是德文。这把剃须刀该是尹周生在电话里要送给我的物品，它已经在电话里引起注意，此刻又出现在尹周生死亡现场。这把剃须刀与尹周生之死是否有关？目前无人知晓。

但是尹周生的死因必须确定。

我提出看法："重点是找到遗书。"

人要死了不会无话可说，只要有足够时间，自杀者通常都会留下遗书，遗书通常是最直接最可靠的自杀证据。但是尹周生没有留下遗书，无论在水库死亡现场、办公室或宿舍，都没找到只言片语，就自杀而言实异乎寻常。

尹周生的死因最终确定为"溺水身亡"，这一说法见之于他的讣告和遗体告别仪式，采用客观描述方式，避开了自杀或意外落水的判定，因为二者都失之证据不足。尹周生之死导致其案件无果告结，未能再查下去，本来他有可能因腐败案被撤职获刑，锒铛入狱，结果他至死还是尹副市长，以此终其一生，勉强维持了脸面的光鲜。

我感觉这就是他想要的。

事实上，从尹周生的尸体被拉出水面的那一刻起，我就认定他是自杀并刻意伪造意外落水的假象。尹周生非常在意自身形象的光鲜，自杀意味着负案自毁，因此他得把自己弄得不像那么回事，以此挣一点脸面，这就是俗称的"死要面子"。尹周生肯定还希望自杀后尸体能被尽快找到，以免膨胀变形有碍观瞻，所以他给我打电话，通过我把专案人员迅速引向其死亡现场。我的这一判断并无足够证据支撑，但是出于对尹周生的了解，出于那只剃须刀给我的感觉，我深信不疑。

我断定剃须刀是尹周生为我留下的。他清楚事后相关物品将被封存上缴，剃须刀不可能转交给我，但是他特地把它带上，聊表心意并以此沟通。所谓"鸟之将死，其声也哀"，他知道我能看到这只剃须刀，我会有所感觉，会一直看进他笑声的破洞里。我断定他决定结束自己时心里很纠结，非常想念我，所以我成为他生前最后的通话者。我在他心目中不可能分量太重，但是肯定很少有谁像我一样曾"心怀鬼胎"，试图对他有所提醒，因此才值得他自杀前最后想念。他在电话里表扬我不错，笑声的破洞里隐约藏着许多滋味，我能感觉到其中的无奈与痛悔。

由于在追踪寻找中发挥了作用，领导给予我一次口头表扬，该表扬可以视为尹周生友情赠送，弥补其生前对我"关心不够"，以及对我的算计。我在电话里谢绝帮助，岂料他硬是如此以死相帮。

数钱数到自然醒

1

据我们了解，那天上午他们关门密谈，气氛相当沉重。

李主任提出让施成立住院检查，床位已经为他安排了。施成立张着嘴，吧嗒几下不出声，好一阵子才说："哎呀，不好。"

李主任劝他不必太紧张，既来之则安之，检查也是以防万一。

"看起来挺严重？"施成立问。

主任表示情况不乐观，医生和患者都须重视。

李主任是权威人士，泌尿科主任医师，科室主任，双料。去年施成立跟李主任打过一次交道，是因为体检。那一次没大事，前列腺增生，体检报告单出来后，施成立的老婆不放心，让他找医生咨询，施成立打电话请医院院长帮助安排，于是就安排到这位李主任手上。李看了单子，问了情况，告诉施成立不碍事，注意一点就可以。

这一次不一样，李主任给施成立打了电话，约他到医院。请候诊病人和护士暂避，房门一关，施成立才知道不好，尿检有问题，血红蛋白阳性，也就是血尿，俗称尿血。

李主任问施成立身体有何不适？施成立称自己并无特别感觉。昨天早晨起床时，意外发现小便呈红色，带血，他感觉诧异，才到医院做了检查。

李主任问："腰酸背痛有吗？"

坐办公室的人免不了，不是颈椎就是腰椎有毛病。但是施成立自我感觉还可以，腰酸背痛并不特别明显。

"很疲倦？"

施成立有疲倦感，不是近期才有，持续时间不短了。因为工作比较忙，睡眠不太好，经常要借助安眠药。

"感觉压力很大？"

施成立那种部门那种身份，工作压力总是有的。李主任打听近期是不是发生什么特别情况，压力大增？施成立否认。近期都正常，没什么特别事情发生。

"几个检查赶紧做一下。"李主任说。

施成立了解可能是什么问题。尿血是什么意思？血跑到尿里去了吗？为什么会这样？脏器出问题还是精神因素？李主任没有明确回答，只说需要检查、观察。

"是不是癌？"施成立追问。

主任说尿血是一种症状，有数种疾病可能导致尿血，包括某些癌症，疾病造成脏器损坏，引起机能紊乱，表现为尿血。具体的病因需要经过检查、会诊才能确认。

施成立提了个要求：检查可以做，不要住院。因为最近单位里比较忙，手头的事情脱不开，情况还不明朗，不希望弄得沸沸扬扬。

主任说："我们得为你负责。"

李主任是医生，医生更多地考虑患者身体，而不是其公务或影响。当然患者的隐私也需要保护，因此今天李主任找施成立单独谈，没跟任何人说。

施成立却不安："一住院就人人知道了。"

主任劝告："你这种情况还宜以身体为重，其他的不妨放开一点。"

李主任给施成立介绍网络上看到的一个段子，叫作"人生最大的幸福"。时下时髦说"幸福指数"，网络上那个段子的幸福指数比较形象，只有两项："数钱数到手抽筋，睡觉睡到自然醒。"钱数得手抽筋，表明很多，买房买车没问题，这个幸福不容易实现，因为钱的流动性很大，有时候可遇而不可求。第二个指数比较好办，睡眠充足就幸福了，问题是这种幸福讲究自然，靠安眠药就得不到幸福感。有些人为什么需要借助安眠药？因为放不开，工作的，生活的，外界的，内心的，诸事种种，无法释怀，无药难眠。一天两天不要紧，日积月累，过了临界点，身体撑不住，就会在某个薄弱环节出问题。所以还宜努力放开一点，有病就治，该住院就住院，其他的不必多想。

主任循循善诱，言说辅以动作，谈到数钱时他抬起右臂，把右手的拇指、食指和中指撮在一起比画，互相搓动，似乎真在数钱，提及睡觉则把手掌贴在腮帮。他没有使用太多专业术语，以防施成立精神不得舒解。

施成立却依然忧心忡忡："我这情况，李主任感觉很严重吗？"

主任肯定："是。"

施成立无奈："那就没办法了。"

他提出要回单位安排一下，主任同意了。施成立又提出先不要说他因尿血住院，只说是身体略有不适，怀疑是痔疮复发，需要检查处理。

"施局长担心什么呢？"主任不解。

血都尿了，此刻最应该担心的是身体状况，因为可能牵扯生死，任何其他事项拿来跟生死相比算个什么？但是施成立无法释怀，还在担心自己住院消息外传。

施成立长得高大壮硕，一副心宽体胖状态，笑模笑样，不慌不忙，其实心思颇重。他在本市国土局当局长，掌管全市的土地事务，我们同僚笑称他是"土地庙"里的"土地公"。国土资源管理部门时下属热门，凡热门单位，权力必大，事情必多，施局长身负重任，责任不轻，压力很重，平日里的忙碌可以想见。但是忽然间尿了血撞到医生手上，面临死亡威胁，这种时候不多考虑自身疾患，还要那般沉重，为其他事耿耿于怀，住院也想多方掩饰，这就不免让人费解，其中必有缘故。

施成立对李主任解释："有时候人真是没有办法。"

施成立离院返回单位处理急迫公务，当天下午才悄悄再到医院，住进病房。他没把消息告诉单位里的人，努力藏着掖着，其住院波澜不起。

不料两天后沸沸扬扬，施成立尿血突然引起广泛注意，机关上下几乎尽人皆知。

说来也是无奈，施成立不愿为人所知之隐私昭然暴露与医院无关，施成立自己也无责任，只因为他那个单位出了事情，土地庙意外失火。

施成立手下一位分局局长被办案人员带走。

市国土局下边辖有三个直属分局，分别管理三个市辖区的国土资源事务，如我们开玩笑比喻，施局长的土地庙辖有三个直属分庙，分别立有三个小土地公。这三个小土地公中的一个突然出了问题，事发于某个房地产项目的土地事宜，开发商在办理土地审批手续时打通关系，用大额贿金让分局长高抬贵手，使项目顺利报批，开发商得获大利。不料出了状况，分局长入案，据传贿金一笔达数十万元。

从时间上分析，施成立住院之前，对他手下分局长的调查已经开始，施作为主管局长，显然从办案部门那里得到一些需要告知主管领导的信息，在我们这些外界无关人员还浑然不觉的时候，施成立已经知道部下涉嫌。

于是他尿血了。

以我们所见，如今不少腐败案发生在控制重要资源，权力利益集中部门，施局长的土地庙也在其列，他手下的分局长与房地产开发商勾结，利用职权，权钱交易，不算特别奇怪。反过来说，如果本案犯案者只是孤家寡人一个，上边下边其他人个个清白，那才比较难得。时下类似腐败案多呈窝案状态，抓住一个，拉出一帮。施成立的小土地公出事了，不会也带出一帮子，把大土地公也拉进去吧？

因此土地庙出事消息一传出来，人们自然会追问施成立本人如何。众人的高度关注有如网络上的人肉搜索，一旦触发很难躲藏，于是施成立的尿血住院就被发现并受到热议。施成立算不上大人物，他的血怎么尿不属国家机密，无法封锁消息，难免为人所知，人们知道了难免就会有所联想，觉得施成立可能有事，所以才会那般紧张，尿血住院。施成立竭力藏着掖着，显然无关隐私保护，主要还是为了避免外界影响。

但是事与愿违。

2

我们感觉沉重。彼此同僚，我们与施成立经常在一起开会，不时找机会相约小聚，节假日发发短信祝贺快乐，高兴了还传播若干段子，有事免不了互相帮个忙，大家相处得不错。一朝听说该同志手下人员突然出事，其本人尿中带血，身患重症，也许不治，我们感觉很不好，异常震惊。

这时候能怎么办？施成立是死是活，哪位领导说了都不算，人家老天爷说了算。我们所能做的或许就是表示关心，上医院看一看。我们理解，作为一个重症病人，可能行将告别人间，施成立本人的心情恐怕很矛盾，即希望亲友同僚们前来探望，又受不了那么多的言辞和那么意味深长的目光。因为言辞总是那一套，佯为不知，言不由衷，努力表扬该同志气色不错，绝不问及面对死亡有何感想。话听多了，病人心知肚明，如何能不心烦。目光比言辞杀伤力更大，这里看那里看，望穿秋水，核磁共振一般，却难免飘忽不定，眼光里满是内涵，让病人周身发痒，似乎已经看到自己追悼会上众多花圈的署名，那种感觉的幸福指数实在有限。

但是我们不能不去聊表问候。大家赶到医院，情况却出乎大家意料：施成立没有躺在他的病床，不在病房，也不在医院哪一间检查室里。一打听，土地公居然已经打道回府，安坐于其土地庙中。

我们分别给他打了电话。

他打哈哈，只说没事，谢谢关心，传闻有误，小题大做了。

"听说是什么？出了点血？"

他表示没什么大不了，医生给了点药，吃过就好了。

"检查没问题吗？"

"当然，没啥事。"

他的闪烁其词很难令人信服，如果真的无事，何至沸沸扬扬？以我们粗浅所知，人身上的血属于循环系统，通常只在大小血管里奔跑，不辞辛劳为人民服务，而尿液属于排泄系统，是身体新陈代谢的废弃物，需要及时排放，有如化工厂把污水排放到下水道里。所谓桥归桥路归路，血液突然自我报废，不为人民服务了，跑到尿里与废物相混而出，表明身体紊乱，不是一般问题。据说有若干种癌症可能导致该症状，其中没有一种目前可以有效治愈，不可能如施成立所说吃了药就好。

但是我们对他匆匆逃离医院也能理解，他的土地庙刚刚出了事，事态有望继续发展，这种时候待在医院，只怕更会被外界严重注意，到处议论纷纷。如果身体尚能撑住，不妨先行强撑，做出什么事都没有的样子，一切如常可能好些。

他果然一切如常，该上班上班，该开会开会，手机永远开着，铃声欢快，每天繁忙。大半个月里平安无事，尿血那件事因此也变得有些奇怪，像是根本就没有发生过。

有天下午。施成立在他的土地庙召开干部大会，传达上级有关文件，由施局长做重要讲话。期间忽然来了几位客人，局办公室主任把条子递上主席台，施成立匆匆放下讲稿，将会议交给副局长打理，自己下台返回了办公室。

来的是办案人员，施成立手下分局局长的案子在他们手里。他们到局里了解相关案情，施成立作为局长自然先要约谈。

施成立对办案人员询问事项有问必答，充分合作，虽然未能提供更多案情，态度却好。提起下属单位领导发现问题，他表示痛心，感觉沉重。

办案人员问起施成立的身体："施局长没事了？"

施成立称自己坐在这里跟办案同志聊天，表明身体基本正常。

"看上去情绪不错。"

施成立解释，他刚在干部大会上讲了话。这个讲话有稿子，是局办公室的笔手弄的，基本上都是上级领导讲过的话，抄过来而已。不过他脱稿做了几处发挥，效果还好，回想起来觉得有些意思。

办案人员也想分享其中意思，施成立便重温了一下。原来他在念稿子时想起了市医院泌尿科的李主任，以及该医生从网络上抄下来的"幸福指数"，不禁脱稿发表议论，敦促本局广大干部认真学习上级精神，做好本职工作，同时提高自己的幸福指数。不过施成立出了岔子，幸福指数的两个指标被他搞混了：人家是"数钱数到手抽筋，睡觉睡到自然醒"，他说成"数钱数到自然醒，睡觉睡到手抽筋"，弄得下边干部偷偷发笑。回头想来，他自己也觉得有趣。

他用右手的拇指食指中指三个指头搓了搓，做了个数钱的动作，表示有趣，因为两个指数反过来说便毫无幸福可言。睡觉居然"手抽筋"，那是做噩梦，相当于溺水，不是安享睡眠。数钱数了半天，没完没了，满心欢喜，突然"自然醒"了，原来是一个梦。梦里这么想钱，只怕身上很缺乏，人到这个份上可称悲哀，太背了。

"琢磨琢磨很有意思。"施成立说。

"施局长对幸福指数有研究啊。"

施成立称自己只是兴之所至，他的幸福指数很一般。平时注意廉政建设，不敢乱数钱，工作压力大，觉也睡不好。实话说，这些日子虽然身体基本正常，不免还有些提心吊胆，一进洗手间就紧张，有时尿都尿不出来了。身体健康实在太重要了。

办案人员没多耽搁，他们用纸箱从土地庙装走一批需要查核的材料，满载而归。

当晚恰有一个饭局，施成立不辞劳累，拨冗参加。如今不是食物匮乏时期，饭局对施成立这种人吸引力不大，但是这段时间他比较努力，同僚熟人相请，他都能尽量参与，时间发生冲突时还四处跑场，这里晃晃那里晃晃，以示一切正常，本人健在。尿血阴影未曾消除，施成立在饭桌边比较被动，不敢暴饮暴食，更不敢恣意喝酒，但是能拿起一双筷子也就够了，足以表明他没有事情。

那一天我们注意到他情绪比以往显差，食欲不振，只见喝汤，不见夹菜。有人出于关心，询问他近况如何，身上的血都好，没跑错地方吧？他答称很好，什么事都没有。他在酒桌上吃得不多，主要是因为思考问题，研究幸福指数。

于是我们知道他在干部大会上脱稿发挥的情况，以及办案人员对土地庙的造访。我们如市医院泌尿科的李主任一样，劝告他放开一点，幸福指数搞乱就搞乱吧，没什么了不起，上了桌就吃，不要总想那个。

他称免不了还会想想。其实他要求不高，并不需要太多幸福。这几天每次尿过，一看还好，没问题，心里就幸福不已了。

我们提醒他多加注意。人的身体情况彼此不同，敏感度有所区别，有的人比较过敏，症状接二连三冒出来，这样倒好，病根容易发现，有助及时治疗。有的人不一样，潜伏比较深，症状不明显，偶然冒一下头，忽然又消失不见，不好查，很难确诊。施局长看来属于后者，凡事来得慢，却不能因此掉以轻心。

他说："听了很沉重。"

有人赶紧发表一个段子，帮助土地公化解沉重，说是小猴小猫小兔小狗小熊之类卡通人物坐在一条船上，相约各讲一个笑话，如果笑话水准不高，不能让大家都发笑，那就把讲笑话者扔下水去。小猴先讲一个，大家都笑，但是小熊不笑，于是把小猴扔下船。小猫跟着讲了一个，小熊照样没有反应，于是猫也下水。然后小兔开讲，还没讲完呢，小熊在一旁"噗哧"一笑，说刚才小猴讲的段子很好笑。

施成立没听明白，问这头熊怎么了？我们告诉他这是冷幽默，说小熊太迟钝，已经往水里扔了两个讲笑话的，它才琢磨出第一个讲得有趣。

施成立不禁笑："这是骂我呀！"

当天晚间，应酬饭局结束前夕，施成立的手机响了。当着我们的面他接了电话，没说什么，只是微笑着听，嘴里"嗯，嗯"回应。几分钟后他放下电话，还是什么都没说，忽然下意识地拿起汤匙给自己打了一碗热汤。

一层细细的汗珠从他脑门上慢慢渗了出来。

他的土地庙再次出事，有一个业务科长被办案人员从家里带走。

3

几天后，一个凌晨，施成立的老婆于睡梦中被异常动静惊醒，睡眼腥忪，突然发现床铺边沙发上黑乎乎有一个人影，她大吃一惊。

"是谁！"

黑影应道："别慌。"

原来是施成立本人，夜半三更睡不着，爬起来低头坐在沙发上。

老婆感到异常，赶紧打开灯。只见施成立把右手掌搁在大腿上，手上的三个指头还在搓个不停。其妻大惊。

"出什么事了？"

施成立搓着那三个指头说是数钱。

"钱在哪里？"老婆更吃惊。

施成立说这是模拟，数多少都是空的。眼下别无所愿，只求尿色如常。

"到底怎么啦！"

施成立这才说出实情，原来"又来了"。什么东西又来了？血尿。

施妻大惊失色。

第二天一早，施成立夫妻早早到市医院找李主任，再次住进了医院。

与不久前初次入院时情况一样，施成立尿血住院的消息再次不胫而走，迅速为人们所知，并立刻与土地庙里的地震产生了联想。

据我们了解，施成立在首次发现症状后，服用了医生开的若干药物，症状得以消失，没再尿血。李主任安排他做了全面检查，使用了本市医院所能提供的全部技术手段，试图在若干种致命癌症中为他找到一种，给他一个确切说法，有如给他一个死刑判决，盖棺论定。但是施成立这个人来得慢，他的病根藏得极深，医生和医院里的检查设施都被他迷糊住了，病因始终未能确定，直到他再次尿血。

我们感觉这一次他可能凶多吉少。

那一天市里开大会，同僚们济济一堂，坐满一个大会场。我们在人群里意外地看到施成立，他居然从医院里跑来与会，跟我们握手言欢，举止表情一切正常。

我们很惊讶，问他是不是如上次一样，症状迅速消失，容他匆匆出院？他承认这回比较麻烦，他还住在医院里。

"医生怎么说？"

医生无计可施，始终查不出究竟，准备考虑其他办法，可能得到北京大医院去。

"那你还开什么会！赶紧走啊。"

他自嘲没关系，他来得慢。

类似领导干部大会排序比较不讲究，除了台上领导们座位固定，台下官员们听便，有空位就可以坐。许多人在这种场合喜欢抢占后排，或者靠近过道的位子，因为这两个地带有助于大家交头接耳做小动作，以及起身到外头如厕、抽烟。当天施成立到场时间稍晚，有利位置基本都被占据，但是前前后后的空位还很多，他却不愿将就，站在会场中东看西看，迟迟不落座。有一位同僚不解，问他是在找谁？他表示此刻不找人，找椅子，因为身体有些毛病，需要找一只靠过道的椅子。

该同僚的座椅刚好符合条件，于是起身让座，支持土地公保护身体。

那个会议开了一上午，会后施成立回到医院，数小时内跟市电视台台长通了四五个电话，找人家讨新闻。当晚本市电视新闻将报道上午的大会消息，类似新闻镜头主角当然都是市领导，但是免不了也要扫描一下会场，把若干与会官员的面目囊括进来。施成立让台长关照一下，给他一个镜头。

台长说："容我先查一查。"

施成立说："肯定有，我看到了。"

施成立要求上镜头不是什么大问题，理论上说，与会者不论高矮都有资格出现在新闻镜头中。但是上镜头的前提必须有镜头，就是说当天在会场采访的记者必须拍下施成立，这才有可能剪辑到新闻节目里。如果该记者从没把摄像机对准施成立，或者对过来了却没有拍摄，那么无论如何没法满足土地公的要求。所以电视台长需要先查一下记者的带子，看看施成立的面目是否已经录入。施成立则认定不存在问题，因为他看到记者拍了，他坐在会场中部紧挨过道的位子，记者在过道上走来走去，过道两边总是最容易进入摄像机的扫瞄范围。

原来施成立在会场找椅子意在电视镜头，需要占据一个容易拍到的座位。

台长调看了已经编好将于晚上播出的新闻带，却没有看到施成立。追采编记者，记者不在，编完上午会议新闻后又被另派任务，跟市长下乡视察去了。台长给施成立打电话告知情况，称时间已经不允许了，哪怕记者曾拍有施成立，此刻也不可能加进新闻画面里，施成立要的镜头只好留待今后，下一次开会时台长会交代记者多加注意。

"哎呀，还能等得到吗？"

施成立的失望之情溢于言表。拖着尿血之身，郑重前来与会，会场上东看西找，只为一个镜头，没想到白忙活了，一无所有。以他的身体情况，今后如何实不好说。

他询问是否可以从以往会议新闻资料里找一找，把他的镜头剪贴到今晚的新闻里？台长表示这样做不太合适。施成立感觉很无奈。

"运气这么背啊。"他感叹。

这就好比"数钱自然醒，睡觉手抽筋"，好梦泡影，噩梦吓人，幸福指数这么美好，有什么办法？

台长赶紧表示："施局长不必那么沉重。"

施成立还是沉重不已："话说回来，梦里数钱其实还算好事。"

放下电话后台长思忖许久，起了同情心，决定采取非常措施，急派一部车一个记者到下边县里追赶市长，把先去的那位记者悄悄换下来，匆匆拉回台里。该记者紧张操作，从自己上午所拍素材带里找出施成立的画面，设法把相关镜头放进那条新闻里。

　　施成立接到电话通报，如释重负。

　　当晚他的面目果真郑重出现在电视里。土地公毕竟只算小神，其镜头在电视新闻里很难占据重要画面，一闪而过而已。

　　这已经很不容易了。

　　而后本市土地庙再次发生强地震，施成立的两个副手一起被扣，市局两个副局长分别涉案。办案人员在两人的隐秘藏宝处分别起获大量现金，有人民币，还有美元等外币，藏在抽屉里，沙发边，甚至床铺底下。

　　我们立刻又联想起施成立尿里的血。

　　这时施成立已经从我们的视线里消失了，他并不是被办案人员带走，至少暂时不是，他在电视新闻里露过脸后，迅即悄悄飞往北京求医，诊治尿血。本地医院的医生和医疗检查设备都只具地方水准，对付普通疾病还行，碰上施成立这种疑难杂症就力不从心，无计可施，医生建议施成立前往北京的大医院检查确诊，施成立听从医嘱，经领导批准远走高飞。

　　我们推测，施成立可能得到通报，或者通过某些途径，预知自己的两位副手涉案，事情越出越大，于是他的血又混在小便里排泄出来。施成立的身体结构看来很特别，长有一个特别闸门，平日里紧闭，一旦受到重大刺激，精神紧张，心胸焦灼，就会自动开闸尿血。我们的这一猜想估计找不到医学根据，更像无稽之谈，但是施成立身体健康的恶化，与其紧张焦灼肯定有所关联。施成立行前抱病参加大会，极力争取一个电视镜头，显然是在为自己的消失做铺垫。他要表明自己没事，他的消失是因为外出就诊，而不是如土地庙里的其他消失者一样。一个镜头能有多少效应令人怀疑，施成立心里的焦灼和惶然却可以想见。

　　这时我们才格外理解，所谓"数钱数到自然醒"对施成立而言并非太背，确实还算一件好事。梦到满屋子的钱，抽屉里，沙发边，床铺下全是人民币，聚敛百万千万，欲望很满足，精神很愉快，幸福指数很高，可是突然"自然醒"了，满屋子钱化成泡影。遗憾吗？其实值得庆幸，祸根化成泡影不好吗？平安是福，没事就好。

　　但是施成立是否拥有这份幸福？接下来是什么在等着他？北京大医院医生的死刑判决，还是本市土地庙的最后一场灭顶强震？会不会竟然是兼而有之？

　　我们感觉沉重，于忐忑中拭目以待。

把酰酸倒进去

1

那时候还没有微博微信什么的，也没有那么多的手机照片和举报。那时候吃啊喝啊不算个大事，客人到了桌边，桌上摆个一瓶两瓶，那是起码的。那时候餐桌上流行酒段子，掺和着各种黄段子，吃起来大家嘻嘻哈哈，有荤有素，五味杂陈。

可是那时候迟可东已经不喝酒了，几乎是滴酒不沾。倒不是人家先知先觉，只因为他天生的酒精过敏，喝酒对他有如受刑。迟可东虽然自己不喝，却也入乡随俗，该摆酒就摆酒，该举杯就举杯，让别人喝，他自己做个样子。如果他不仅做个样子，还认真起来，那千万得小心，他会让这个灌那个，要那个灌这个，搞得一桌很热闹。其间他在那上头正襟危坐，不动声色看着，"众人皆醉我独醒"，脸上表情高深莫测。

他管这叫作"化验"。他说酒精可以视同"溶剂"，类似于酰酸。把一块矿石样品磨成粉，放进验杯里，把酰酸倒进去溶解试样，加入试剂并加热，观察其反应和结果，这是化验的基本过程。饭桌边的诸位一旦进入该过程，当然就视同"样品"了。

李金明当初作为"样品"进入化验之际，给迟可东留下了一点印象，该印象味道不佳，酸不拉叽。其时迟可东还不知道李金明的名字，不清楚此"样品"姓甚名何，只记住了他的表现："现场直播"，也就是当场呕吐。

该同志的呕吐物气味极重，掺着稀里哗啦一堆食物碎，其中以大小不一的线段残渣为主体，这些残渣来历可疑。

那天晚餐本来不该有酒，因为迟可东行前交代了八个字：多看少说，接待从简。所谓从简也就是别搞复杂，吃饭不喝酒。负责此行安排的秦健却自作主张，让乡里头头往桌上摆酒。迟可东临上桌前才得知，即查问这是怎么搞的？秦健解释说此前几天没有，此后几天也不必，整个调研过程，只今天例外。迟可东追问今天为什么例外？秦健强调眼下就本县而言，今天这个日子比较重要。迟可东听罢摆摆手，不予肯定，也不再反对，于是酒就上了桌。乡里头头为了表示热情，拿出两瓶茅台，迟可东问："这酒是你们乡制造的吗？"答案当然不是，本乡尚无能力伪造国酒。迟可东便让他们把茅台撤下，换成本乡制造。所谓本乡制造就是乡间家酿米酒，当地俗称"红壳酒"，原料是本地产糯米，加上本地产曲种酿成，该曲种颜色偏红，酿成的酒呈暗红色，就其性质而言很绿色很环保，好比山间野鸡生的小个子野鸡蛋，其性温补，适合女人坐月子使用，男人用一用也不错。

迟可东表态："就这个。"

他批准众人前来敬酒，原则很简单，谁敬他谁喝掉，他不喝。期间免不了有人趁着酒兴力劝，请领导给个面子，那比较公平。迟可东岿然不动。迟可东一看就是那种嘴上话不多，心里很有数的人，类似场合众星拱月，他是中间被拱的大月亮，有权制定规则，众星星可以稍事起哄鼓噪，最终还得听他的，按他的不公平原则进行。

然后李金明扛着一口大缸冲上前来。在当天上阵的几个人中，李金明出场时间较后，人颇不起眼，亦有点怪，这个人身材偏矮小，身子比较单薄，头发有点乱，长了个大头，戴一副眼镜。他使用的酒具与众不同，别人用啤酒杯，或者用小碗，他拿了个刷牙杯那样的大杯，在类似场合有如大缸，满满倒了一缸，捧着上来敬酒。当晚用餐地点在乡政府食堂，食堂里合适的杯啊碗啊多得很，未必是本乡制造，却也有乡间特点，足够李金明选用，但是他偏用那么一个大型酒具。迟可东拿自己的酒杯跟李金明的大杯碰了一下，眯起眼睛看该小个子怎么表现，敢扛着这么一口大缸上来，未必真可以都灌下去。李金明并未劝酒，也没有祝词，什么话都不说，只是喝，众目睽睽之下咕嘟咕嘟几大口，一饮而尽，随即拎着他的酒具转身

杨少衡中短篇小说选

走开。刚转过身，他就喉咙一梗，哇地一声，"现场直播"，吐了一地。还好此前他恰巧转过身，否则就不是一地稀烂，该是满桌酸臭了。

迟可东不动声色，交代道："让他去醒醒酒。"

当晚的"直播"过程大体如此，味道略重，并没有太出彩，可以让迟可东留下一点印象，却不足以因此牵挂。他记住了一个用刷牙杯喝酒的家伙，小个子，其酒具之大与身材不成比例。该同志究竟是谁他却没记住，席间主人当然曾提到李金明的名字，迟可东未曾在意，确实也不需要为之太在意。

那时候迟可东刚从省里下到县里，人们只知这个人有来头，却不清楚其厉害。迟可东到来之初被任命为县委副书记，排老三，居书记县长之后，这一安排是否别有意味？不需要有太多内部渠道，稍懂点门道的人都能猜想：人家只是戴了一顶临时便帽，正式的帽子不是那个。迟可东下来之前已经是省发改委的处长，空降任职肯定要做主官，不当县长就当书记，只等现有老大老二挪出一个位子。迟可东提前来到本县看住位子，虽然只是先戴一顶临时便帽，却也不能只在一旁玩那帽子，坐等其位，必须尽快进入状态。进入状态少不了下去调研一项，也就是到所属乡镇走一圈，了解各方面情况，接触各类"样品"。新任领导下乡调研，自然需要有熟悉情况的合适人物陪同协助，于是迟可东身边就跟上了一个秦健，秦健时任县委办副主任，干这种事轻车熟路，知道怎么服务领导。下乡之前秦健专门请示迟可东此行有何交代？迟可东就交代了那八个字："多看少说，接待从简。"秦健表示领会，然后继续请示，说迟可东到任后第一次下去调研，底下同志想表示表示也在情理之中，怎么办呢？迟可东即明确指示："表示表示可以，不要上酒。"

结果还是有一个例外，起于秦健自作主张，上了红壳酒，导致一个"现场直播"。当晚的红壳酒及相关"直播"均语焉不明，从开喝直到结束，众下属不停地敬酒，都只知道敬领导迟可东，却不知道这桌酒后边其实还有一个很具体的名目。那究竟是个什么？只有当事人迟可东，以及自作主张的秦健明白。

那是在河源乡，本县西北最偏远且最贫穷的乡镇。按照原定计划，迟可东在该乡待了一天，了解相关情况，当晚"例外"喝酒，然后在乡政府的客房住下来过夜。隔日清晨迟可东早早起床，下楼，秦健已经在楼下门厅等候。

"迟书记起得早啊。"他招呼。

迟可东说："你更早。"

秦健称自己其实挺懒，他是听说迟可东喜欢早起散步，昨晚特地给手机上了闹钟。

两人走出乡政府大门，拐上一条土路，前边忽有动静："哇啊"，其声颇不雅，不是乌鸦叫唤，是人在呕吐，那股酸味儿再次扑面而来。

居然还是昨晚的那位，小个子。他在前方一棵树旁，扶着树干站着，弓起身子，对着树干根部呕吐。有一条狗闻讯赶来，在他身后摇着尾巴。

迟可东带着秦健从小个子身后走过去，对方听到动静，直起身回过头，看到了迟可东和秦健两人。他两眼在眼镜后边直勾勾盯着迟可东，没打招呼，一声不吭。

迟可东问："怎么啦？"

没有回答。

这家伙不可能不记得迟可东是什么人。他曾经扛着一口大缸上来敬酒，不可能一转身忽然就把什么都忘了。此人昨晚喝得太过，"直播"没解决问题，睡了一觉还不行，清晨又反胃，吐了，用流行酒话形容，叫作早晨"重播"了。问题是无论此刻他胃里的反应如何，与领导邂逅，承蒙关心，不需要太恭敬，打一声招呼，至少回应一句是应该的，但是他没有，视若无睹，置若罔闻。

秦健即喝问："没听见书记问你话？"

他还是没回答。

迟可东说："走。"

他带着秦健往前走出几步，就听见后边又是"哇啊"一声，"重播"继续进行。

秦健说："这个人不大对劲。"

迟可东问："他是什么人？"

"我马上了解。"

"算了。"迟可东说，"没必要。"

他们在周边转了转，稍事散步即打道回府，返回时经过那棵树，那个人已经不见了，树干根部的呕吐物基本被狗舔光，隐隐约约还有一股酒酸气在飘散。

早饭后离开河源，秦健在轿车上向迟可东报告了情况。

"他的名字叫李金明。"秦健说。

"谁？"

就是"现场直播"加"重播"的那位。秦健已经抓紧时间，向乡里头头了解了相关情况。该李金明是乡农技站干部，技术人员，搞食用菌也就是种蘑菇的。他是省农业大学食用菌专业的毕业生，毕业后安排到县农技站，干了三年，半年前才给派来本乡。这个人有毛病，人比较狂，在县农技站跟领导搞不到一块，不服从指派，说领导坏话，攻击站里的主要领导是饭桶，只会拍上级马屁，没一点真本事。领导对他非常恼火，查了他一些事，让他背个处分贬到河源乡农技站。

"查他什么事呢？"迟可东问。

"腐败。"

不由得迟可东笑："一个种蘑菇的农业技术员，他腐败个啥？"

虽然只是个小技术员，该李金明却有滥用职权问题、权钱交易问题，还有男女关系问题。他的这些问题与掌握大权贪污受贿动辄百万千万的贪官多少有些区别，不在一个档次上，也还不属于"小员巨贪"那种状况。作为一个食用菌技术人员，李金明手中掌握的其实就是一点指导生产的权力，有权出入本县各地农家的蘑菇房，对其中相关生产发表指导性意见。李金明滥用职权，就是滥用这种指导权为自己牟取好处。他在县农技站那几年，一天到晚在下边跑，几乎走遍本县各乡镇村的蘑菇房，许多菇农都认识他，一旦有事都会打电话或者开着车上门请他去看蘑菇。每请他到，菇农们都要割肉洗菜炒米粉，再去弄几大碗红壳酒招待，因为李大技术员好这一口。那几年他利用指导蘑菇生产之机，不知吃了人家多少，累计推算起来也很可观，这就是腐败。由于请的人多，李大技术员无法面面俱到，难免你先他后，有时哪怕有炒米粉红壳酒伺候，也弄不来人。一些菇农就想办法争取，其中一招是派出自家小妹，李哥长李哥短缠着拉客，把李金明弄进家门。因此有人举报，说李金明滥用职权，处处有小妹，村村丈母娘，其男女关系非常混乱。

迟可东摇头："这就算是了？"

据秦健了解，县农技站头头拿这些事查李金明，原本调子很高，准备一棍子打死，后来发现"腐败"比较难弄，就集中搞男女关系。这一方面李金明有破绽，在其老婆那里。李金明的老婆个子比他高，块头比他大，人长得丑，醋劲了得，对李金明盯得很紧，李金明去哪她也去哪。李金明在县农技站工作期间，夫妻俩曾经闹纠纷，其妻鼻青脸肿到农技站哭诉，说李在家打她，搞家庭暴力。这般轰轰烈烈，原因是李妻怀疑丈夫下乡种蘑菇，连女人也种，"村村丈母娘"。农技站头头抓住这件事，试图从李妻这里突破，抓李金明的男女关系，搞出几个丈母娘，坐实李金明"与他人通奸"问题。却不料关键时刻李妻拒不配合，费了老大的劲，没弄到准确证据。最终李金明是因"劳动纪律差"得了一次警告处分并给撵走。这个人总在下边乡村蘑菇房里晃荡，难免有开会缺席，学习未到等等记录，为处理他提供了依据。

迟可东问："他很会种蘑菇？"

"听说挺神。"

按照秦健听到的介绍，该李金明在校时书读得不错，是个高才生，搞食用菌颇称职，与蘑菇很能沟通。据说他走进蘑菇房，眼睛都不必睁开，拿鼻子嗅一嗅，仅凭气味，就能判断温度是否合适，湿度是否偏低，蘑菇生长状况如何，需要再做些什么。说出情况八九不离十，各种问题迎刃而解。

"难怪丈母娘多。"迟可东点头。

这位李金明被赶出县农技站，贬到河源乡农技站后意气消沉，脸上总是苦大仇深，却也没再闹出什么大事。河源这边近几年大力发展食用菌，作为脱贫致富一大措施，用得上李金明这种人，因此从乡头头到下边农民，对李金明都很欢迎，他在这里吃多少炒米粉喝多少红壳酒都行，没人找他碴，也没人查他丈母娘究竟几多，日子过得比在县城时舒心。只是他的臭毛病改不了，不时还会作鬼作怪，例如给碗不要，非得拿大杯子喝酒。昨晚这人怎么会出现在酒桌上？说来秦健自己要检讨，是秦健要乡里找几个能喝酒的乡干部陪桌，吃起来气氛好一点。李金明早就酒名在外，乡农技站就在乡政府旁边，平时吃饭也在乡政府食堂，所以乡头头吩咐把李金明叫来上阵。不料要的时候这家伙却找不着了，乡通讯员到处打电话，才把他从一个村旮旯里挖出来，原来人家已经在一户小妹家喝上了。通讯员骑一辆摩托车到那里去接他，起初他还不愿动身，说县里这个书记那个书记跟他没一点狗屁关系，宁愿在老乡家里喝。通讯员让乡长在手机里请，拿茅台酒哄诱，他才勉强应允，说："有好酒干吗不喝？"就这样给弄了回来。回来后没喝上茅台，还是红壳酒，因此可能不痛快，表现就比较怪异。估计上阵之前，他在老乡家已经喝得差不多了，回乡政府食堂再喝就撑不住，所以才会吐了一地。此地乡间红壳酒酒性温和，却有后劲，喝多了第二天起床还会东倒西歪，整个人成天昏乎乎。李金明喜欢早起跑步，今早可能自以为没事，像往常一样爬起来运动，却不料酒劲还在，撑不住又"重播"了。他见了领导不打招呼，或许是因为酒劲影响，也可能是一肚子酸臭都在嘴边，不能开口，一开口就出来了。当然也可能确属故意，毕竟县官不如现管，迟书记虽大，并没有直接管他，因此无所谓。

迟可东说："看来确实有毛病。"

事情就此飘过。

2

几个月后发生了一个情况，事出偶然。

那一天开县委常委会，研究人事事宜。时逢乡镇换届，人事变动面较大，相关安排在常委会上几进几出，反复研究。那一天上会的人事事项中，有一项涉及河源乡班子配备调整。此前该乡班子配备方案已经敲定，却不料发生一个意外：有一位拟任人选不知从哪里风闻自己将去河源，拼命找领导反映，请求免用。该同志居然还拿出一张市医院的体检报告为据，报称自己肝区发现一个东西，医生怀疑是血管瘤，不排除癌变的可能，需要留意观察，及时处理。因此别把他派到河源任职。这个人是县防疫站的一个年轻技术人员，原拟任河源乡科技副乡长。当时上级规定换届时每乡都要配一位科技副乡长，必须有相应的专业背景和职称。

讨论中，有常委询问："体检报告是真的假的？"

组织部门已经了解，报告是真的，该同志肝区确实长了个东西，但是并未确定是癌。体检不是单位统一安排，是该同志自己跑去做的，时间为去年底。检后该同志始终没有向外界透露任何信息，直到这次才拿出这张单子。根据分析，此人当时可能确实感到身体有些不适，才自行跑去检查。但是眼下的问题主要不是出于身体情况，他是听到风声，怕给派去河源，拿这个作为理由。

县委书记很不满："他怎么可能听到风声？"

这个问题比较尴尬。类似人事安排在正式宣布之前需要保密，不应当外传，更不宜传给当事人。但是目前很难做到这一点，往往这里刚在研究，那边就有风传。

"这事不能放过，给我好好查一下。"书记下令。

追查消息如何走漏是后话，目前还得考虑改变配备方案。原方案人选身体状况似有问题，再派他去河源不甚妥当，因此组织部提出另定一位人选。新人选选自县工程监理所，有工程师职称，该人选需要上会讨论研究。

这个新人选未能顺利通过。有了解情况的常委提出，监理所这个人跟老婆闹离婚，折腾了好几年，最近刚在法院判离，家里有老有小，这时候下去只怕很难安心工作，他的专业是工程监理，目前在河源也没什么大用。

迟可东在一旁听着，忽然说了句话："有一个人说不定有点用。"

他讲了李金明及其"现场直播"故事。

当时迟可东到任不久，常委会讨论人事问题时，他通常只听不说，含而不露。主持讨论的县委书记总会适时问他一句："迟副书记有什么意见？"，他的回答总是很简单："同意"，或者"没有不同意见。"最多加一句解释："我刚来，情况还不了解，说不出什么意见。"他说的当然没错，来时确实不长，了解未必充分，但是如果他愿意，也不是没啥可说。以其脸上莫测表情推想，其心里应当有些话要讲，之所以没有发声，只是考虑时机，现在还不是迟副书记的时候，多说未必有用，也未必有益。所谓"时到花便开"，该说的话等时候到了再说吧。

那一天例外，迟可东主动发言，不鸣则已，一鸣让人很意外，因为细节很鲜活，故事挺轻松。迟可东讲了喝酒，讲了李金明当堂吐出一些线段状食物残渣，让他望之生疑，原因是当晚河源乡食堂提供了一桶干饭，未见面条。后来他一了解才知道，原来李金明早在某个村旮旯的菇农家里吃饱喝足了，吃的是炒米粉，喝的是红壳酒。该同志是把老乡家的食物吐到了乡政府食堂的地板上。这个人看来身存毛病，但是也有强项，是个专业人员，种蘑菇高手，技术水平较高，颇受茹农欢迎，炒米粉红壳酒没有断过。河源乡正在发展食用菌产业，找这类专业人员干科技副乡长会不会比较对路？对当地经济发展会不会比较有好处？

即有人附和："迟副讲得有道理。"

也有知情人指出："这个人好像有点毛病，被处分过。"

迟可东表示认同。他对李金明并没有很多了解，基本没有接触，更别说交谈。仅凭一点观察和印象，以及听到的情况，他感觉李金明不是有点毛病，是毛病不小。"腐败""村村丈母娘"等等虽未必成立，但为人处事方面的缺陷却肯定存在。不过他也感觉这个李金明像是有点素质，就好比一块石头里含有足够铁质，那就不是一般石头，是铁矿石了。素质其实是更重要的，会不会种蘑菇倒在其次，因为眼下需要用的不是一个食用菌技术员，而是一个科技副乡长。

"建议重点考察一下这个人的素质。"县长接过话头，在会上打趣，"考核材料不要涉及酒量多少，但是要写明含铁量。"

迟可东也跟着开玩笑，对县长的提议表示赞同。他说素质这种东西在考核材料里很难表现，没法写清楚，含铁量相对比较容易，化验检测技术很成熟，不难掌握。该技术的具体过程说来复杂，要害很简单，用一句话形容，叫作"把酰酸倒进去"。

"那不就毁容了吗？"有人跟着开玩笑。

迟可东说："是溶解。"

他介绍酰酸可以干什么。报纸上时有花边新闻，有失恋男子拿酰酸泼前女友，把一张美丽脸面毁掉，以此泄愤，同时永久占有，自己得不到，别人也别想要。这其实只是派生功能。酰酸这种液体强腐蚀，别说女子的脸，再怎么坚硬的东西，石头啊铁啊什么的，酰酸倒进去就溶解，溶解以后就可以加试剂加热，检测其成分。

"比喻不一定合适。"迟可东说明，"大家知道我的本行。"

无论比喻是否合适，大家听来挺新鲜，纷纷要求迟可东继续发表高见，搞搞科普，尽量深入浅出一点，例如谈谈酰酸怎么倒，或者怎么泼？可以用什么杯子，是不是需要一点操作水准？迟可东即请示坐在他右侧居中位子的县委书记，称今天会议很严肃，常委们讨论很认真，期间不妨略做劳逸结合。自己刚巧在一份资料上看到一则笑话，感觉有点意思，能不能给他两分钟时间，提供给大家笑一笑？

书记故作严肃："放松一下可以，不要女士不宜。"

迟可东讲的其实不是笑话，更不是黄段子，是一个问答测试题。他给大家提供三个候选人的基本情况，其中第一个人笃信巫医，有两个情妇，多年的吸烟史，嗜酒如命。第二个人曾两次被赶出办公室，每天到中午才起床，每晚暴饮白兰地，吸食过鸦片。第三个人曾是国家战斗英雄，一直素食，热爱艺术，偶尔喝点酒，从未违法。迟可东请大家研究一下这三个候选人的任职问题，其中有一位后来成为一个世界大国的主要领导，他会是哪一个？三个人将来各自会有什么样的命运？

有人笑问："迟副搞脑筋急转弯吗？"

迟可东说："不用转弯，实事求是。"

"答案不是明摆着吗？"

确实是明摆着，以所提供的情况推论，成为主要领导的当然只可能是第三个。他的命运当然最好，社会精英。前两个估计不行，不是垃圾，也是废物。

迟可东说："这三个人其实大家都认识。"

他揭晓问题答案：三个人都是第二次世界大战时期的著名人物，第一个是美国总统罗斯福，第二个是英国首相丘吉尔，第三个是德国元首希特勒。

于是众人都哈哈大笑。

迟可东的故事并没有触及酰酸怎么倒，大家却没有多计较，因为当天的人事议题议得差不多了。书记汇总大家讨论意见，最后拍板，同意改变河源乡配备方案，防疫站那个人不用，监理所那个也不合适，请组织部再行物色。迟副书记提到的食用菌技术人员，可以作为一个人选了解一下。就现实状况而言，确实人无完人，谁都有缺点，一个人以往有这个那个问题，不见得日后就是恶人。反之也一样。当然各相关人选含铁量多少，日后会是罗斯福还是希特勒，咱们管不了那么多，眼下以是否胜任河源乡科技副乡长为基本考虑。

大家都表示同意。

半个月后，李金明被确定为河源乡科技副乡长候选人。

秦健找迟可东请示，说李金明求见，能安排个时间谈一次话吗？

迟可东问："他有什么事？"

"他非常意外。"

"意外什么？"

"迟书记为他说了话。"

"谁告诉他的？"

秦健承认是他本人给李金明打电话的。秦健并未列席常委会讨论人事，只是事后听到了消息，听到时也感觉很意外。秦健在这件事里多少算一个当事人，李金明那些情况还是他向迟可东汇报的，因此他觉得自己应当把事情告诉李金明，李金明应当知道自己得到谁的关心，总得有人去告诉他。

迟可东即拉下脸："谁允许你这么干的？"

"我，我是……"

"你是什么动机？"

秦健连声辩称自己没有不良动机，只是想为迟副书记做点工作。

"你知道什么！"迟可东极不高兴。

他训斥秦健，称那天他在常委会上发言有自己的考虑，并不是着意要为哪个人说话，李金明只是作为一个例子提出来探讨，仅此而已。此刻李金明只需知道自己的任职是县委常委会研究确定的，不需要知道谁说好谁说不好，那对他没有任何好处。人家或许并不愿意干什么副乡长，从技术人员到行政官员跨度很大，他未必能够适应。李金明有其个性，以往人际关系处理不好，日后磕磕碰碰的事恐怕也少不了，一旦发生问题，后果会很严重，那就不仅是被从县农技站赶到河源种蘑菇那么简单，弄不好要受处理栽大跟头。到时候后悔不迭，他该去怪谁？怪迟可东副书记还是秦健副主任？

秦健立刻检讨："迟书记批评得对，是我考虑不周。"

"只是考虑不周吗？"

"我是，我是……"

迟可东没再追逼秦健，点到为止。他命秦健给李金明去个电话，说迟副书记最近忙，这次不谈了，日后有时间再说。外界传的那些不要去听，更不要去信。李金明应当有自知之明，他这一次被挑选上，更多的是河源乡发展食用菌需要，就其本人而言，素质不见得比其他人高，毛病倒可能比其他人多。李金明曾经涉嫌所谓滥用职权、腐败和乱搞男女关系问题，以往那些事可能只是笑话，一旦头上有了一顶帽子，再出现类似问题则会严重得多，对此李金明本人一定要非常清醒。

秦健支支吾吾："这样，这样好吗？"

"就这样说，告诉他是我原话。"

"明白。"

"今后不许再自作主张。"

"明白，明白。"

迟可东不再多说，李金明事项就此打住。说到底，李金明不是迟可东的什么人，给迟可东的印象并不好，在他心里实在不算个什么，不需要太当回事。不说李金明原本只是一个普通食用菌技术人员，即使弄到副乡长这个位置，充其量也就是一个副科级，不需要迟可东特别注意。对迟可东而言，李这样的人给个副科不给个副科，多一个少一个都差不多，没什么大不了的，迟可东心里有很多大事，无须腾出位子塞进无数类似草芥。迟可东在会上谈起李金明，意图确实不是为他说话谋一个科技副乡长，只为了提出某种想法，探讨相关问题。秦健把这些话拿去告诉当事人，弄得像是迟可东怕人不知情，不感恩图报似的。难道迟可东在乎这个，需要索取李金明的回报，水平如此之高吗？秦健自以为是在为迟可东拉拢人，迟可东却感觉是在给自己抹黑，难怪他听了生气。秦健这种勾当眼下很多人喜欢做，什么事都可以拿来卖人情，收买人心，以期等价交换，让人家日后来还人情，迟可东对这种"小儿科"感觉不屑。

这些话他当然不会跟秦健说。他问了秦健另一个问题。

"河源那个晚上，你好像没怎么喝酒吧？"

秦健称自己酒量一般，通常不太喝。陪同领导尤其不敢喝，得保持头脑清醒，以保证工作不出现失误。

"这么谨慎，为什么会自作主张？"

秦健承认事前确实有点犯愁，考虑是否应当提前请示报告一下，后来一想，如果报告，迟可东一定不同意，因此横下一条心自作主张。他觉得那个日子非常重要，事关本县未来，因此不能不有所表示。

"谁告诉你那个日子的？"

没有谁告诉他。这种事情只要留心，总是可以掌握的。

迟可东摆摆手让秦健离开，没再多问什么。

两个月后，人们议论中的事项终于尘埃落定：本县县委书记荣升省直机关高就，迟可东接任县委书记。基层县委书记出缺，通常情况下会由县长接任，迟可东越过县长，直接接书记一职，多少有些例外，却在大家的料想之中。

因为人家是个"二代"，来历很不一般。

3

迟可东心思很大，早在从政之前。

那时候迟可东是个工程师，从事冶金一行，如他自嘲，为"大炼钢铁"出身。迟可东当年的就学与就业履历相当耀眼，本科读的是北京科技大学冶金工程专业，而后考取本校本专业研究生，拿到硕士后去了首都钢铁厂。北科大冶金与首钢都是行内翘楚，声名响亮，只是出了冶金一行，外界未必尽知，就好比探讨食用菌蘑菇之际，拿铁矿石、硫酸出来说事，让人感觉比较特别。

迟可东时而会摆弄一些冶金术语，既出自习惯，也属有意为之，略带调侃，意在幽默。与其性格相应，他的幽默温度略低，给人的感觉偏冷，例如"把酰酸倒进去"之说。当年学冶金和到钢铁厂工作都出自迟可东自己的决定，他对那一行的好奇和兴趣来自少年时读过的一本书，谈到当今世界是以钢铁为骨骼支撑起来的，那些话对他影响不小。早年迟可东自视甚高，认为可以从自己感兴趣的事情开始，依靠自己走出一条路，日后去支撑一个世界。无奈后来情况发生变化，那条路没能坚持走下去，他从轰隆轰隆的大工厂落到了一个小县城，似乎也是命中注定。

这是因为家庭背景，所谓成也萧何，败也萧何。

迟可东的父母都是省城一所大学的普通职员，迟父是校图书馆的管理人员，当过该馆的副馆长，迟母是校总务处的一名会计，两人都像尘土一样平常，毫不显眼。迟家虽普通，迟母娘家那边却不一般。迟母姓许，许家在省城是个大家族，历代人物辈出，眼下也出了一个大人物叫许琪，官至常务副省长，他是迟可东的亲舅舅，迟母的哥哥。迟母只有一个哥哥，兄妹感情很好。到了迟可东这一辈，两家人各有两个孩子，四个孩子三女一男，唯出迟可东一男丁。迟可东从小最得舅舅之宠，许琪常把他接到家里住，进出带在身边，把外甥当儿子看，处处悉心照料。因为这个舅舅，迟可东被人们归入"二代"，也就是所谓的"官二代"之列，虽然以直系血统论，迟父那个图书馆副馆长根本进不了官员的序列。

迟可东考大学时，许琪还在下边一个市里当书记。舅舅得知外甥去学冶金，讲了一句话："现在想学什么尽管去学，有兴趣才能学好。日后该干什么再说吧。"那时舅舅对外甥的未来走向似乎已经胸有成竹。迟可东心里很清楚，作为两家人中的唯一男孩，舅舅对他期望很高，有意把外甥引上他自己那条路。迟可东从小在舅舅家里长大，耳濡目染，自然心思也大，常拿舅舅当样本设想自己的未来，觉得自己可以也应该比舅舅走得更高更远。舅舅家里进进出出的多是官员下属；这个"长"那个"长"，迟可东见得多了。看见他们进门满脸堆笑，出门一派威严，饭桌上众星捧月，大家变着法子取悦舅舅，连小外甥的马屁都拍，迟可东觉得挺好玩，也觉得颇为不屑。他知道自己不须如此，他有一个天然的，强有力的依靠，舅舅许琪会为他安排一条便捷顺畅的成功之路，他只需一切听命于舅舅就行。但是这不是他之所愿，只会依赖他人算什么本事？自己打出一片天地才有意思。得益于父亲任职的图书馆，迟可东从小喜欢阅读，什么书都看，颇受一些名人传记影响，眼界很高，想法很多。当然不免也失之空泛，当时年轻，免不了的。许琪对外甥一向很用心也很理解，他身居高位阅人无数，知道与其逆水推舟，不如水到渠成，年轻人有独自闯荡的勇气值得欣赏，让他先去闯荡一番没有坏处，时候到了，该怎么办再说。

迟可东独自闯荡历时不长，他在首钢干了三年，工作颇为努力，已经小有成就感，忽然就放弃了，打道回府。这其中有若干原因，直接促成的是一个不可抗因素：迟母患乳腺癌，到医院做了手术，她想儿子了。儿子在遥远的北方"大炼钢铁",尽管如今交通方便,有事时一张机票就能赶来,毕竟不如在身边好。迟可东在医院照料母亲时碰上舅舅,许副省长来看望妹妹,身边跟着医院院长外科主任等人。许琪跟外甥说了句话:"回来吧。"迟可东无奈,看着病床上的母亲,点了点头。

迟可东从首钢调回本省,带回在北方娶的老婆和一个生于北方的女儿,举家南飞,进了省发改委辖下的工程咨询中心,新的工作虽然还有些技术含量,却已经与"大炼钢铁"基本无关。举家跨省调动以及转行对许多人来说极其困难,于迟可东轻而易举,许琪一句话,自有人迅速为他把事情办理清楚。迟可东一改初衷,回到舅舅荫蔽之下,于他也算顺理成章。独自闯荡的那几年,他遇到许多以往不会遇到的情况,知道了许多以往不知道的事情,心思依旧很大,却也明白自己得脚踏实地,眼下这个时候,没有强有力的支撑,只靠自己难有大的作为。任何人都得面对现实,按照现实调整自己的想法,许琪的外甥也不例外,无论是否归为"二代"。迟可东不再有什么犹豫,决意回到舅舅身边,背靠大山,沿着自己的道路继续前行。

此后数年间,迟可东变动了若干岗位,从事业机构进入行政管理部门,稳扎稳打,一步步向上,每一次提升都踩到点上,时间差不多了,自会更上一层。所有这些进步与提升均符合规定的条件与程序,没有任何出格之处与特殊之举,完全经得起质疑和审查,迟可东本人的表现与考核材料也都无可厚非。迟可东得益于很不寻常的舅舅,也得益于很普通的父母,他读的书多,眼界开阔,在各个岗位都相当尽职,既有想法,也能扎实行事,如大家所形容,心里事不少,嘴上话不多,所到之处名声不错,被认为颇为难得。他的每一个进步与发展都有自己努力的因素,背后的关键却也难以否认:如果没有许琪的存在与影响,情况或许就是另一个样子。机关里那么多大小干部,谁能符合条件到点就上?机会总是首先垂询迟可东,他比别人拥有得天独厚的条件。

那一年许琪问他:"到基层去干干怎么样?"

他说:"也好。"

时迟可东已经在省发改委一个重要处室当了两年处长,以他的发展态势,往副厅长位子上走不需要太长时间了。但是许琪和他本人都认为只在机关上行是不够的，现在应当离开这条轨迹，到基层去干上几年，有一个基层主官的工作经历，既可以积累工作经验，也可以让履历完整，向上发展才有更大空间。许琪本人如果没有在下边市里当主官的经历，也很难上到后来的高位，因此迟可东不能只在机关里晃荡，必须下去走一走。其时省委组织部有一个青年干部培养交流计划中，拟从省直机关物色选拔一批优秀青年处长下派基层任职。在舅舅的帮助支持下，迟可东被挑选上，与同批十数位青年处长一起下派。这十几人下去后，部分任县长，部分任书记。迟可东有硕士学位，有国有大型钢铁企业任职的基层经历，以及无可挑剔的考核表现，符合各相关条件规定，终被确实为县委书记人选。

这么些年过来，迟可东已经清楚自己命该如何。他现在有了一块小天地，对很多人而言，这么一块天地毕其一生之努力还不能得到，对迟可东则只是一个停靠点，他自知不会在这个点上停靠太长时间，接下来还要继续前进。但是眼下这个点对他却有着极大重要性，因为权力在手，可以做一些事情，而且必须做一些事情。背靠许琪那么一个舅舅，迟可东不需要像其他一些人一样急切钻营，只需用心把手头的事情做好。他有条件得到别人争取不到的支持，有办法把事情办得比别人好，可以只管一心一意放手做事，别人最操心的提拔重用什么的则不必太过操心，自有人替他考虑，时到花便开，除非碰到什么异常。

却不料异常说来就来，世间事总是那般变幻莫测。

4

这年三月底，迟可东到省城参加会议，时北京刚开完两会，省里召开大会传达中央两会精神并部署相关工作，县委书记、县长悉数到会。这种大会许琪自然也要出席，他坐在主席台上，位子紧挨着省长。会场休息期间，迟可东看到舅舅在休息区跟人聊天，身边一如既往围着许多人。迟可东没有凑上前打招呼，因为在会场一类公开场所表现彼此的特殊关联实无必要。

大会只开一个上午，午饭前结束，午饭后可以走人。迟可东不准备在会议宾馆用餐，打算一结束就回家跟家人一起吃饭，饭后再回县里。迟可东家在省城，其妻儿与迟父迟母住在一起。迟可东在县委书记任上干了两年多，已经做了若干事情，自我感觉不错，手头还有许多事情想做，眼前全面开花，每日忙于事务，回家看望父母妻女都只能匆匆忙忙。

省委书记宣布会议结束，迟可东刚要起身，坐在前排的本市市委书记周宏忽然转过头，朝迟可东比了个手势，示意他等一下。

"书记有事？"迟可东问。

周宏点点头。

迟可东只得又坐下来。身边的人走光了，周宏才又举手招呼，让迟可东跟他一起离开。两人一起走到会场门口时，周宏才开口说话。

"我刚刚得到通知。"他告诉迟可东，"有件事要你一起去处理一下。"

"什么事？"

周宏停下脚步，指了指会场大门外侧边一扇房门："就这里吧。"

他示意迟可东推门进去。那是会场休息室的房门，此刻门扇紧闭。迟可东感觉很意外，不知道周宏有什么特殊事情不能在外头说，必须得进休息间去。他瞧了周宏一眼。周宏脸上没有表情，只轻轻点了点头，意思很含糊，嘴上一句话都没多说。

迟可东的手机恰在这时响铃。迟可东掏手机看一眼屏幕。

"县里电话，秦健。"迟可东向周宏报告，"我先接一下？"

周宏没吭声，默许。

迟可东接了电话。秦健这个电话没有特殊内容，只是核实迟可东的日程。省里会议结束后，迟书记是否如原计划于当天下午返回县城？

"是的。"迟可东说，"没有变化。"

"今晚常委会的议程还得问问书记。"

迟可东问："图纸怎么样？"

"已经初拟好了。"秦健回答。

"把它传给我。"

"明白。"

秦健挂了电话。

秦健行事细致，眼下他是县委办主任，直接负责迟可东的工作安排，尤其需要细致。秦健是在迟可东任县委书记后获提拔的，其上升不太容易。

通常情况下，县委办主任都是县委常委兼，属于县领导层次，时下县领导多从基层主官也就是乡镇书记中提拔，机关科局长上的较少，县委办副主任如果不下去基层干上一两届，很难就地转正。迟可东却不拘一格用秦健，他先把秦健那个"副主任"的"副"字去掉，让他当主任，不兼常委，这个权限在县里。一段时间后迟可东再以秦健已经到位，比较胜任县委办主任岗位，应让他进入常委班子以利工作开展为理由，多方运作，终于得到市委认可。秦健被补为县委常委后，工作越发细致。

迟可东与秦健通话也就不到一分钟时间，期间周宏一直站在他身边等着。迟可东三言两语匆匆接完电话，收起手机看了周宏一眼。领导嘴上还是没有吭声，只是再次指了指休息间门，示意迟可东进去。

迟可东的感觉更其异样。看来要在这里边谈的事情不一般，让贵为市委书记的周宏如此谨慎，非得这样盯着，让他先进去才可以。

迟可东推开门走进休息间，周宏却没有跟进来。

已经有三个人坐在休息间的沙发上。迟可东一看这三个人就明白这里怎么回事：他们是在等他的。三个人中有一个迟可东认识，是省纪委一位管办案的室主任。

此刻没有认识不认识之谓，只有照章行事。

"是迟可东同志吗？"其中一人问。

"我是。"

他们向他宣布了一项相关决定。

从那时起，迟可东与外界便失去联系，当天中午没有回家吃饭，当天下午没有赶回县城。从当天下午起，秦健就不停地给迟可东打电话，他给迟可东的邮箱传了张"图纸"，也就是当晚县里一个会议的议程表，想问问迟可东是否认可，迟可东手机开着，却始终不接电话。秦健联系了迟可东的司机，联系了迟可东的家人，而后才从当天去省里开会的其他人那里得知迟可东会后被市委书记周宏留在会场。秦健即直接给周宏的秘书打电话，请求帮助了解迟可东具体情况，以便确定晚上县委常委会事宜。几分钟后周宏的秘书回了电话："周书记交代，你们那个会先停了吧。"

秦健大惊："迟书记是什么情况？"

周的秘书回答："现在还不清楚。"

两天后情况清楚了：省里负责部门正式通知本市，迟可东因涉及相关案件，正在接受组织调查。市里领导就此紧急碰头研究，决定在迟可东缺位之际，本县日常工作暂由县长主持，其他组织措施待情况进一步明朗后再定。

半个月后情况得以明朗。迟可东的舅舅，本省一大重要官员许琪从人们的视野里消失了，一个消息迅速传遍全省：许琪出事了。

在很多人的感觉里，这一消息也属"瓜熟蒂落"。

许琪出事前数月，省内已经风声频传，说有一个专案组在省城悄悄开展工作，该组从北京派来，阵容强大，手中握有几封线索清楚的举报信，还有高层重要领导极具分量的批示。这些办案人员的目标显然锁定为省级官员，他会是谁？很快的就有新的线索提供人们猜想：本省北部一个设区市的市委秘书长被宣布涉案，在岗位上突然消失。许琪曾在那个市当过多年书记，该涉案秘书长是他当年的一个秘书。人们的猜测就此开始集中到许琪身上，而后许琪的现任秘书和司机相继"进去"，然后又有一批相关人物接受调查，这些人物都与许琪关联密切，包括他的外甥迟可东。于是"许家帮"悄然成了一个流行词，全省干部群众面前已经没有太多悬念，接下来只剩下许琪在什么时候以何种方式从他端坐多年的主席台上消失的消息了。

这个消息终于如期从天上落下，有如深秋里的一片黄叶。

许琪出事的消息被证实后不久，有一组办案人员进驻本县，围绕迟可东的相关问题，深入开展调查取证。他们的调查范围集中在县城的土地使用和房地产开发方面，同时也了解迟可东任职期间的其他问题，包括利用职权贪污受贿以及买官卖官等事项。迟可东涉案的主要情况至此渐渐清晰：本县县城近年最大的一个开发项目是旧城改造，该改造中的最大一个项目是新城商业区，这个项目由省城一家开发公司竞得，该公司的老板叫黄志华。黄志华是省城人，早年去香港经商，后移民加拿大，回到本省投资，重点在房地产开发，其旗下企业近年来在省城及全省各市攻城略地，拿到许多重要地块，获取巨额开发利益。黄志华之所以能够强势扩张，因为背靠权力，其靠山就是常务副省长许琪，许琪多次为黄给下边一些掌握重权的官员打招呼，利用自己的权力和影响助其牟取利益。本县新城商业区的开发项目是黄志华众多涉案项目之一，迟可东涉嫌在该项目竞标中利用职权违规干预，对黄志华实施利益输送。黄志华与迟可东的关系此前无人知晓，此刻才真相大白，原来黄志华是许琪的女婿，迟可东的表姐夫。

黄志华及其企业近年屡遭匿名举报，涉嫌利用权势进行不公平竞争，违规牟利。只因为许琪位高权重，以往没人去查，不料举报最终惊动北京高层，成了案件的一个突破口，导致许琪及其身边关联人物被彻底清算。黄志华本人身份特殊，动作很快，许琪案发之前即从省城消失，出境躲风头。这或许是许琪安排的对抗调查一着。黄的逃遁给查案带来困难，却不可能阻挡调查的深入。

办案人员在本县调查取证期间，有一个特殊人物主动前往办案人员驻地，请求汇报情况，这人却是秦健。秦健是迟可东一手提拔重用的干部，平日里跟随最紧，本县上下人所共知，办案人员前来调查迟可东，秦健绝对跑不掉，肯定会给叫去调查调查，这在人们意料之中。秦健不待人家通知，自己主动找去汇报，倒是让很多人大出意料。

他报告说："当时我感觉迟可东与黄志华关系比较特殊，虽然他俩都没提起。"

秦健在新城商业开发项目中客串过一个角色：黄志华前来参加项目竞标时，直接找了迟可东，迟可东以接待外商为名，请黄吃了一顿饭，秦健作陪。席间迟可东提到自己在首钢工作期间，黄志华曾经跑到厂里看他，迟可东请他在附近一个饭馆吃了碗面条，吃面时黄志华开玩笑，说这面条硬得像钢板，面汤里有股铁水味。迟可东即要来一瓶醋，说咱们把酰酸倒进去，看面条还硬不。两人回忆那碗面条，说得哈哈笑。秦健在一旁听了即有感觉，知道该二位早有关系，很不一般，非同小可。只是他们不做深入介绍，自己不便细问。而后迟把黄这件事交代给秦，让秦健把黄志华介绍给本县负责旧城改造的副县长。

"我按照他的要求做了。"秦健报告。

"迟可东交代给予特别关照吗？"

秦健说："他有没有另外交代我不知道，当着我的面什么都没说。"

"真是这样吗？"

秦健称情况确实如此，这一点他不敢乱讲，得实事求是。迟可东这个人行事缜密，平时话不多，点到为止，不需要秦健知道的事情，迟可东不会多说一句。

秦健除了主动报告，还主动上交了他本人的几本工作笔记，这几本笔记比较特别，他自己注明是"书记要本"，里边记录的全是迟可东的相关事项，包括迟的活动日程、工作安排、讲话要点、批示情况等等，以时间为序，一条一条排列清楚，事无巨细均有体现。秦健的这几本笔记为办案提供了方便与线索，办案人员从中理出了迟可东与黄志华相关接触的记录，查出了新城开发项目招标期间，迟可东与黄志华在本县共有三次会面，三次会面与项目招标的各个关键节点均能对应，从一个侧面表明迟可东与黄志华的特殊关系，以及同此事的直接关联。

三个月后迟可东被免职，新任县委书记来自市直机关，原任市政府办主任。时许琪一案还在滚雪球般发展，远未到结案处理阶段，迟可东所任县委书记一职责任重大，不可能一直虚位以待，时候到了该免得免，该换得换。事情至此，迟可东及其靠山许琪的下场已经不需要人们猜想，对他们而言一切已成过去。

这时出了件事情：省委书记到本市调研，由市委主要领导周宏陪同来到本县。这位省委书记到任不久，是位强势领导，许琪一案就是他到任后破题的。按照安排，首长一行将于结束本县日程后到邻县继续调研，位居本县西北山区的河源乡恰在途中，被安排为一个调研点，因该乡近年脱贫工作成绩比较突出。省委书记的调研安排很紧凑，在河源停留时间不长，计划于下午三点到达，下村看两个点，分别用二十分钟，而后到乡政府开个小座谈会，了解基层相关情况，座谈会仅安排一小时，会后动身离开，到邻县县城用晚餐。首长一行当天下午的调研活动基本顺利，按计划进行，只在座谈会这个项目中出了点岔子。

这种座谈会有常规套路，通常都由基层主官汇报情况，而后县委书记补充介绍，然后请首长做重要指示。问题出在最后这个环节：首长讲话之前，按照通常方式问了句："还有哪位补充点什么？"通常情况下此刻与会者需保持沉默，表示没有补充了。这以后首长才好正式开讲。不巧那一天首长心情很好，表情很放松，有意要开开玩笑，他问"哪位需要补充"时多加了一句话，命在座的市、县级官员一律不要开口，让乡里同志来补充。

"乡里同志们"按规矩都沉默不语，并无补充。首长笑笑，再次询问："都不会说话了吗？"

座中忽然有一个人举手："我说。"

这人却是李金明。该同志没有挪窝，还在这里大种蘑菇，当他的科技副乡长。该职位于他属意外获取，与某次"现场直播"相关。

首长的记性很好，他对李金明有印象，不因为该李模样多出众，只因为刚见过。河源乡脱贫各措施中，发展食用菌是一大举措，首长此行调研项目包括有参观一个蘑菇房。参观时首长颇有兴致，在蘑菇房问了一个技术性问题，李金明被从一旁守候人群中叫出来回答，当时即介绍过，李是本乡的科技副乡长，食用菌专家。

"不错嘛，还是有一个不怕生的。"首长认出李金明，即开了个玩笑，"你补充什么？蘑菇还没种完？"

李金明从种蘑菇讲到另一件事去。他说，本乡近年蘑菇发展快有多个因素，其中很重要的一条是交通条件改善了，产品收购运输更为快捷。今天上级领导一行能够到河源调研，也是因为交通条件好了，从河源到邻县的公路通了。说到公路就不能不提到一个人，这个人当了两年书记，比前头其他人十年干的事还多，他修桥铺路搞建设，从上边拿到的钱也比以往十年加起来还多。这个人就是本县的前任书记迟可东。

这个话题在这个场合怎么能说，李金明居然冲起来就讲。在座的市委书记周宏急了，抬手拍下桌子提醒："这个问题不说！"李金明居然不当回事，拒不住嘴。

"迟书记很难得。"他抢了一句，"干的事情多，人还特别廉政，没听说他拿过谁钱。这样对待他太冤枉了！"

周宏喝止："行了。"

李金明终于住嘴。

首长不动声色："谁还有补充的？"

场上鸦雀无声。

"没有补充就算了。走人。"他说。

首长本该有个重要指示，对县里乡里的工作做一点重要肯定，而后发表一些重要意见。现在没有了，让李金明节外生枝一搅，不想说了。座谈会匆匆结束。

一个月后，李金明被免职，不再担任科技副乡长，工作关系转回河源农技站。李金明在省委书记召开的座谈会上胡言乱语，为正在接受组织调查的涉案官员鸣冤叫屈，表现出严重的素质缺陷，缺乏起码的政治头脑和政治敏感，确属政治上极不成熟，实不适合当一个副乡长。

这个处理不出人们意料。李金明之行为实在不靠谱，有谁听说首长调研中发生过这种事？哪一个官员敢在那种场合这般放肆？如此独一无二，活该李金明丢帽子回去种蘑菇。但是这件事本身还是让人们感觉意外，不知李金明这番出格之举的动机究竟是什么？有人了解李金明当天中午是否又在哪个菇农家里喝饱了红壳酒？以至在会上酒胆十足醉话连篇？该猜想很快被若干见证人否决：李金明那天中午在乡食堂吃饭，而后到首长拟参观的蘑菇房外做迎接准备，整个等待期间，除了矿泉水，他没喝过别的。一直到首长开玩笑询问"都不会说话了？"之前，李金明始终端坐其位，面前摆着一本笔记本，手里拿着一支水笔，两个眼珠在眼镜片后边一动不动，嘴里不吭不声，做认真参加座谈状，表现得很成熟，符合副乡长任职标准。只是转眼间他把手中的笔一放，忽然变了个样子。

李金明为迟可东喊冤，是因为两人关系至深，非如此不可吗？显然不是。人们都知道李金明是在一次"现场直播"事件中被迟可东注意到的，而后也因此得到迟可东一句名言："把酞酸倒进去"，从而当上一个小官。除了这一件旧事，迟可东并没有更多关照李金明，两人间几乎不存在私人关系。李金明初任副乡长时，曾经通过秦健求见迟可东，迟可东不予接见，只说日后找机会再谈，事情就此了结。那时迟可东还是副书记，已经百忙得无暇召见，到了当上书记，更没时间做此安排，始终没有通知李金明"再谈"，李金明本人也没再主动求见，由此可见关系确属一般。当然两人之间也不是没有打过任何交道干净得如同纯净水，毕竟李金明不再是旧日那位泡在蘑菇房的食用菌技术人员，作为一个乡级小官，与本县最高领导免不了也会偶尔接触。根据相关记录，他们确实曾在若干公开场合不期而遇，随意交谈过几句。

一次是迟可东率队督查公路建设时路过河源乡，抽空与乡班子成员见面，跟大家一一握手。轮到李金明时，迟可东笑笑，问了句："还到处请喝酒吗？"李金明承认："有时还喝点。"迟可东即交代："蘑菇多种，酰酸少喝。"李金明说："明白。"

后来又有一次，县里召开一个农业表彰会，李金明代表河源参会，上台领了一枚奖牌，给他发牌的领导恰是迟可东。迟可东在授牌时随口问："听说最近老跟人吵吵嚷嚷？"李金明回答："书记，下边想做点事不容易。"迟可东说："吵吵嚷嚷管什么用？大小是个官，得讲究点方法。"李金明还说："明白。"

另有一次记录发生于李金明未在场状态：河源乡书记找迟可东汇报工作，谈到食用菌发展时，迟可东忽然问起李金明，问的却是工作之外的情况："他老婆怎么样？"

乡书记有点茫然，不知道迟可东为什么问起这个。迟可东不做任何解释，只问李金明家庭关系近期是否正常？乡书记称似乎并无异常。迟可东又问李妻看上去什么样？是否个高人丑？乡书记发窘，因为李妻他虽见过，却没太在意，不知其丑如何描述。迟可东就此打住，转口了解其他情况。

从为数不多的现存记录看，迟可东对李金明的相关情况还是关心留意的，他了解李金明都做了些什么，发生些什么问题，有的问题还给予适时提醒。应当说迟的提醒相对温和，显然他对李金明基本满意。那几年李金明本人确实也颇努力，河源乡蘑菇种得不错，有他一份功劳，至于喝酒使气跟人吵闹等等问题，多为个性使然，李金明那样的人不出点类似事情才怪，还好他已经比较收敛，知道得改变自己。以他的情况，当个小官实不容易，需要更加珍惜，他也需要做个样子给人看看，对迟可东才能交代得过去。河源乡班子内部环境不错，书记为人好，同事们都知道李金明是迟可东点的将，对他比较宽容，因此李金明身边的嗑嗑碰碰都没发展得不可收拾，不须迟可东严肃批评，只需略加提醒。

除了上述区区几回来往，该两位间没有更多情况，乏善可陈。相比其他人，李金明算什么呢？迟可东在县委书记任上提拔重用的人多了去，哪个不比李金明用得要重？到了迟可东忽然"进去"的时候，有谁出来放个屁？没像秦健那样主动切割已经很不错了。因此李金明可以暗中对迟可东心怀好感，实无须极不恰当地在重要场合公开表露，为已经倒台的迟可东喊叫，干这种事还真是轮不上他。李金明不掂掂自己的分量，因此搭上来之不易的一项帽子，说来咎由自取。

当时没有谁料想到事情还会有戏剧性变化：几个月后迟可东忽然得到解脱，从他"进去"的那个地方"出来"，回到了省城家中。

这个世界确实诸事无不可能。

5

迟可东被调查的事项中，主要的一条就是利用职权，在本县新城商业区开发项目中为黄志华输送巨额利益。迟可东与黄志华属姻亲关系，两人以开发项目为幌子，联手为家族牟取利益，性质严重。调查人员根据掌握的线索，细致查核了该项目开发的方方面面情况，却没有掌握黄志华在项目中违规操作的可靠证据。迟可东极力为自己辩白，称黄志华参与竞标过程中，他本人从未以任何方式进行过干预，没帮过黄志华什么忙。相反，当时他还曾劝告黄志华不要到本县搞项目，免得外界议论。黄志华担保不会把两人的特殊关系拿出来用，一切都按规矩操作。黄在其他地方用岳父许琪的关系拿地搞开发赚大钱，本县新城这个项目不需要找别人，靠迟可东这个自己人就行，他却没打算用，也不准备拿这个项目赚钱，反而要不惜本钱，做得漂亮一点，算是给迟可东送一份厚礼。迟还要往上走，这时候需要一点政绩，彼此自己人，应当助一臂之力。黄也打算通过这个项目试试水，打出一个品牌，有利于日后在周边一带谋求更大空间，到时候再把钱赚回来。话说到这个程度，迟可东再表示反对实有碍情面，对黄志华说不过去，对舅舅许琪也说不过去，因此他点了头。

迟可东交代的情况是否属实？黄志华这个唯利是图，利用岳父权力到处插手项目，贪婪获取财富的不法商人是否真的在本县新城商业区做了一回慈善，罕见地学了一次雷锋？因为黄志华逃离，未曾到案，一时难以查实。只是根据现有掌握的情况，迟可东在该项目上违规干预的指控暂不能认定。

迟可东任县委书记手握大权，任职时间不长，建设却上了不少，项目遍地开花，除与黄志华外，还与其他几位项目开发商有交集，其间是否利用职权索贿受贿，也是调查中的一个重点。秦健提供的"书记要本"中详细记录了迟可东接触的所有相关人员，为调查提供了便利。调查人员在初查中掌握了若干线索，但是深入调查后却一一落空，有的明确排除，有的则因为证据不足不能认定。迟可东始终咬定没有拿过任何不义之财，言之凿凿。他声称自己在廉政方面无懈可击，至少在目前，因为他见得多了，刚刚上路，有心走远一点，不会栽在头几步上。他对钱财没有欲望，那不是他从政的初衷和选项。

调查人员拿许琪反问他，其舅舅已经查实是个巨贪，难道外甥还是个巨廉？

迟可东问："为什么不行？"

他称许琪也不是一开始就贪，小时候他在舅舅家时，亲眼见过不少送钱送礼的人被舅舅骂出门去。当时舅舅告诉他，当官不能贪，拿了钱就被钱套住，他至今记忆犹新。舅舅应当是大权在握久了，逐渐走到高位之后松懈下来，渐渐才给套住。如果换成他，干到舅舅那种程度，走到舅舅那个位子上，或许他也会松懈，也会是同样下场，目前离那个还远着呢，他很清醒，很自信。

在掌握可靠证据之前，迟可东索贿受贿问题暂不能认定。

迟可东还有一个重点问题被深入调查，那就是其提拔重用的过程。迟可东从首钢调回本省后，在不长的时间里一步步上升，直到当上县委书记，其舅舅许琪在此过程中起了什么作用？是否存在违规任用情节？调查人员掌握了许琪在若干关键节点上给几个关键人物打电话，交办迟可东相关事项的具体情况，许琪置身幕后为外甥迟可东做推手，事实无可否认。但是许琪是老手，经验丰富，擅长处理类似问题，他为迟可东出面，方式非常直接，讲话比较含蓄，例如用了解迟可东近期工作表现如何？是否有什么问题需要提醒等方式，表明自己的关注。许琪那种身份的人，通常点到为止就够了，不需要说得太白，下边官员自然心领神会，该办什么自会迅速去办。事后追查，许琪本人并没有提出具体要求与干预，事情尽是下边官员办的。加之无论在哪个节点上，迟可东均已具备任用的基本条件，且任用程序完整，符合相关规定。根据调查的这些情况，认定迟可东属违规任用理由似嫌不足。

由于情况种种，对迟可东的调查告一段落，他得以解脱回家，工作暂时挂起来，等候许琪一案结案后处理。

迟可东是"许家帮"涉案人员中与许琪最亲近的人之一，也是该案中少有的几个全身而退的人之一。他涉险生还，除了所调查的具体问题被排除或暂未认定外，也因为得到省委主要领导过问。据传该领导听了许案的相关汇报，特意问起迟可东，还说了句话："看来外甥未必就像舅舅。"此后不久迟可东即被解脱。

作为"许家帮"众多被查人物中的一员，迟可东身份不算太高，涉案情节不算太起眼，为什么会让省委书记注意到？显然是李金明起了作用。如果不是李金明在河源座谈会上乱种蘑菇，大放厥词，首长未必去注意某案中正在被调查的某一个人。

迟可东有幸从一个大案里脱身，却已经伤痕累累，元气大伤。解脱之后他的表现非常低调。人家让他回家待处理，命他遵守相关要求，不得谈论不该谈论的案情等事项。他回家后闭门谢客，不打电话，不发邮件，足不出户，每日读书，与家人相伴。有不少人听到消息打来电话，想去看看他，他一律拒绝。省城的旧友约他出来悄悄吃顿饭，小示慰问，他无一应允，总是推说自己胃有毛病，还是留在家里吃面条好。

迟可东拒不与外界发生关系，表面上是谨遵相关指令，避免不当谈论事项，其实更多的是个人原因。迟可东为人一向沉稳，以往大权在握坐在主席台上时少见喜形于色，突遭调查时也未惊惶失措，解脱回到家中后还是那么平静安然，让人感觉似乎一切如常。该同志的心情真是如此岁月静好吗？根本没有那种可能。借用他自己曾经的幽默，他所经历的这场波折有如"把酰酸倒进去"，谁能指望不给毁容？迟可东装得面容尚好，似无表情，人们却可以从他的胃部略窥一斑。那些日子里迟可东确实每天在家吃面条，其妻是河南省人，祖传擅为面食，尤其会做手擀面条，该手艺此时大派用场。迟妻是迟可东"大炼钢铁"时的同事，据说当初迟可东吃了人家一碗面条，感觉非常好，这才决定跟她谈恋爱。迟可东解脱"出来"后足不出户，妻子天天给他擀面条，每餐一大碗下去，吃出一点小汗，这就够了，不需要别的，也不能吃别的，因为胃不舒服。迟可东在县里任职期间，除了不喝酒，什么都吃，从未表现出胃部痛苦，此时不一样了。人的胃不只会消化食物，它还能传递情报：胃神经官能症的起因是精神因素，以神经失调为病理，以胃的功能紊乱为主要表现，是一种精神因素导致的疾病。显然迟可东不是胃部痛苦，实是精神痛苦了，疼痛扭成一团堵在他的心口处。

经历这一番波折，迟可东知道自己已经完了。所谓"完了"不是当下就事论事，而是相对于往昔的抱负而言。事情至此，回想早年那些大心思，感觉只是冷幽默。虽然已经从许琪案中解脱，迟可东却自知该案将与他相伴终生，无论是在外部，还是在他自己心里。昨日于他已经不再，今日与昨日已经天渊有别。他曾经自认为可以走得很远很高，结果没上几步，已经就此急转而下，再也不可能继续奋勇前进了。曾经非常明确的那条顺畅上升道路此刻荡然无存，这条路竟然如此虚幻，顷刻间说消失就消失了。而他已经没有更多的选择，"大炼钢铁"再也不属于他了。

人到了这个份上，难免意气消沉。迟可东得竭尽全力保持表面的平静，让自己免于在失落中崩溃。

许琪一案移送司法机关办理之际，迟可东重新安排工作事项被提上日程。迟可东在接受调查不久即遭免职，待到解脱之初，因不能排除案情可能有进一步发展，只能先挂起来，工作安排暂未考虑。许琪一案调查基本结束，没有发现迟可东新的问题，这时就需要给他一个安排。有关方面考虑了若干方案，包括把他调回省直机关，或者交给市里安排，都在选项中，唯有返回原岗位不在考虑范围。迟可东免职后，已经有新任县委书记去接手，迟可东回不去了，即便那个位子还空着，在经过这番起落之后，让他回去也不是最佳选择。

有关方面正在慎重考虑各种方案时，迟可东忽然从其解脱后一直蜗居的家中跑出来，制造出一点动静。迟可东找了省委组织部，找了以往认识的省领导，以及一些能说上话的人，多方表达自己的意愿。以一种从未有过的主动进取姿态，极力活动。其积极状态既是许案解脱出来后所未见，也是他在以往各工作岗位包括县委书记任上所未见。以往未见可以理解，当时背靠大树，有许琪立在那里，不需要他太费劲，尽管从容优哉。在卷入许案并自知"完了"之后，安安静静待在家里吃面条，对一切听之任之似乎才是他应该做的，自己跑出来积极活动倒显得异常。是什么让他一反常态？难道他的胃忽然不再痛苦了，他又心存幻想，以为自己还有戏？他不知道自己只有一个舅舅,在许琪给抓去判刑之际,他其实已经不再是什么"二代"了?

无论是何缘故,他极力活动,其顶峰之作是直接给省委主要领导写了封信,提出了自己的请求,其请求一言以蔽之就是让他归位,回本县去。在给省委书记的这封信里,迟可东对自己接受调查表示理解与拥护,称对他的调查实事求是,及时解脱他体现了对干部的关心,他非常感激。在解脱之后,他盼望能早日恢复工作。他称自己当年到任后即规划做几件大事,希望任内能够较大改变该县面貌,为此开展了很多前期工作,下了不少功夫,在班子同志的共同努力下,初步取得进展,有一点成效,自己曾为之沾沾自喜。离任这么一段时间,心情冷却凝固下来,深入进行反思,就感觉到其实有很多不足,很多事情可以做得更好更扎实,因此盼望能返回该县,继续努力,做好未竟事宜,弥补不足之处,以遂初衷。现在该县已经有县委书记了,他愿意还从副职做起,在新书记领导下工作。

这封信被批转给组织部门研究,省主要领导有一段批示,大意是一个干部有问题要查,没问题就用。迟可东任职中的表现究竟如何,可以认真了解一下,再考虑一个合理有利的安排意见。该批示初看没有明显倾向,内里似乎暗含看法,显然还有感于所谓"迟书记两年比前头其他人十年干的事还多"之说,李金明的异类蘑菇让该首长至此还没有消化完。省相关部门根据省委书记的指示,悄悄派员到县里了解迟可东工作情况,而后征求市委书记周宏的意见,经反复权衡,形成使用建议。该建议很快进入程序,终经研究确定,迟可东获准返回,重新担任县委书记,此前接任的那位则交流到省政府办公厅任职。

迟可东官复原职,这种情况时下不多见,有如他在调查中全身而退。

此时距迟可东突然离职已经有一年多时间了。

迟可东回到市里报到,市委书记周宏跟他谈话时表示,拟亲自带他到县里宣布任职,不巧这两天省长带人在本市调研,周宏脱不开身,要迟可东在市里稍息几日,等省长一行走了再安排带他下去。县主要领导初任,通常由一位市领导带下去即可,不必劳驾市委书记,周宏却打算亲自行动,以示重视。周宏一向颇看中迟可东,一年多前他把迟可东亲自押送会场休息室接受调查,那是奉命行事,不能不为。后来到了迟可东重新安排的时候,有关方面给他看了省委书记的批示,征求他的意见,他力主重新启用迟可东,起了重大作用。此刻周宏亲自带迟可东回县,更是一种支持姿态。迟可东对他表示感谢,同时提出建议,称自己不是新任,只是返回原岗位,不妨低调一些。他自己回去,请市委组织部派个副部长一起去,到县班子会上宣读一下任职文件就可。等周宏有空,再另行下去指导工作。周宏听了点头,说了句:"这样也好。"

迟可东就这样重返岗位。

那一天县各套班子的头头们早早汇集到小会场,迟可东到达时,大家围拢门边,按照任职排名顺序有前有后站立,一起"热烈欢迎"。迟可东跟大家一一握手,轮到秦健时,迟可东笑笑,把手别开,伸到另一个人面前。

秦健身子发软,几乎走不回他的座位。

6

迟可东让人打电话到河源,通知李金明到县城见他。

那时候迟可东回到县里刚满一周,手头事情千头万绪。相比起来,召见李金明应当是小而又小的事情,在从前那位迟书记大事众多的"百忙"日程里肯定还排不上。现在这位迟书记不一样了,返任伊始,他即决定迅速安排,尽快召见。

迟可东为自己的复出给省委书记写信时称,希望能返县做好"未竟事宜",满纸写的都是发展大事。待到他一脚踩回来,人们才意识到他的"未竟事宜"里或许不可或缺的还有这个人:李金明。或许秦健也算一个。说不定不仅是他写在信中的那些大事,更是这两个人促使他宁愿降职,也要回到这里?

李金明在接到通知的第二天来到县城,当晚两人在迟可东的办公室见了面。这实上是他们的第一次正式交谈,从那次"现场直播"相逢时算起。

"知道我回来了吗?"迟可东问李金明。

"知道,当然知道。"李金明说。

"我等了你一星期。"迟可东再问,"为什么不来找我?"

"我那边蘑菇房出了些事情,不敢走开。"李金明解释。

"你应该说是怕领导这边此刻太忙。"迟可东笑。

李金明也笑："那是，我也那么想。"

两人哈哈，交谈气氛有了。

迟可东告诉李金明，当晚就是闲聊，很长时间了，早就想找李金明聊聊。李金明表示明白，还说："占用领导时间了。"

"你学得很会说话。"迟可东笑笑："情况都好吧？"

李金明说："挺好。"

迟可东不急着了解该同志情况有多好，转问其他事情，一如他所称的，只是"闲聊"。迟可东问起李金明名字里那个"金"是怎么来的？辈分排到的？算命得来的？或者代表什么意思？李金明告诉他并无特别的来历，李是邻县山区人，父亲是个种地的，没多少文化。李出生时，父亲请村小学校一个老师给孩子取名，该老师给了这个名字。或许因为他家家境比较贫困，缺钱，用一个"金"字表达发家致富美好期望。

"现在家境怎么样？"迟可东问。

"还一般。"

"没有完成任务嘛，你还得加倍努力。"迟可东笑。

他告诉李金明，他本人是学工的，他的本行也有个"金"字，叫作"冶金"，这里的"金"即"金属"，"黑色金属"，铁就归为黑色金属。到本县任职后，他曾在一次会上开玩笑，讲了含铁的石头叫作铁矿石，检测含铁量的办法就是"把酰酸倒进去"。虽是调侃，也含几分道理。炼铁炼钢需要先有铁矿石，对人的认识有如从石头里找铁。

"迟书记这些话我听说过。"李金明说。

迟可东说，外界所传的那些情况，包括秦健给李金明说的未必都准确。当年那一次常委会研究河源乡班子配备调整，迟可东在会上提起李金明，其实是有自己的考虑，与李金明本人的关系并不大。当时迟可东已经到任一段时间，心里也知道不久将接任书记，他考虑应当开始点火，给烧杯里的试样加热，也就是开始要发表一些意见，表现出自己的风格，观察身边其他人的反应，分析辨别他们的特点，以便日后掌握安排。那天碰巧研究到河源乡班子问题，他感觉组织部挑选的人不合适，这时忽然想起李金明，也没多做考虑，临时决定拿出来说说，看看自己提出的意见能在多大程度上被接受。他在会上还拿罗斯福丘吉尔和希特勒的事举例，那个事例是他从一份资料里看到的，虽然有点意思，提供的前提未必全面。事实上当初李金明给他的印象不怎么样，他也不认为李金明一定适合那个位子，只想以李金明为例，表明可以眼界开阔一点，不拘一格一些。不想却歪打正着。

"现在你清楚了吧？"迟可东问。

李金明回答："清楚了。"

"跟我说说你是为什么。"

迟可东问的是李金明在河源座谈会上的出格举动。该举动让很多人出乎意料，迟可东本人是在解脱之后才得知的，他尤其感觉出乎意料。

李金明说："那一天我说的都是实话。"

"实话就可以随便说吗？"

李金明承认，他也知道那种场合说那些话挺犯忌，肯定对他没好处，但是不抓住机会说一说，感觉对不起迟可东。无论如何，没有迟可东倒酰酸，他哪有可能当什么科技副乡长。副乡长只能算个小官，但对他这样背景的人已经太大了，可望而不可即，能够得到真是太意外太不容易了。

"既然得来不易，你应该对它更珍惜才对。"迟可东说。

李金明称自己也有苦衷，刚当上副乡长那时感觉比较好，因为忽然成了领导，不再受以往常受的鸟气，不需要让一些狗屁不通的家伙收拾欺负，轮到自己来发号施令，确实大不一样。干了一段时间以后才感觉这个帽子其实不好戴。任何场合说话都得留意，见到比自己大的官得像个孙子，面对比自己小的干部得端个样子，碰上跟自己一样大的得讲究排名先后。李金明这种性格的人，原本喜欢自由自在，想怎么就怎么，惹着了就闹，管他什么领导不领导，最多拿个处分，到下边种蘑菇去。当副乡长以后不行了，时刻得注意影响，特别是心里有了一个结，总想着不能出毛病，自己搭上不要紧，给迟可东难看就不好了。因而感觉很受限制。蘑菇得种，红壳酒却不敢多喝。意气一上来，自己得先忍住。这种小官做起来也折磨人。迟可东当县委书记坐在主席台上时，大家对李金明还客气，因为都知道他这个帽子是从那边掉下来的。迟可东一出事，李金明身旁就议论纷纷，有说李金明可以归入"许家帮"，也有人说他只怕连许琪的脚后跟都没见过，最多算是"迟家帮"。当时传说迟可东卖官，有人便公开问李金明副乡长要价几万？事前收还是事后收？气得他几乎动拳头。他感到工作不再有多大劲头，因为无端遇上这些鸟事，也因为已经不需要做给迟可东看了。后来他听到传说：县里正在考虑调整乡镇班子，这一次不再像以往那样只能上不能下，要搞能上能下，淘汰几个人，杀鸡儆猴，让下边干部为之振作。有人传消息，称"可下"名单已经有了，人不多，全县加起来只有三五人，李金明很荣幸给列到里边，因为他曾经受过处分，又搞腐败又纪律不好，还有乱搞男女关系问题，本来就不该提拔。迟可东把他搞上去，现在迟可东自己倒了，该把李金明跟着弄下来。据说这个意见基本已定，只剩弄下来后安排在哪里还没确定。李金明听到这些话，非常憋气，感到不公平，这几年辛辛苦苦种蘑菇真是白干了。这时候恰好省委书记下来调研，他忍不住就跳出来喊叫，完全不计后果，表面上是替迟可东叫屈，其实更多的是因为自己心里窝着一团火，借机发散出来。当时他心想还能怎么着？反正已经要给人"下"了，那就不管不顾。

迟可东说："我了解过这个事，你听到的传说并不完全准确。"

李金明点头。事后他也听说了，当初确实有领导提出应该让他"下"，但是就此做出决定却是在他捅了大娄子之后。

"你那份辞职报告是自己写的吗？"迟可东了解。

迟可东问的是李金明免职过程的细节。李金明在不恰当的场合发表不恰当的议论，表现很出格，不能不予处置，处置方式却也需要慎重考虑。如果仅因为说那些话免他的职，显然有违"言者无罪，闻者足戒"精神，闹出去有不利影响，对上级领导不好交代。如果以李金明工作中的不足为由处理他，人们也会认为是因言获罚。事涉敏感，得特别注意方法。这个难题最终由李金明自己破解：他写了一份辞职报告，以自己不胜任工作为由，请辞科技副乡长一职。

"这份报告确实是我自己写的。"李金明承认。

写这份报告有些具体情况。李金明闹出那件事之后不久，县里通知他到组织部谈话，那边一位领导告诉他，因为工作需要，准备把他从河源乡调出来，安排到天马山林场工作，保留副科级待遇。李金明当场申诉，不愿离开河源，以家庭困难为理由。李金明说，他已经把家安在河源，河源在县西北，天马山林场在县东北，两地间隔着大山，来去得绕行县城，交通很不方便，他很难接受。领导劝告他，说所考虑的安排已经很不容易，对李金明算是仁至义尽了，李金明必须服从，他已经不可能再待在河源当副乡长了。李金明当即表示，他宁愿不当那个官也不想离开。该领导说，如果这是李金明的真实想法，如果困难确实大得不能接受新安排，李金明可以据实写一份辞职报告，他们可以根据情况再做研究。李金明没再多说，在那里当场写下辞职报告。

"跟我可有一比。"迟可东笑笑，"说说河源为什么难以割舍。"

迟可东本人东山再起时，坚持要回到本县，继续"未竟事宜"。李金明坚持留在河源，同样也有些"未竟事宜"，该事宜比较现实，是因为他把家安在河源。河源位居本县偏远山区，是贫困乡，调到河源工作的外地干部多不安心，干几年就想走，李金明却是一个例外。李金明老家在邻县，大学毕业分配到本县工作。李金明的老婆是他同乡人，中学同学，高中毕业后没考上大学，进城打过工，与李金明结婚后就跟着他到处走。李金明在县农技站时，一家人在县城近郊租房住，李妻在县城打零工。李金明到河源，一家人也搬到河源。李金明当上副乡长后，河源农技站帮他忙，安排其妻进站当临时工，把李金明原先的那摊事委托给她，让她去管种蘑菇发展食用菌。李妻虽然没读过大学，号称个高人丑，却还聪明，这么些年紧跟李金明，也学了若干技术，加上身边有个李大师傅，事情居然也能对付下来。李金明一家人在河源比在县城过得好，他担心一旦离开，一切都得推倒重来，因此宁愿不当副乡长，也不希望离开。

"你妻子支持吗？"迟可东问。

李妻很高兴。她怕丈夫真给调去天马山林场，把家搬到那么远的地方不容易，不跟着丈夫走可不成。如果李金明有副乡长做，还能待在她身边，那最好。要离开不如不要。她最怕丈夫跑到她看不到的地方，天底下到处都有女人。

"你还让她那么担心？"迟可东问。

"她就那样，没办法。"李金明说。

"都是捕风捉影？"

李金明承认并不都是捕风捉影，早先确实有些情况，他跟别的女子好过，他老婆其实都知道，所以跟他大闹，挨过他拳头。

"你怎么会那么干？嫌人家丑？"迟可东问。

李金明强调其妻并不丑，只是醋劲大。农技站站长整他"村村丈母娘"时，动员他老婆揭发，他老婆死活不讲，一直护着丈夫。事后他觉得自己对不起老婆，从此改弦易辙。当副乡长后，自然更有些女子对他示好，有菇农家的小妹，也有女干部什么的，他从未动过心。

"说说你们现在的情况。"迟可东道。

李金明还是那句话："挺好。"他被免职后回到乡农技站，重拾本行，夫妻俩搭档，丈夫当食用菌技术员，老婆当助理，一起在村头村尾蘑菇房跑，不用费脑筋去管那些难管的事情，无须去看谁的脸色，不必在乎哪个说他什么"许家帮""迟家帮"，收入不多却也稳定，还经常有菇农的炒米粉和红壳酒享用，感觉比较惬意。他认为自己辞掉副乡长辞对了，并不为此感觉后悔。今年他们的儿子上了小学，夫妻俩合计需要多存点钱，日后弄个房子，安居乐业，为此时常商量谋划，打算自行创业。他是学食用菌的，掌握技术，以往可以在农技站当技术员，指导菇农种菇，日后为什么不能自己干？农技站技术员拿的是死工资，自己创业种蘑菇，一旦发展起来，收入要高得多，比当技术员强，也比当副乡长强。他和妻子已经在四处打听，准备盘下几个旧蘑菇房，或者先租下来，以此开始，逐步发展。一旦打下基础，他就准备辞掉农技站的工作，全心全意开拓自己的事业，发家致富，实现嵌在其名字中的那个理想。

迟可东点头："很好，我赞成。"

他问李金明是否需要什么帮助，例如资金方面？如果需要一笔贷款，他可以叫相关部门支持。李金明表示目前还不需要，他自己先想办法，日后一旦碰到困难，实在解决不了，他再来求助。

迟可东表态："你随时可以找我。"

"我算什么呢，不能多打扰。"

迟可东笑笑："我也随时可能找你。"

李金明提起旧事，说当年自己突然被提名为科技副乡长人选，他非常意外，不敢相信是真的。后来才从秦健电话里知道一些内情。当时他从秦健那里要了迟可东办公室的号码，有一个晚间曾十几次拿起电话机，想直接给迟可东打电话，说几句感谢的话，也表示道歉，因为在河源乡那一回，他吐酒，第二天早晨见面还很没礼貌，实在没想到迟可东大人有大量，不计小人过，居然记着他并且为他说话。他感觉自己从未被人这么看重关心过，不做点表示实在说不过去。但是最终这个电话没挂出去，因为不知道该怎么说，心里把握不定，特别紧张，发怵。他没有接触过县委书记这么大的领导，迟可东跟他见过听过的那些官似乎都不一样，让他不敢面对。直到秦健转告了迟可东让他要有自知之明的交代，他才松了口气。那以后下定决心，一定要千方百计认真做好事情，别让人家笑话，让迟可东没面子。

"你这个人是不是从小特别拽？"迟可东问。

李金明承认自己打小不是善茬，可能出自遗传。李姓在他们村是小姓，李金明的父亲在村里却能说上话，因为人很硬气。早年间他们村与邻村土地纠纷，发生过一次械斗，李金明的父亲拿一根扁担冲在前头，跟对方三把砍刀对打，没有丝毫畏惧，至今还被村里人作为谈资。李金明是家中长子，下有一弟一妹，父亲总跟他说当大哥要有大哥的样子，所谓"大哥样子"就是会照料弟妹和家人，不能让外人欺负了，得让自己和家人"不输人"。李金明小时候特别爱跟人打架，为自己和家人的事情，敢跟比自己大得多的孩子头相争，常被打得鼻青脸肿，从不悔改。上学以后则在学习上"不输人"，这才从农村走出来，成了村里为数不多的大学生。

"农家小子这才戴上了眼镜。"迟可东打趣。

李金明说明，他在初中时就近视了，原因是家里老屋光线本来就不好，加上家境差电灯也暗，晚间读书用功，眼睛特别吃力。当时舍不得换个瓦数高一点的电灯泡，久而久之就得去买眼镜了。

迟可东点头笑："你果然有点素质。"

他告诉李金明，他离开岗位有一年多时间，这段时间里发生了很多事情，李金明肯定听到过一些。人碰到事情就会有反应，就像把酼酸倒进去，石头就会分化溶解。他虽没让酼酸溶解掉，但是反应很不好，情况不如李金明。李金明辞了官还可以回去种蘑菇，他想再回去"大炼钢铁"已经不可能了。怎么办呢？难道去跟老婆学擀面条，日后在省城开个饮食店吗？那时他没想到，也根本没打算返回本县，因为一切都成过去，对他而言再没什么意思了。他为什么最终又从家里走出来，历经努力回到本县？因为有些感触，认识提高了。世界上总会有些事物让人产生感触。人身处于现实世界中，现实状况不依人的意志为转移，人无法逃避，只能面对。有时候这种面对相当困难，特别需要勇气和信心，格外需要动力，他对此深有感触。

李金明很坦率："迟书记讲的我不太懂。"

迟可东也很坦率："随口说说。你只管去种蘑菇，不需要懂这个。"

这场"闲聊"聊得很放松，虽然是第一次正式交谈，彼此间身份差别很大，却都放得很开，讲得很坦诚，很真实。迟可东本来话不多，那天却谈了不少，既深入询问李金明个人情况，也谈自己，让李金明觉得很贴近，没有阻隔感。他们谈了三个多小时，到晚间十一点才打住。迟可东第二天上午要开会，有一个材料得连夜准备，不能再多聊了。迟可东让管理科安排李金明到县宾馆休息，要求他们第二天派个车送李金明回河源去种蘑菇，自己则留在办公室继续忙碌。时迟可东刚返岗位，身边千头万绪，这个时间点上把李金明找来"闲聊"，似乎暂无必要，但是迟可东就是于"百忙"中拨冗安排，以发生过的那些事而论，李金明值得他这么做。

一个月后，迟可东到市里开会，会后去了周宏办公室，汇报返县后的工作情况。周宏听完汇报，问了件事。

"你那个搞食用菌的，李什么？现在怎么样了？"周宏了解。

周宏一直记着李金明。李金明在河源座谈会上捅篓子时，周宏当场发话制止。事后县里向他汇报过，他知道李金明写了辞职报告，副乡长已经被免掉了。

迟可东告诉周宏，他正在着手处理李金明这个事。李金明跟他本人以往没有任何私交，在座谈会上说那些话虽是意气用事，却没有个人目的。李金明写辞职报告并不是完全出自自愿，属不得已而为，是受了那件事的影响。

"这个人看来确实有些特点。"周宏说。

"比较真实，有质感。"迟可东说，"这种人已经不多见了。"

"你准备怎么办？"

迟可东表示自己正在考虑。这种人未必只应该去种蘑菇。

周宏对李金明印象很深，李在河源座谈会上说那些话，确实比较出格，很不恰当。当时县里处理他，也是可以理解。现在情况变化，时过境迁，迟可东可以再做考虑，当然还得根据本人的具体情况，注意稳妥。

"我明白。"迟可东说。

周宏对迟可东谈了另一个人。

"秦健给我写了封信，请求调到市直部门工作。"他说。

周宏把秦健的信给迟可东看。这封信言辞恳切，以自己家在市区，本人多年在下边县里工作，家里困难很多为理由，请求书记关心照顾。秦健还找到省里去了。省委办公厅一位熟人专门给周宏挂电话谈秦健这个事，周宏不能不考虑一个办法。

"秦健会这个，不奇怪。"迟可东说。

迟可东讲了一件旧事：当年他刚刚从省里下来，在县里当副书记，到任后下乡调研，秦健随同他下去，当时秦是县委办副主任。调研之前，迟可东让秦健交代下边接待从简，吃饭不要上酒。不料那天到河源，秦健不吭不声，自作主张，让乡里去弄来两瓶茅台。迟可东追问秦健为什么这么干？秦健称那个日子很重要。那天是什么日子呢？其实对别人未必重要，只对迟可东本人有意义：那是迟可东的生日。

周宏一听便笑："很用心啊。"

"当然也是素质。"迟可东评价。

迟可东说，他在被调查期间听到秦健主动提供线索一事，起初心里很不是滋味，回头一想没什么奇怪。眼下情况就是这样，大家求提拔谋上升的念头很强烈，能不能成关键在上级主要领导，工作如何倒在其次。所以该紧靠时要抓住机会紧靠，那才能得到机会，该切割时要赶紧切割，以免伤及自身，丧失机会。秦健不过如此，现实环境就是这样，有这种土壤就有这种人存在。

周宏略有保留："据我了解，秦健基本也还实事求是，不敢无中生有。看起来应当还不是人品，是心态有问题。人虽聪明，心理素质不是太好，当时事态看来挺严重，可能他特别紧张，感到压力特别大，害怕自己给牵连到。却没料想到事情可能会有另一种发展，所谓聪明反被聪明误。"

迟可东说："他现在心态肯定也很紧张，但是我不主张让他如愿。"

迟可东分析，此刻秦健打算一走了之，心里一定是七上八下，很懊丧，很后悔，很紧张，度日如年，说来也是自作自受。这时候让他走人，会让他松一口气，却不利于他深刻接受教训。迟可东刚回到岗位，紧接着就让秦健离开，像是迟可东不容人，外界会有议论，不是最佳选择。

"你意见是让他留着？"周宏问。

"让他多留几天没有坏处，至少可以锻炼心态。"迟可东说。

"继续当办公室主任吗？"

"应当调整，那个位子太直接了。"

"调过来当县纪委书记怎么样？"周宏突然问。

迟可东一怔，脱口道："他不合适。"

"为什么？"

迟可东认为县纪委书记是个特别重要的岗位，放到那个位子上的干部应当比别的人要强，尤其是要正派可靠。以这个标准论，秦健够不上。

"看来你是不能接受？"

"周书记认为他合适吗？"

"这件事需要好好斟酌。"周宏说。

当时市里正准备对各县班子做点微调，为来年的换届提前做准备，调整中除考虑工作，也要考虑干部的一些个人情况。近年干部交流力度较大，班子成员中本地籍的少，外地人多，许多干部人在县里工作，家在市区，时间长了，有必要考虑照顾回市直安排。本县领导班子中这种情况有两人，已经下县七年，这一次可考虑调整。两人中一位是副县长，一位是县纪委书记。该两位如果离开，其中之一可以让秦健去顶。市委组织部初排了一下，建议把秦健调整到县纪委书记的位子上。

迟可东说："应当还有其他选择。"

"其他选择必然动到其他人，目前似乎没有必要。"

周宏谈了自己的看法。虽然秦健本人提出请求，省里也有人出面相托，周宏却不主张现在让秦健离开。一来眼下不是换届，只是微调，班子里的人不宜哗啦啦一走一批，现有的那两位比秦任职资格长，要照顾也只能先照顾他们俩。二来确如迟可东所讲，现在让秦健离开，外界对迟可东会有议论，影响并不好。因此还是以县班子内部调整为宜。时下干部序列中，常委排名在前，副县长在后，权力和重要性有所区别。如果让秦健改任副县长，会被认为是降了，其原因不言而喻，就是他上交的那几本"书记要本"。因为这个降他职可以吗？迟可东一回来就这么做是不是还乡团反攻倒算？这就成为问题了。如果不让秦健离开，又要调整岗位，现有情况下，应该让他去接纪委书记。这个位子同样在常委班子里，权力和重要程度显然比县委办主任要大，外边就此不会说东道西，周宏对省里那位熟人也好交代。问题是秦健摆到那个位子合适吗？迟可东对秦健有看法可以理解，毕竟有过那么一件事情。但是换个角度看，秦健主动配合上级调查组调查，难道有错？除了那个事，秦健似乎也没有其他不合适的举动。这个人做事细致，特别是廉洁方面没有发现问题，因此组织部门认为条件基本具备，可以调过来任职。本次调整是届中微调，明年是换届年，如果发现确实不行，到时候还可以再把秦健调走。这个问题关键只在迟可东能不能接受。

迟可东摇头："不如我自己兼这个纪委书记。"

周宏笑："行吗？"

"我知道不行，那个位子我踮着脚跟也够不着。"迟可东自嘲："这件事市委是不是很快就要确定？"

"可以给你几天考虑。"

本次班子微调涉及各县，市委组织部正在做方案，秦健这件事得列进去统一研究，因此时间不能拖久。周宏让迟可东仔细权衡利弊，有一个基本意见。周宏说，他谈的看法都还是初步考虑，不是很成熟，需要听听迟可东的意见才最后确定。迟可东是县委书记，要为班子工作情况负责，经历过这一段波折，免不了会有自己的感受情绪。如果迟可东对这种安排确实难以接受，尽管提出来，他会以支持迟可东工作为基本考虑，让组织部另外研究替代方案。

迟可东表示感谢。

"最近好像瘦了点。"周宏对迟可东表示关心，"身体不舒服吗？"

迟可东称一切正常。刚返回岗位，事情确实比较多，工作得抓紧，休息少了些。

"胃怎么样？还是只吃面条？"

迟可东感叹："县里大厨不少，没有谁会擀我老婆那种面条。只能将就。"

"身体多注意，工作悠着点，来日方长。"周宏劝告。

迟可东感叹，说他的感觉其实是到此为止。因为到此为止，所以尤其难得，不再指望日后，就在现在做点事情，做不了什么大事，做点小事也成。

"没那么悲观。"

"周书记理解的，今非昔比了。"

迟可东告辞。

周宏把他送到办公室门边，随口问了一句："他的情况怎么样？"

迟可东一愣，看一眼周宏，明白了。

"还行。前些时候去看过一次，瘦了不少，心态还可以。"迟可东说。

"下次去带个好吧。"

"谢谢。"

"前几天老板还提起他，感觉很可惜。"周宏说。

"谢谢了。"

他们说得比较含糊，只有彼此明白。所谓"他"就是许琪，许移送司法后允许家人探视，迟可东刚去探望过。而所谓"老板"则是周宏跟随多年的一位省领导，"老板"之称只能私下里说，不宜公开讲。周宏是大秘出身，到市里任职之前，是省委办公厅副秘书长，他跟随的"老板"是省委副书记。那一年"老板"年龄到点了，按规定必须退到二线，周宏向他提出自己想到下边市里去干，他很支持。由于周宏是自己身边工作人员，有些事不宜太直接提出，他便请许琪出面。许琪与"老板"的关系好，两人工作中一向配合默契，当年对周宏这件事，许琪很用心，分别找了省委书记和省委组织部长推荐，促成周宏下来任职。由于这层关系，轮到迟可东下来时，许琪做了工作，没让外甥到其他地方，就到周宏这里。周宏对迟可东也一直颇为关照，无论在许琪出事前，或者现在。周宏对迟可东问起许琪，提到"老板"，话没有说白，十分含蓄，以此表示近乎，没有见外和排斥，迟可东自当感谢。

事实上他很痛苦。每提起这些，他的胃就会出现阵发性痉挛，疼痛扭成一团堵在心口上。

7

那天晚间，迟可东在办公室看材料，有人敲门求见。

却是秦健。

迟可东问："你有什么事？"

秦健双手捧着，把一份报告送到迟可东面前。

"是我个人的事情，请求迟书记关心支持。"他说。

这份报告内容与迟可东在周宏那里看到的信基本相当，不同之处只在文字起头，那封信是送给"尊敬的周宏书记"，这份报告则送给"尊敬的迟可东书记"。

"这件事我知道，周书记跟我谈过了。"迟可东说。

"盼望迟书记关心支持，我会终身感激的。"

"迟书记应当支持你吗？"迟可东问。

秦健立刻表示感谢，说迟可东一直都是支持他的，没有迟可东支持，他哪里能给提拔到今天这个位子。因此他非常惭愧，感觉自己对不起迟可东。最近他一直在反思，对那件事非常后悔。当时确实他也是非常不得已。

迟可东伸手用力一摆，不让他说下去："这件事不谈。"

秦健知趣，当即闭嘴。

迟可东说，秦健是县委常委，市管干部，秦健如何安排是市里的事情，县委书记的意见只供市领导参考，不起决定作用。但是就秦健提出的这件事，他要明确告诉秦健，他本人的态度很确定：不予支持，特别在目前。原因是什么？秦健心里应当清楚。秦健不需要反思什么，只需把自己现在的事情做好，要记住这里有许多眼睛，时刻在看着他的一举一动，包括一双迟眼睛。

"还是要请求迟书记高抬贵手，迟书记的意见是最重要的。"秦健锲而不舍。

迟可东让秦健不要抱太大幻想，可以多方努力，最终还要立足现实，以其试图逃避，不如选择面对，在哪里遇到问题，就在哪里解决。他迟可东本人经历一场波折，对此深有体会，很有感触，对事物的认识得以提高。有一种东西叫作权力崇拜，它让人要去依附、获取权力，一旦被权力抛弃就会失落甚至崩溃，因此它很现实，很实际，也很虚幻，很摇摆，易破灭。人们不应当只知道那个，应当知道还有些东西更有价值。把酰酸倒进去，石头再坚硬也扛不住，铁都会给溶解掉，却也有一些金属没被酰酸化掉，

杨少衡中短篇小说选

能留下来没给化掉的才是比较稀罕的，例如银子和金子。

迟可东有意把话往虚里说，以秦健的聪明，他听得懂。这个人记性不错，没看他拿笔记录，应当都记在脑子里，回头可以补记在本子上。从现在起，这个人需要另一份"书记要本"了，日后可能还用得着。

秦健依旧不放弃："迟书记重要指示我一定深入领会。我这个事能不能……"

迟可东制止："这个问题不再谈了。你先走吧，我还有事。"

秦健无奈起身。

当晚，迟可东给周宏打了电话，报称自己已经反复考虑过了。关于秦健的工作调整，他赞成市里的考虑，没有其他意见。

"确定吗？"周宏追问。

"就这样安排吧。想必他会时刻小心。我身边有这个人看着，一天到晚被他记录在案，从大里说，对我也不是坏事。"

周宏笑笑，即表扬迟可东不错。本来就很成熟，经过这么一番波折更显大气。

几天后，周宏所说的"微调"正式提交市委常委会研究，而后消息即传下来。

秦健对自己的安排大出意外，看得出有些失落，又有些惊喜。

他在第一时间找到迟可东，没再提起"很后悔"之类，也没有表示努力工作之决心，只是郑重其事谈了一个特殊问题，事关李金明。

"我觉得应该考虑解决，这个问题很重要。"他说。

"重要什么？"

秦健一脸认真："不能那样对待他。"

当时迟可东正在改一份文件，看着秦健脸上的表情，迟可东突然反胃。他把手中的笔用力拍在桌上，即刻发作。

"你又在干什么！"迟可东厉声斥责。

秦健大惊，张开嘴说不出话来。

"出去！"

秦健发愣，没有动弹。

"出去！"

秦健反应过来，赶紧起身，从迟可东的办公室匆匆退出。

迟可东坐在靠背椅上喘气，好一阵才平静下来。他问自己这是怎么啦？至于吗？秦健不就是以此示好，表明接近吗？下级琢磨上级心思，投其所好有什么奇怪？需要反感成这样？说来就来突然发作怎么可以？当年那个心里有数，自信沉稳的迟可东哪里去了？怎么会变成现在这个样子？发作一番就能缓解堵在心口的那团疼痛吗？

十分钟后，迟可东让人通知秦健，请他马上到书记办公室来。

秦健立刻赶到。

迟可东什么都不解释，当着秦健的面，他吃了几片胃药，然后平静开言。

"来，说说你的意见。"

"说，说什么呢？"

"李金明。"

"啊，可能不太成熟，请迟书记参考。"

秦健认为应当恢复李金明的职务，李金明所受处理并不公平。记得当时是由县委组织部和县纪委两家一起提出李金明处理意见的。既然当时处理有纪委一家，现在由纪委来提出恢复也合适，他到纪委工作后即可着手办理。这个问题需要先请示迟可东，不知书记有什么指示？

迟可东说："我跟李金明谈过，他另有想法，打算自己去种蘑菇，正在申请贷款。"

"那怎么行！他是个人才，素质难得，应当用起来。"

"怎么办呢？你去跟他谈谈？动员动员怎么样？"迟可东问。

"书记信得过，我一定办好。"秦健没有二话。

迟可东说，李金明有个性，不那么崇拜权力，确实难得。对他不宜强求，只宜商量。以这个人的素质看，应当还有余地，可以商量。醋酸倒了可以再倒，不如让李金明下一次再去种蘑菇，这一次请他先放弃，能回来就回来做点事。商量商量吧。

秦健亲自去跟李金明"商量"。当年秦健未经允许，自作聪明给李金明打电话告知内情，遭到迟可东一番训斥。这一次事情类似，前提有别，已经师出有名。

他在河源李金明的家里给迟可东打了个电话。

"李金明同志想跟您说说。"他报告迟可东。

电话里传来李金明的声音："迟书记，是我。"

"我派秦健去找你，你可以相信他。"迟可东告诉李金明，"他说的是我的意思。"

"挺意外的。"

"舍不得你那个蘑菇发家计划吗？"

"刚开始呢。"

"可以先停一停吗？"

"我能干什么呢？"

"你自己不知道吗？"

李金明承认确实不知道。在当副乡长之前，他认为自己只能去种蘑菇。

"副乡长你不是干得不错吗？"

"不行啊，后来还是给弄掉了。"

"那不是你的错，是我的错。"

"可不敢这么说。"

迟可东笑笑，说确实也不能这么说。如果李金明同别人一样不吭不声，像石头一样保持沉默，也许未必真给弄掉。所以李金明本人也有错。李金明犯过的错误相当多，滥用职权、腐败、乱搞男女关系那些不计，喝酒斗气打老婆肯定有过，最奇葩的错误就是乱讲话。因为奇葩，所以难得，能犯李金明这种奇葩错误的人眼下真不是太多，有如一块石头含铁量比别的石头高，还有金银伴生，敲起来锵锵响，那就值得重视，物以稀为贵，可以好好使用。李金明只需记住一条：知错要能改。下一回如果再遇到波折，迟书记又有麻烦了，注意不要乱说话，静悄悄一声不吭，像身边那些人一样，而后自然逢凶化吉，未必真的再回去种蘑菇。

李金明听不懂迟可东话里的冷幽默，在电话那边只是"是啊是啊"回应不止。

"怎么样？关掉你的蘑菇房，回来支持我一下？"迟可东问。

这一句李金明听明白了："哪里敢这么讲！"

"不行吗？"

李金明答得非常干脆："如果是迟书记的意思，我听，没问题。"

迟可东大笑。

一个月后，李金明官复原职，重新成为河源乡副乡长。这个老位子只让他坐了三个月，他就给调出河源，派到城关镇任副镇长，主持镇政府工作。城关镇是县城所在地，位置特别重要，该镇原镇长工作调整，由李金明接手。隔年初，李金明在镇人代会例会中被选为镇长。

迟可东处理这件事果断而坚决。

有一个情况迟可东没有告诉其他人，包括李金明本人。迟可东在跟李金明"闲聊"时曾经开了一点头，称自己原本没打算返回本县，只因为有些感触才改变主意。他的感触其实来自李金明。迟可东是在被解脱后才得知河源座谈会的情况，他非常吃惊，没想到李金明居然会做出那样的事情。返回本县的念头就在那时产生。既然那个地方还有人如此记得他，何不在那里重新开始呢？迟可东忽然发觉自己还欠着李金明一次正式谈话，他曾经于"百忙"中答应，却一直没有兑现。即便只为了兑现这一次谈话，他也应当谋求归来。此生再无望有什么大心思，命该如此，只能接受现实。与其一味疼痛崩溃，不如设法再做努力。失去背靠，凭借自己，或许他还可以做些事情，能做什么就做什么，让若干李金明者记挂，聊为弥补吧。

一个人意外滑倒之后重新站起，他需要一个支点。在许琪轰然倒塌之后，微不足道的李金明成了迟可东心里的那个支点。

微服私访

　　直到黄昏将临，下班时间已过，分局办公大楼人去楼空，陆地却未现真容，连咳嗽一声都没有。

　　我静悄悄坚守于办公室。此刻只能这样，别无选择。起初我曾想给陆地挂个电话，询问领导是不是贵人多忘了？转眼一想不妥，或许人家自有安排，如此胡乱催促，不算以下犯上，至少显得本人耐心不足，涵养不够。

　　陆地的官不小，常务副市长，本市电视新闻重要演员。我作为本市辖下郊区公安分局的小领导，跟他相距遥远，得翻过若干座顶头大山才可以够着他。但是当年我们之间曾经距离为零，那是小时候，我们为街坊，他家在我家斜对面。我跟陆地同龄，上的不是同一所学校，放学后却常在一起玩，还曾互相打得鼻青脸肿，以此可称发小。长大后彼此各奔前程，距离渐渐拉开，到眼下除了春节发发拜年短信，几乎没有来往。今天下午上班时，我非常意外地接到他一个电话，询问我下午有没有空？拨一两个小时没问题吧？我非常确定电话里的声音是他本人，即表示自己没有问题，可以马上动身去市政府晋见领导，听从吩咐。

　　"备好你的车，在那儿等着。"他交代，"我这里还有点事，完了就过去。"

　　"到我这里？"

　　他把电话放了。虽没有正式确认，答案毋庸置疑。

　　陆地这个罕见电话让我感觉诧异，我断定肯定有些特殊事项。相距如此遥远，让我很难推测该事项有多大特殊性，以多年从警的职业敏感，我觉得其间或许有些棘手，否则领导不会突然想起我来。对我而言，无论该事项暗藏多少麻烦，哪怕如涉枪要案般带有重大险情，我似乎别无选择，只能认账。这就好比有罪犯杀人碎尸，尸块丢在我的地界上，这就是我的事了，不想接这死人也不成。把领导的光临与杀人碎尸扯上，说来似有不敬，其实并无他意，只是职业病。

当天下午我寸步不离办公室。我是区分局副局长，分管刑事，所幸本时段本辖区平静祥和，未发生任何恶性案件，亦无可疑尸块异常丢弃，可容我坐在办公桌后边耐心等待。陆地也显得很有耐心，直到下班时间已过，他人没有到，声音也没有到，像是打完电话之后转眼又把事情忘在脑后。

晚六点半，分局办公楼一片寂静。这时电话终于到了。是他。

"陈水利，"他叫我名字，"在哪里呢？"

"我在办公室。"

"出来吧。"

原来他已经到了，在外边。从他驻守的市政府大楼到本区我这里，正常情况下开车得走二十分钟，考虑到下班高峰期堵车因素，他一定是办完下午的事情之后，下班关了门便直奔我这里而来。

我即离开办公室，出门下楼。楼下门厅除了值班室人员，未见他人。我走到楼后停车处，上车，把车开出车位，缓缓驶出大门。我开的是一部白色警车，为本人的工作配车。我把车开到门外，停在马路边，下车看看，这里人来车往，却也未见领导。

我听到一个关车门的声响："砰！"转头一看，左侧一辆停在路边的黑色轿车后座出来一个人。头一眼我没认出那是个谁，只觉得动作似乎眼熟，待细看一眼，可不就是他吗？陆地，本市重要领导，手里还抓着他的重要公文包。

我得说自己有点愧为刑警，作为一位发小、属下兼办案老手，本应一眼认出该同志，可我还是多用了一眼。说来这也不能全怪本人，主要是黄昏光线显弱，加之陆地的装束有些出位。他穿一件灰色夹克，该夹克我在电视新闻里见过，中规中矩不显异常，但是他的脸部包装与寻常有别：他在鼻子上架了一副墨镜，鼻子下配以一副口罩，二者皆为黑色，刺眼却有效遮挡住其脸部特征，让我这个警察也一眼发懵。另外还有一个细节干扰

杨少衡中短篇小说选

了我的判断：他是从一辆来历不明的轿车上下来的，从车牌看，当是一辆私家车。作为一位够级别的领导，他有自己的公务配车，该车的车型、颜色和车号都是我所了解的，但是他并没有坐那辆总是行驶于众目睽睽中的重要车辆光临本分局。

显然他此番前来需要避人耳目，有如预备作奸犯科。他唯一不回避的似乎只是本警官陈水利的耳目。以此而言，他对本发小信任有加，足以让我受宠若惊。

他走到我的车边，伸出右手跟我握了一下，这当是习惯性动作。握手时我感觉有点意外，他的手掌显凉，很软，似乎气力不支。他没有摘下鼻子上下的遮挡物，看不出他是不是表达出若干笑意。以他出人意料，有如准备去抢银行的装束论，其形象颇具幽默感，如此相见足供彼此一笑。握完手后他看着我，忽然问："害怕了？"

我连说："没有没有。"

这是实话，我只是感觉惊奇而已。当警察有时不免要与歹徒狭路相逢，别说戴个墨镜加块口罩，他就是拿条丝袜从头顶套到脖子化装成蒙面大盗，也未必吓得着我。

他没再吭声，自己动手，拉开警车后车门坐进车里。我转身刚想绕过车头去驾驶座，就听"哎呀！"一声，回头一看，领导已经从后车门跳了出来。

"陈水利！那是啥！"他叫。

我一时发懵，立刻冲上前把他推开，打开车门去看。黄昏暗光下，只见一个长条状白色物体弯弯绕绕丢在车后座上。

"不好意思！打惊领导了。"我即道歉。

"打惊"为本地土话，意即害人受惊吓了。丢在车后座上的其实不是什么危险物品，我弯下身子把它从座位上拾起来，拿给陆地过目。

"哈达。就是一条哈达。"我解释。

"怎么有这个？"他追问。

我告诉他，今年本市派出的援藏干部中，本分局也安排了一位，该同志几天前从西藏回来，今天上午到分局联系援藏事务，给在家领导各献了一条哈达。见完面后我即外出办案，哈达暂放在车后座上。

"妈的，"陆地脱口骂了句，"让你陈水利恐惧了一下。"

我知道那是调侃，让他"恐惧"了一下就是吓了他一跳。哈达这种吉祥物件在本地很稀罕，大家通常只在相关电视节目里见过，实际接触不多。我车上这条哈达质地很好，绸类，摸上去细软凉滑，刚才领导一屁股坐进车里，不经意间摸到它，猛一触碰感觉异样，一时好比让什么东西"电"着了，"哎呀"一声就从车门跳了出来。其反应相当敏锐，当然也有些过度。不就是一点异常触觉吗？别说是条哈达，哪怕摸到的是条蛇，似乎也无须"惊"成这样。我记得该领导小时候胆子大得很，爬墙上树没有他不敢的，搞到今天官当大了怎么反倒神经脆弱，连条哈达都能把他"恐惧"一下？

我把哈达抓起来，准备拿开放到后备箱，领导当即制止。

"放着吧。"他说。

现在他不恐惧了，哈达又回到车后排，放在他的座位旁。

我上车，在驾驶位上扣好安全带，发动车子。他在后边忽然开腔发问。

"你的帽子呢？"

他问我的警帽，我管它叫"大头"。我身上穿着警服，这是上班需要。刚才下楼开车时，随手摘下警帽搁在副驾驶位上，因此此刻着装不完整，尚缺"大头"。没想到他注意得如此细致入微。

我说："在呢。"

他看着我把大头帽戴上。又问："你的枪呢？带着吗？"

"有的。"

"手铐？"

"车上有。"

"嗯。"

我暗暗吃惊。眼下警察用枪管理很严格，我是因为分管刑事，常需组织并亲自办理涉黑涉毒涉枪要案，因此比较经常带着我那支配枪，我管它叫"火鸡"。我不知道此刻领导要我跟他去干什么？除了一身完整"虎皮"，还要"火鸡"手铐全副抓捕行头。难道是去抓个什么人？弄不好还得使枪弄棒？如果那样可就有问题了。即便该重要领导有令，警察也不可以随便掏枪指住个谁，不可以动不动把人铐起来，使枪弄棒无不有其明确规定，违规滥用肯定吃不了兜着走。领导遮头盖脸前来，似乎并非公务，为此调用警车警力已嫌不妥，如果还要让我为之使枪弄棒，那就不是一般的不合适了。作为一个不小的领导，他自己应该很清楚。

但是我没有发表任何看法，一声不吭。此刻情况不明，还需沉住气。或许我只是多虑，人家并不要我掏枪指谁，只是需要一点威慑，有如运钞车武装护卫？今天该领导状况似显脆弱，他要真被什么"恐惧"了一下，身边有人有枪，或能提高安全感。

我把车驶上大路，询问："领导去哪里？"

"往前，一直走。"他吩咐。

陆地曾在本区任过区长，本区的方位交通于他不是问题，他知道哪个东西在哪个位置，需要时该怎么去，无须如流窜人员行窃般预先踩点。此刻他不明确说出去向，我就不便多嘴，只能听凭指挥。

我们顺着大道往西走，快到路头时，陆地忽然指着右侧一个岔路口说："右拐。"

我忽有所感，脱口问："是去那个……"

我并没有说出哪个崎角旮旯，他却知道，一口肯定："是。"

我觉得还应确认："青竹岩？"

他没回答，但是答案不言而喻。我驾车右转，不再发问。领导坚持不吭声，彼此心照不宣。

到青竹岩的路长近十公里，都在山间盘旋，路面只有村道标准。我用了半个小时才走完，一路上我身后的重要乘客什么动静都没有，一言不发。我从后视镜中可以看到他脸形的轮廓，我总觉得有一团模糊不清的气息罩在其上，难以捉摸，似显不安。

到达目的地时，天已经全暗下来了。我把车停在山坡一个开阔地上，这里没有其他车，四周空无一人。我回头看看陆地。他明白我的意思，即发令："一起吧。"

我们下了车。我帮他关上后车门时，他突然说："等等。"

他从后车座抓出那条哈达，把它挂在自己的脖子上。

我感觉意外。

从这里到山顶没有车行道路，只有一条陡峭弯曲的石阶路。当晚无月，山间更无路灯，黑暗中那条石阶路显得险峻莫测。我在前头领路，靠手机的手电筒照明。陆地紧随我走，乡野黑暗冷清，他坚持遮头盖脸，防护到底。加之脖上那条哈达，手里那个公文包，领导形象显得格外怪异。还好偏僻山野晚间寂静四下无人，想要引发注意都难。下车时我曾伸出手去，准备帮他拎那个包。据我所见领导干到一定份上，公开露面时通常都空着手，自有人替他拎包。陆地也不例外，电视新闻里总见他走来走去四处比画，没见他拎过包，那东西肯定是在秘书或称"身边工作人员"手里。此刻领导身边没有其他人员，只有警官陈水利，所谓"碰上了躲不过"，看来拎包重任只能落在本人身上。因此我主动伸出手去。不料他摆摆手拒绝，坚持自己担当，于是恭敬不如从命。我们一前一后沿石阶向山头攀登，远远的，可以看到一片屋檐的边影在夜空中若隐若现。

这就是青竹岩。青竹岩不是一片竹林，不是一块石头，它是一座寺庙。本地方言多把山间寺庙称为"岩"，这种寺庙通常规模较小，青竹岩亦不例外。以我观察，这座寺庙差不多仅相当于一个乡间中等人家的宅子，只建一座大殿，供着一尊观音，庙侧几间厢房，住着一个和尚。青竹岩香火一般，初一十五有若干香客到此烧香，其他日子比较冷清，出了本区地界，几乎没人知道它，更没有谁知道居然有一位重要人物对它情有独钟，就是此刻趁夜前来的副市长陆地同志。

除了陆地本人，我应当是本内情的极少知情者之一。半个小时前，警车在大路路头右拐时，我之所以忽然脱口说出陆地此行目的，彼此心照不宣，就因为若干年前我们曾经同行，一起到过这里。

我得交代一下我跟这位领导的私人交往。除了发小时一起捉迷藏，时而小拳相向互相打得鼻青眼肿，我俩当年没有更多交情，成人后更是几乎没有来往。几年前情况忽然发生变化：他从市里一个重要部门下来，到我们区担任区长，那以后就开始在本区新闻里崭露头角，让我得以不断亲切回想起小时候追逐打斗的情景。有一天我不揣冒昧，往区长办公室打了个电话，在电话里听到他久违而亲切的声音。

"是谁？"他问。

"陆区长，我是陈水利。"

电话里的声音停了会儿："我在开会。回头联系吧。"

"不好意思。"

我把电话挂了，也决定从此再不联系。看来我是自作多情了，人家根本没把我当回事，说不定早把当年那小子忘得一干二净。话说回来，少年时那些故事除了提供一点趣味回味外，实没有更多意义，不足以让人想入非非。我不再跟他打电话，也没跟家人之外的任何人提起。

当时我在下边一个派出所任职，当副所长。有一天分局长带着陆地忽然来到本所检查工作，时我恰在外头办案，不在所里。领导莅临后即打听："你们这里有一个陈水利？"于是分局长下令立刻把我召回来，让我们得以重逢。那次见面时间很短，当着众人的面，也没说些什么，我留下的印象只是一个细节：见面时我向他敬了个礼，他笑，脱口骂一句："你小子。"而后半开玩笑地抬起手给我还了个礼。毕竟非专业人员，其敬礼姿势非标准，纯属调侃。

几个月后，我给调到另一派出所，提任为所长。作为一个资深副所长，按本人感觉，这个职务早该是我的，但是以往总是与我失之交臂。忽然之间那顶帽子从天上掉了下来，且我本人未费吹灰之力。局领导找我谈话时讲了许多场面上合适的话，也十分含蓄地提到一句："陆区长对你的事非常关心。"

我感觉自己欠了陆地一个大大的人情。我得承认，陆地光临我那派出所之后，我确实曾动过心，想抓住机会，去跟领导反映一下个人职务问题，但是最终打消了该念头。我清楚我与领导间说不上什么交情，好不容易领导一时高兴跑来举手给我行个礼，我要是拿个事找上门，没准又是"我在开会"，自讨没趣，从此不好见面了。我清楚时下求人求事并非只要一张嘴，按照端不上台面却畅行无阻的流俗风气，如果我打算拿当年的鼻青脸肿作为拉关系的敲门砖，通常我需要在敲开门之后立马抛砖引玉，奉上若干干货，例如一份厚礼，或者干脆就是足够的现金，这才有可能换取自己想要的东西。但是这种事恰好是我干不来的，如果我想干，那无须等到陆地出现。出于这些考虑，我犹豫再三，裹足不前。没想到人家大人有大量，不计较我如此小气一毛不拔，主动给予"非常关心"，让我在吃惊之余十分感激，也自觉很不好意思。

我决定去拜访一下该领导以表感谢。去之前却又很纠结，拿不准要不要带点什么见面礼去上门。时下礼轻未必情义重，送一份厚礼不说成本巨大，万一人家不收，坚决退回，脸就丢大了。纠结半天，结果我什么都没带，两手空空去敲了人家的门。

他见了我就笑："这也敢来？"

我给他行礼："给领导敬个礼！"

他大笑："你小子从小就是铁公鸡。"

那一回相谈甚欢。他告诉我，我给他打电话那回，他确实有事，没法跟我聊。后来我没再打电话，他倒奇怪了，决定侧面了解一下我的情况，结果发现我有点特别，能力与工作业绩都属上乘，缺点就是不会做人，该甜嘴时不张嘴，该出手时不出手，还有些自以为是，固执己见。时下我这样的人难免要吃亏，需要给点帮助，所以他找个机会到我那里检查工作，而后再跟几个关键人物点一点，这就把我的事解决了。

"这些情况你知道就好，外边不说。"

"明白。"

"我知道你可以放心。"他表扬。

原来他已经暗中考察过了。他注意到他来本区后，我没跟任何人说起过我跟他的旧关系。因此他觉得我这个人包括我这张嘴足可信任。

作为一个警察我挺敏感，我感觉他似乎弦外有音。或许他是在暗示什么？或许他不只是认为我这样的人需要给点帮助，同时也认为我这样的人亦有其用处？他不会有些不仅是儿童不宜的事情需要我办，并且要我守口如瓶吧？

后来我很惭愧，因为自己似乎以小人之心度君子之腹了。其后数年，陆地当他的区长，我当我的警察，工作上时有接触，彼此间一如既往，没有更多的私人交往。数年时间里，陆地曾悄悄交办过几件与警察业务相关的事情，还曾临时抓差让我为他开过几次车。有一次是送他一位朋友去机场，该人物似乎是个大款，面目比较模糊，隐秘客一般，陆地送他不用区政府的车，动到我这里。另有一次他跟人喝酒，完事了让我送他回家。诸如此类，都不算太困难。

有一个星期天上午，他忽然给我打来一个电话，问我知道青竹岩怎么走吗？我告诉他青竹岩在我以前任职的派出所辖区，几年前那一带发生过一起命案，我曾带队去处理过，因此路还算熟。

"是个什么案子？"他了解。

那个案子后来查实是一起殉情自杀案。死者一男一女，因感情上的纠缠与失意，在寺庙后边的林子里上吊自杀。

"庙里那个和尚怎么样？"他问。

该和尚我办案时接触过，大约五十来岁，话不多，表面看挺木讷，却又似有城府。听口音是外乡人，像是有点来历。

"是不是会看点病？"

"这个我不清楚。要不要我去了解一下？"

"不需要。"他非常明确。

他要我开车送他到青竹岩去一趟。我遵命立即出动，到区政府大楼接他，直接送到青竹岩山头下。那一次是白天行动，他装束比较寻常，未曾遮头盖脸，但是手中也拎了一个公文包。当时我只跟随他到达山坡上的停车处，下车后他吩咐我待在车里等他，他要自己进庙去一下。离开时他把自己的外套脱下放在车里，只穿里边一件 T 恤上山。或许他发现我眼中的疑惑，为此略作解释，自称是"微服私访"。我不知道他是在调侃，或者掩饰。不就是那么一座小庙吗？"微服私访"个啥呀。我当然不好把该想法公然说出，只能一声不响，坐在驾驶室里一动不动，看着领导拎着公文包从那条陡峭的石阶路爬上去，直到消失在那个庙门里。记得那一回他在里边"私访"了很长时间，长得令我压力巨大，产生了若干恐惧。该小庙近侧曾发生过命案，该庙和尚似乎有些来历，万一其中有些隐情，忽然酿出一起意外，把一位在任区长搞出事，我可就说不清了。既然是我开车送他上山，我就在责难逃。出于这一担心，我曾几次打开车门，想爬上台阶进庙看看，最终还是忍了下来。人家领导交代得很明确，只让我待在一旁等候，没让我去探头探脑。或许人家与本庙和尚有旧，有如与我，他的"微服私访"实为深入基层小庙叙旧，有如当初他光临我那个基层派出所。或许该庙和尚确会看病，专攻某疑难杂症，而他恰苦于该症，需仰仗和尚施以援手。这种事属难言之隐，不容他人窥探。即便不是这样，即便他有一笔欠债要与庙里和尚清算，无论是他把和尚的头按在地板上痛扁，或者相反，他都不愿让别人知晓，我不应当自作多情，没事找事。

还好我终于沉住气了，经过漫长的等待，他终于再次出现在那条石阶路上，手里拎着他的公文包。他回到车上，脸上没有特殊表情，亦未见鼻青脸肿。

上车时他问我："有水吗？"

我给了他一瓶矿泉水。他咕噜咕噜一口气喝掉了半瓶。

我把他送回区政府大楼。他没做深入解释，下车时只发出一点重要指示："这件事外边不说。"

我说："明白。"

我没跟任何人提起这件事。我知道该领导有很多渠道了解信息，有如他曾经打听过我是否暴露与之"发小"关系。但是我也不是只把自己当作一个哑巴，我不露行迹地悄悄了解了一点背景情况。我发现青竹岩的历史相当长，始建于明代，曾经香火旺盛，后来于兵荒马乱中衰弱。青竹岩现任和尚的来历挺复杂，似属半路出家，在青竹岩已经待了十几年，没听说他会治病。按民间说法，青竹岩供的是送子观音，去那里烧香的多为求子，据说还灵。民间亦流传一个偏方，称该小庙的香炉灰能治小儿受惊。这些情况均属皮毛，为了不露形迹我很难深度探访。我断定这座小庙肯定另有内涵，一定有哪个懂行的高人知道，并且点拨给陆地，所以领导才会大驾光临，到此私访。可惜我能耐有限，未得其详。

那次青竹岩之行数月之后，陆地调离本区，提拔到本市另一个区当书记，三年后当了副市长，而后又成为常务副市长。我本人也在渐渐变成资深所长之后，于去年因破获一起要案立功，终于给重用到分局任职。这一重用未曾叨扰领导。这么些年里，我从未向任何人提起过与陆地有关的任何故事，包括那次青竹岩之行。显然陆地知道我像条鱼似的始终一声不吭，所以今天他忽然给我挂来电话，而后遮头盖脸披挂上场，由我护送再次光临小庙。

本次前来情况与上回大有不同，夜间山野，荒僻小庙，林子里没藏着歹徒，也会有野兽，说不定还有若干灵异品种，例如吊死鬼飘摇出没。因此领导难免心有不安，或称恐惧，他需要护卫，全副武装。据说警察制服和手枪阴阳通吃，鬼都退避三舍，其效力与旧时寻常人家贴在门板上的钟馗画像可有一比。

此刻我终于有所放心。我不知道自己的"虎皮""火鸡"是否真能驱鬼，看起来至少不需要为违规滥用担心。我身后的领导却未能如我一样放松，我感觉他的脚步很轻，似有哆嗦，不知道是因为上坡累人气力不支，或是让周边暗夜动静不时"恐惧"一下？总之我们走得很慢，黑暗中的台阶路显得格外漫长。

终于走到了庙前。此刻庙门紧闭，透过门缝，可以看到里边的灯光。我上前用力打门，里边有人发问："谁呀？"

"警察。"我说，"请开门，有事情。"

"这，这，怎么会呢？"

"别慌，先开门。"

和尚把门打开。他居然还记得并认出我，张嘴称呼："是陈所长啊。"他看着我身后的陆地，却未显出认识状，不知道是不是因为陆地的装扮。

"两位领导什么事情？"他问。

陆地即发出指令："陈水利，你陪师傅说说话。"不待我回应，他就抬脚走向大殿。

我说："师傅，咱们喝茶。"

小庙大门一侧有一张茶桌，四边各有一条长凳。此刻茶桌上摆着茶具，几只茶杯里都倒了茶水。以此可知在我们两个不速之客到来之前，这位和尚恰关起庙门独自饮茶。陆地把我丢给和尚，独自前去大殿，让我暗暗吃惊，原来他到青竹岩与和尚无关，却与那尊送子观音有涉。我不知道他怎么还会有此类事务需要料理，能够断定的只是护卫进门即可，接下来他要自己行动，不需要我跟到殿前大睁双眼碍手碍脚。

我与和尚在茶桌边坐下。和尚一言不发，烧水沏茶。我也不吭声，一边等茶，一边留意大殿那头的动静，既出于好奇，也存担心。小庙四处有电灯，由附近的山区小水电站供电，电压不稳，灯光较暗。小庙顺山势修建，大殿与我们间隔着几层台阶，中间有一只大香炉遮挡视线，难以把殿上动静一一看准，但是大体也能掌握。

我注意到领导把脖子上的哈达取下来，双手高高捧着，敬献于观音菩萨雕像前的供桌上。哈达献在这种地方当然合适得体，问题是该哈达并不属于他，如果他要用，似应先跟我说一声。或许领导当大了，早已习惯了把不属于自己的东西据为己有？

他从公文包里取出东西了，那包里装的应该都属于他自己，一路紧随始终在他手上。他从里边拿出的却是一支香，不是通常进香用的那种细细香条，是粗大一把有如木棍的特制棒香，属进香奢侈品。估计青竹岩小庙没有此物，领导特地预先做好功课，打点备妥，亲自带上山来。点燃这支棒香似乎比较费劲，感觉他忙活了半天才完成任务，而后他忽然整个儿在供桌前边消失不见，那当是他虔心跪伏下去。

原来他的"微服私访"是来干这个的。考虑到其领导身份，此类私下行动确不宜明目张胆，所以须"微服"，遮头盖脸漏夜潜行以防被人认出造成不利影响。但是问题不仅在他来干什么，还在其为什么，此刻后者才是要害。据我观察，驱动相关人物异常造访寺庙的因素通常是强烈的欲求，或者却是恐惧。我感觉今晚似属后者。

我与本庙和尚喝茶，彼此一声不吭，保持安静，十分默契。殿上了无声息，我感觉那段时间非常之长，长得令人生疑，让我几乎忍不住要起身过去看看，幸而身边和尚见多不怪，始终出神入化，我也就随遇而安。

大殿那边终于有了动静，表明领导并未意外牺牲，只是做一罕见长跪。估计他把膝盖都跪麻了，起身后只能手扶供桌，踉跄移步。我注意他再次打开公文包，从中掏出一叠物品，塞进了供桌侧边的功德箱里。

这当是现钞。看上去数量巨大。

而后他再次消失于供桌前，继续行其功课。

我向和尚低声发问："你这里送子观音很灵？"

他停了很久才低声回答："信则灵。"

"除了管生儿子，这尊观音是不是也管一点其他业务？"

他又想了好久，还是那句话："信则灵。"

"你这里的香炉灰能治小儿惊吓？"

估计万变不离其宗，他还会回答"信则灵。"只是没待他开口，大殿那头即发生异常动静：一阵猛烈咳嗽骤然响起，其声急促而强劲，有如机枪扫射般惊心动魄，剧烈冲击空荡荡静悄悄的小庙。那时顾不得许多，我从茶桌旁站起，大步跨上台阶，冲到殿前。我看见陆地跪伏在地上，手掌扼在喉咙口，浑身抽搐，止不住一阵阵猛咳。

"领导！怎么啦！"

他巨咳，上气不接下气，无法回答。

我把他从地上扶起，就着殿前灯光看他的脸，只见满脸青紫，表情痛苦万分。我用力拍他的背，帮助他缓过气，而后也不多问，即扶着他离开大殿，走下台阶。和尚已经守候在大门边，他推开大门，向我们合十以示告别。我向他点点头，扶着陆地迈出庙门。陆地听凭摆布，似乎已无力反对。

本次"微服私访"因巨咳和我的介入草草结束。下山那段路走得很艰难。陆地一路咳嗽，说来就来，时紧时松。他浑身无力，腿脚发颤，始终需要我相扶。走到后来他竟无法抬步，我把他背起来，借着初起的一点月光，一步一晃慢慢走完最后一段路。

终于上了警车，我立刻从后备箱翻出一瓶矿泉水，他接过去，咕噜咕噜一口气喝掉半瓶。这时我已发动马达，开车离去。

得益于凉水的作用，领导在车行途中止住咳嗽。我一路快车，一直把他送到我们分局门口。那辆来历不明的私家车还停在老地方，经过漫长得令人生疑的长时间等待，终于等到了把他接走的时候。

陆地一路无话，未曾对本次"微服私访"多加一句注解，最后告别时才有了一点重要指示，还是老话："今天的事外边不说。"

我说："明白。"

他已经恢复正常，又回到电视新闻里常见的那种状态。但是临别一握，我感觉那手掌还像上山之前一样无力，甚至微抖。

看来恐惧未解，香炉灰似未显效。

我怀疑陆地在小庙爆发的巨咳与香炉灰有关，尽管我在殿前察看他的脸时，因光线太暗未曾发现那些粉末。虽无直接证据，仅从相关迹象判断，我感觉他是因气管以至肺部呛入香炉灰粉末而咳得上气不接下气。我甚至怀疑他不是不慎吸入那些粉末，很可能是抓了一把香炉灰塞进嘴里，不小心让那东西钻进气管，因之巨咳难止。这一推测是否失之荒唐，堂堂领导怎么可能吃那东西？我感觉不能排除。所谓"病极乱投医"，其时哪有什么陆副市长，他就是一个求菩萨相助的香客。如本庙和尚所言，信则灵，或许该领导深信该香炉灰可治小儿惊吓，于成人同样有效。或许上一次他已经试过了，感觉确实有用。

我记得上一次送陆地上青竹岩时，外界正有许多关于他的传闻。陆地当区长时很强势，任内搞大开发，土地和大项目审批权限牢牢掌握在他手中。到了面临提拔之际，市里忽有一个案子发案，牵涉省城一位大开发商，该开发商在本区也开发了几个大项目，有传闻称他与陆地关系非同一般。我怀疑该开发商就是陆地曾命我送过的那个隐秘客。我记得那一阵子传闻汹汹，说得像真的一样，似乎陆地眼看着就要进去了。结果他什么事都没有，终于还被重用，所以才有了今天的陆副市长。之所以逢凶化吉，或许人家本来就没事，或许其实有点事，但是最终化解了。谁为他化解呢？难道是青竹岩这尊菩萨，以及本庙的特效香炉灰？或许因为上一次烧香送钱吃灰见效，因此才有了这一次。

无论因为什么，总之他再次光临。较之当年，这一回他显得更其"微服"且更深"私访"。我更清晰地感觉到他心中的恐惧，只是其中缘故更为不详。

那会是什么呢？

两天后，我在本地电视新闻里再次见到陆地，他出席一个会议，正襟危坐于领导人队列里，面无表情，神色专注。我注意到画面下方的新闻标题，神情为之一震：热烈欢迎中央巡视组莅临我市。

领导或许恐惧于此！看来他有点事，可能不小！

恍然大悟之际，我很担忧。假设我的推断成立，陆地可能过不了眼前这一坎。时下腐败官员倒于巡视已经成为一景，如果领导果真不幸中枪，本次"虎皮""火鸡"护卫下的"微服私访"或将成为问题，到时候我可能会被叫去说清楚。但是还有另一种可能：青竹岩之拜果然有效，领导又是有惊无险，有幸过关，那是祸是福？他可能越发胆大妄为，把更为巨大的国家资财与民脂民膏据为己有，让自己更深地滑入万劫不复。那么我和那尊送子观音都在责难逃，相当于协同犯罪。

我感觉恐惧。

你没事吧

市政府办主任给吴丛打电话，请他赶回市区，当晚六点到市宾馆接待客人。

吴丛问："哪里的客人？"

是水利部专家组。这一组客人到本市工作已经数日，明日返回。

"我在下边县里调研呢。"吴丛说。

"是朱市长定的，请您参加。"

吴丛没再吭声，回头就给市长朱以强打电话，核实当晚接待是怎么回事。朱以强听了哈哈，问吴丛疑心啥呢？是正常接待，不是鸿门宴。

"水利我不管啊，怎么叫上我了？"吴丛问。

"这个好办，我说了算，今天归你管。"朱以强笑答。

本市政府里，分管水利的是另一位副市长，不是吴丛。只不过那天该同志去北京办事，不能出场，因此朱以强点名要吴丛参加。问题是市长亲自出面接待专家组，规格已经够高了，并不需要非得再找个谁来陪同，特别是眼下接待规定有陪客人数限制，少了更好。因此难怪吴丛有疑问。

"今晚是不是另外有些什么事？"他向朱以强打听。

"有啊。"朱以强回答，"省里有人来，专案组的，听说没有？"

"听到一些传闻了。"

"不是传闻，是真的，他们来了。"

"干吗呢？"

"有可能接待完了就把人带走。他们要带的是你吗？"朱以强打趣。

吴丛嘿嘿："市长开玩笑。"

"也许人家爱你没商量，像女朋友一样？"

"市长，我还真没那个资格。"

朱以强大笑："那还怕什么？快回来，吃一顿赚一顿，又不收你钱。"

通毕电话，吴丛草草结束在下边县里的调研项目，匆匆往回走。紧赶慢赶还是迟到了，六点零四分才走进包厢门，超时四分钟。他到达时，朱以强和贵宾们均已落座，一张大餐桌只留下一个位子，就是主位朱以强正对面，背朝包厢门的副主位空着，虚位以待，等候吴丛驾到。吴丛进门后自然先得道歉，表示迟到了不好意思，因为下边县里还有个会，会后赶回来，进市区的路口遇到了一点状况等等。

当时朱以强就出来说话，表面是替吴丛解释，实则调侃。他说近日吴副确实有一点状况，跟女朋友闹别扭，心情不太好。建议大家给予同情，不要计较。

于是众人皆笑，即有人跟着调侃，打听吴丛的女朋友是婚内还是婚外，漂亮如何？吴丛也开玩笑，称该女朋友的婚姻状况和长相他本人不知道，朱市长才清楚。朱以强便把吴丛的名字拿来开玩笑："现在不能为难吴副，因为他'有鬼暗藏，无从说起'。"

吴丛举手回应："请求朱市长帮助捉鬼。"

朱以强称没有问题，今晚他可以充当钟馗替吴丛抓鬼。这是有偿服务，吴丛得准备付一笔巨额捉鬼费。

朱以强喜欢开玩笑，除了性格原因，也由于地位。他是市长，在政府班子里排第一，这才有资格把常务副市长吴丛拿来调侃。如果倒过来是吴丛当市长，朱以强屈居之后，那么哪怕朱以强有天大的幽默感，他也不会去扯什么"女朋友爱你没商量"，该是倒过来由吴丛自号钟馗替他捉鬼了。

当晚客人除了水利部专家组人员，还有陪同的省水利厅总工程师等若干人，他们来本市考察桂溪引水项目，工作日程已基本完成。吴丛跟其中多数客人是初次见面，他绕桌子跟客人握手，寒暄两句，而后落座，随手脱下外衣搭在靠背椅上。

朱以强从对面主位对他挤了下眼睛。

"有点热。"吴丛干咳一声,"这鬼天气。"

"果然有鬼。"朱以强笑:"诸位动手吧。"

当晚接待是自助式。根据有关规定,时下本市各相关接待不再像早先那般隆重宴请,基本都在宾馆吃自助,具体吃法略有区别。今天市长接待的客人比较重要,自助餐用围桌吃法,就是安排在包厢里,主客围着桌子坐如正式宴请,但是不上菜,诸位到外头取食区自己拿,想吃什么拿什么,然后回到这里一起用餐,边吃边谈。朱以强让大家动手,意即诸位去拿吃的吧。这种场合当然还得讲究先后,不宜一轰而去。大家坐在位子上,等主人和主客先离桌。朱以强拉着专家组长往包厢门外走,经过吴丛身边时,忽然俯下身子问了一句:"你没事吧?"

吴丛说:"没事。"

"真没事吗?"

"没事。"

"别紧张。"朱以强笑笑,压低声音变为耳语:"鸟门关好。"

说毕他即直起身走开。吴丛坐着没吭声,一动不动。待朱以强和几位客人离开后才悄悄伸手,在桌面下摸了摸裤裆处,然后骂了句:"妈的。"

声音很低,只有他自己知道。按照他刚刚做过的紧急摸查,此间一切正常,外裤开裆口拉练拉到皮带边,鸟门并未敞开。

朱以强是忽然心血来潮搞恶作剧吗?似乎不像。市长大人的调侃和恶作剧通常不会无厘头。曾经有一次,朱以强在市长办公会上向吴丛挤眼睛,给吴丛传了张纸条,纸条上写了四个字"探头探鸟"。吴丛纳闷半天,最后才发现刚才自己去洗手间,急着回会议室,没把裤裆口的拉链拉好。难得朱市长在忙于主持议题讨论之际依然目光如炬,而且还能抓住机会适时调侃,该调侃尚能掌握分寸,以不对外为原则,免得当事人尴尬,只要"你知我知",互相自娱自乐。

此刻朱以强拿鸟门说事,其中必有缘故。

吴丛很快找到了答案。他做起身取食状,快步走出门,却没去拿东西,拐个弯直接上了洗手间,在那里迅速换了换身上的衣服:那天他穿件薄毛衣,该毛衣穿反了,把里面翻到了外头。毛衣反穿,衣服上的缝路图案有异,穿着外衣时别人看不见,脱下外衣就暴露无遗。

而后在餐厅取食区，吴丛与朱以强又碰了面。两人交谈了几句。

吴丛说："市长，谢谢提醒。"

朱以强看看吴丛身上的毛衣，又看看他手中的盘子："你在减肥？"

还是调侃。吴丛是瘦子，无须减肥。吴丛告诉他自己近日胃有不适，没胃口，医嘱少吃为好。朱以强即摇头，说胃的毛病多半与精神紧张有关，这么紧张可不是好事。刚才他注意到了，吴丛进包厢时脸色不对。反穿毛衣是小事，额头发黑可不好，像是马上要给带走似的。难道吴丛有事，而且事情很大？

吴丛还说自己没事。

"未必吧？"

吴丛笑笑："市长有什么新消息可以分享吗？"

"还是那个。他们来了。"

"谁？"

"女朋友。"

"市长又开玩笑。"

朱以强也笑，转口问吴丛这两天都干些什么？难道没赶紧去了解些情况？吴丛摇头，称自己一时也没辙。省里这是怎么搞的？没事找事？这还让人怎么办？

朱以强说："有事没事别人不知道，你自己明白，看起来上边也有点数。你得想清楚，省里不会无缘无故来这个。能办什么你赶紧去办，争取时间。"

吴丛依然不松口："这个真是无从说起。不过还要感谢市长关心。"

朱以强用取食勺在吴丛的盘子上轻轻敲了一下，笑笑道："我要收费。"

旁边有人过来，两人停嘴。话题挺敏感，不供旁听。

他们说的这个事情眼下正在遭受热议，此刻本市上下流言四起。事情起于省里的一个通知：吴丛原拟于下周带一个团组到香港，代表本市参加当地同乡会的一个大会并招商推介项目，全部日程大约一星期。这个项目早先已经获得省上批准，团长吴丛的出境手续也已办完。不料前天省主管部门突然通知，"因工作需要"，决定吴丛不去香港，由市里另定一位副市长前往。该通知未行文，只是口头告知本市市委书记，由书记亲自通知吴丛并安排更换。这种事当然得悄悄进行，不事声张，但是哪有可能保密，特别是临阵换将，外界立刻就有动静，而后便沸沸扬扬。把负责官员从出境团组中撤下来，这种事时下并不少见，限制出境的理由通常不具体说出，事后却都清楚，十有八九是涉嫌某案。吴丛这个情况一传出，难免人们做相关联想：一个月前，本省省委常委周文生被宣布"涉嫌严重违纪接受调查"，成为中纪委在打的一"虎"，据传案情主要涉及受贿和用人腐败。周文生升任省级高官前，在本市任过多年书记，他落马前后，相关办案人员频繁于本市活动，显然其案主要发生于本市。周文生在本市任职时很欣赏吴丛，一再提拔重用，直到推为常务副市长。周文生出事后，外界即风传本市有若干重要官员受到牵连，可能很快将随之出事。吴丛被撤下出境团组的消息几乎是在一夜间传遍全市，这时候已经不需要更多情况，谁都认为是周文生案的进一步发展，接下来该是"请君入瓮"，让吴丛"进去"了。吴丛被甩上风口浪尖，焦虑可想而知，这两天他跑到县里，明说是"调研"，实因流言四起，没心思在办公室待着，跑到下边找地方暂时栖身，同时设法了解情况。刚才朱以强说吴丛"有鬼暗藏"，一再问他"你没事吧？"指的就是这件事。虽然吴丛还嘴硬，抱怨上头"怎么搞的？""没事找事"，心境其实很困难，在只等一声"请进"的这个当口上，胃口没有了，额头发黑了，毛衣穿反了，都不算奇怪，说来也属靠谱。

当晚吴丛如其所言，确实没什么胃口，吃得很少，事情却不少，席间不时起身出去接电话。专家组客人们不知底细，有人打趣，问吴丛是不是碰上女朋友查岗？要不要大家一起提供在场证明？吴丛表示感谢，称自己暂时还能对付，不行了再搬救兵。朱以强又开玩笑进行表扬，说吴副市长的女朋友非常强势，很较真，抓住把柄会穷追不舍，很难应付。还好吴这个人总是以事业为重，今晚不惜把女朋友"放鸽子"，亲自拨冗赶来接待诸位贵宾，因为桂溪引水项目牵动全局，事关未来，于本市非常重要。

吴丛也调侃，保证把市长的重要指示原原本本传达给半空中那只鸽子。

"我不是开玩笑。"朱以强强调，"这个项目接下来要吴副多用心，所以才请吴副今晚来跟专家们见见面。"

吴丛说："我明白。"

吴丛觉得朱以强这些话是说给客人听的，以示对该事项的重视。桂溪引水项目是本省水利一大重点项目，已经报送国家水利部。项目一旦建成，本市南境水量充沛的桂溪水引到市区，近数十年来发展造成的城区规模成倍扩展、人口迅速膨胀以及工业开发区建设后出现的市区及周边供水紧张问题将得到根本解决。该项目朱以强亲自抓，在市长办公会上多次讨论过，吴丛知道其分量。至于所谓让吴丛"多用心"，那应当是朱临场发挥，因为项目自有人管，吴丛以往够不着，日后更不好说。即便吴副市长没像外界传言那样涉案出事，市长们的分工也不会因为参加一次接待说变就变，因此无从"多用心"。朱市长有时喜欢把正经事玩笑说，把玩笑事正经说，此刻当是后者。

当晚自助接待气氛不错，虽然按规定很遗憾未敢上酒，宾主们端着果汁碰来碰去，跟这个干杯跟那个干杯，场面也还热闹。席间，吴丛发现朱以强消失了，他赶紧端起杯子，做打果汁状离开包厢，跑到一旁休息室，推开门看看：朱以强果然独自待在里边，坐在一张沙发上吞云吐雾。

吴丛说："找市长要支烟抽。"

朱以强取笑："毛衣穿反了，粮草也忘了带。"

吴丛自嘲："真像快完蛋了。"

本届政府班子里，烟民只有他们俩，其他几位副市长通常只是配合抽二手烟。抽烟让他俩有不少共同话题，例如自命为虽然"吸毒"，却是"最佳纳税人"，对国家财政贡献最大等等。抽烟或许还让他俩有更多的默契与合作。早几年对烟民容忍度相对大些，尽管市政府会议室桌上也摆着"请勿抽烟"标牌，开会时两人还是公然互相丢"粮草"，让其他人敢怒不敢言，因为朱以强是市长，本会议室他说了算。当时吴丛积极配合行动，用一支水笔开玩笑地在禁烟标牌上画了两道，将那个"勿"字改为"多"字，这就成了"请多抽烟"，于是心安理得。后来上边有文件，禁烟规定越来越严，"吸毒"活动不好再那么公然，市政府会议室正式实行禁烟，只在一旁另辟"吸烟室"以满足特殊需求，该室基本上是他俩专用，被他们自嘲为"朱吴大烟馆"。这项同好让两人多出了一条沟通与交流渠道，彼此间打趣调侃，工作合作也有所得益。

当晚吴丛身上其实带着烟，并未如朱以强取笑那样忘带粮草，但是他没拿出来，反而找朱以强讨要，叫作"五指山上种烟"，这有助于拉近彼此，调节气氛，因为吴丛有事要问，有话要说。

"我老琢磨刚才市长提到的桂溪引水这件事，不是开我玩笑吧？"他问朱以强。

朱以强回答："不是。我考虑这个项目重要，让你参与好。"

"看来市长对我有把握？"吴丛打探。

朱以强笑："你不是没事吗？你自己没把握？"

"我想请求市长帮助一下。"

吴丛求助事项就是带团赴港这件事。朱以强能不能通过哪条合适渠道，帮助了解一下省里突然通知不让他带团的原因究竟是什么？最好能向上级建议再做考虑，不要这样临时更换。不是吴丛喜欢到香港，是节骨眼上忽然变动让外界议论纷纷，影响太大了，对工作很不利，对他而言很严重。

"这个事你应当直接跟书记要求。"朱以强道。

吴丛已经当面向市委书记提了这个要求，书记没有明确表态。书记到本市时间不长，彼此不熟悉，很难为他出这个面。市长不一样，共事多年，互相了解。

"这个事我比较为难。"朱以强明确道。

吴丛说："市长可以相信我，情况不像外边传的那样。"

他提到外界把他与周文生案紧扯一块，实为捕风捉影。周文生重用他，他在周手下干得非常卖力，这都是事实。一个人主政一方，哪怕再贪，都得用几个能踏实做事的。周文生用他就属于这种情况。

"我自认为还有底线，钱的事我很注意，不会乱拿，也不乱送。"他说。

朱以强笑笑："东西呢？"

"市长什么意思？"

"比如你抽的烟，都是自己买的吗？有发票吗？"

吴丛说："这个事市长最清楚。"

朱以强点头，说他自己喜欢抽软包中华，这些年倒真是基本没有买烟，全是人家送的。如果以一天一包计，乘上若干年，也有几万十几万。妈的，这就足够了。因此吴丛不要一味咬定没事，此时此刻，还是应当仔细想想自己是不是有些什么状况。

吴丛说："干了这么多年，确实不是每件事都做好做对，不是每个人都看得准。如果重新再来，确实有一些事不会再那么做，有些人不会再那么跟。不过外边传的情况跟几瓶酒几条烟不一回事，是巨额腐败受贿，那确实是没有。"

朱以强问："省里不让你去香港，难道会是无缘无故？"

吴丛苦笑："妈的，我也问自己呢。"

"你一个接一个打电话，问出什么没有？"

吴丛摇头："到现在没有确切消息。"

"什么都没打听到？"

"只听到你讲的那个。省里已经派人下来，可能有组织措施要采取。"

"这个消息确切。"朱以强再次确认，"我看你得有足够思想准备。"

"难道准备'进去'？"

"不可能吗？"

"市长也许还准备给我点建议？"

朱以强的建议是：事到如今，与其徒劳无益瞎忙，不如赶紧多备几条烟。到时候想必很费脑子，经常需要抽一支。

"市长，不开玩笑。"

"别那么紧张。"

朱以强坚持开玩笑。他告诉吴丛一个"三多三少"：一旦非得说说什么，首先是自己的事多说，别人的事少说。如果别人的事不能不说，那么就下属的事多说，上级的事少说。如果少说还不行，那么就上面的事多说，下面的事少说。

吴丛不解："自相矛盾嘛。"

朱以强解释，最后那一句的"上面"与"下面"不是以职务，而是以腰带为准，分上半身和下半身。下面的事少说，就是不要总是下半身裤裆里那些事，也就是以前所谓的"与他人有不正当男女关系"，现在叫作"与他人通奸"。无论怎么叫，都涉及对方。对方不只是一个人，人家也有家庭，老公啊孩子啊什么的，说出一个就毁了一家，所以还宜慎重。

吴丛不由得哈哈："市长我服你了。"

朱以强这才笑出声来："好不容易偷偷抽支烟，不要搞得太沉重。"

此刻朱以强反对沉重，所以他半真半假，像说真的，又似玩笑。类似话题很敏感，虽然彼此共事相熟，却也没有太深私交，涉及这种事最多点到为止，不宜深谈。此时郑重其事不如略加调侃，能够扯开些，多交流一些情况与看法，可以当那回事，也可以不当真。借那支烟的工夫，朱以强除了拿"三多三少"开玩笑，还建议吴丛既来之则安之，听其自然。他比吴丛年长几岁，任职时间长一点，职位高一点，听的看的也会多一些。以他经验，世界上的事无不有其道理，没有无缘无故。一个人遇到些什么，一定是他以前做过些什么。哪怕他是被弄错了，冤枉了，一定也有其内在原因。官员腐败有不同情况，有的胆大妄为，有的偷偷摸摸，有的积极主动，有的身不由己。不管什么情况，到了出事的时候，权力利益被剥夺，声名毁于一旦，个个都会悔不当初。人到了这个地步还能怎么办？认了呗。有错认错，有罪悔罪，该忏悔就忏悔，不要死活咬定"没事"，那没有用。

吴丛并不认同："市长重要讲话很深刻。只是没事也不该变成有事。"

朱以强说："事情开始时都会嘴硬，我理解。干了几十年，威风凛凛，感觉飘飘，说没就没了，哪里会甘心呢。不甘心还怎么样？难道都去跳楼？碰上了确实得想开点。掌握了那些个权力，腐败了多少东西？'与他人通奸'了几个？没有腐败通奸也占了多少便宜得了多少好处？怎么说都是活该。"

吴丛反对："也不是都这样。"

朱以强打趣："天底下仅吴副例外。"

他把烟头摁灭，指了指隔壁，示意客人还在那边，他俩不能在外头待太久。吴丛有所不甘道："跟市长说几句话不容易啊。"

"你的事我想想，如果还有机会，我会帮助。"朱以强终于表态，"我觉得不可能改变了，不敢开空头支票，你绝对不要抱什么希望。"

吴丛表示感谢："无论如何，聊胜于无。"

朱以强说："今天这件事确实也要请吴副多用心，本届政府得留下一点东西让后边人表扬，桂溪引水最排得上。"

吴丛问："市长真不是开玩笑？"

朱以强笑："还不信？你走着瞧。"

朱以强称自己很重视这个项目，所以要吴丛进来加强。吴丛可以抓住机会多努力，万一真有什么不测，也好让人表扬这个吴副虽然有点腐败，还是做过些好事。

吴丛嘿嘿:"给我盖棺论定了?"

朱以强也嘿嘿:"不急,时候未到。你不是还在这里"吸毒"吗?生命不息,奋斗不止,革命尚未成功,同志仍须努力。没有进去之前,你还得上班,还得接待,还得做重要讲话,躲都没处躲。碰上状况必须不停地打电话,上下跑动求救,同时还得坚守工作岗位,该干吗干吗,该说嘛说嘛。这是你的角色你的命,直到拉倒算数。"

吴丛感叹:"说得真丧气。不能加点勉励吗?"

朱以强笑:"事已至此,你还想要那个?"

"我感觉市长确实知道点情况。"吴丛点头,"稍微透露一点?"

"我知道他们来了。"

"他们目标是谁?提前跟市长通过气吧?"

朱以强摇摇头。显然他不能说这个事。

吴丛表示失望:"朱市长今天金口不开啊。"

朱以强把烟屁股往烟灰缸一丢,哈哈大笑。

"放松。这里说的都是玩笑。"他表明。

吴丛也哈哈,跟着把烟屁股丢进烟灰缸,随朱以强起身离开。

回到包厢继续接待客人,随着杯中果汁渐渐见底,本次接待已近尾声。

吴丛没再打电话,也没再离开包厢,一直坐在背朝大门的副主位那张靠背椅上,分别与两旁客人攀谈,了解介绍情况,偶尔吃点东西,如朱以强所笑:"坚守工作岗位",只是情绪比较沉闷。朱以强还拿他打趣,说他是因为"女朋友的事搞不明白"。当晚朱以强谈兴很足,玩笑格外多,刻意经营,搞得一桌气氛浓厚,让贵宾们非常尽兴。

晚餐结束后,吴丛尾随朱以强送客,客人住在本大楼六楼,离开餐厅上电梯就可到房间。两位主人送客人到电梯间外,把客人让进电梯,电梯门关上之前,主宾双方互相微笑、招手,本次重要接待任务圆满完成。

两人穿过大堂,到了大楼门外。一辆黑色轿车悄无声息地开上来,停在大门边。这是朱以强的专车,守在外头等候。朱以强上车前与吴丛握手,忽然发了句感慨:"市长办公会开一半,一起溜进咱俩的大烟馆抽烟,回想起来真他妈好。"

吴丛拍拍上衣口袋："要不要再来一支？"

"算了，后备厢备着几条呢。"

"有事急着走？"吴丛问。

朱以强没回答，手掌忽然用力："吴副，拜托了。"

他松开手，拉开轿车车门，又回身向吴丛咧嘴笑笑。

那一瞬间吴丛感觉诧异：朱以强此时的表情显得古怪，有些僵，与其像笑，不如像哭，却似乎比此前不停地开玩笑要真实。不由得吴丛心有所动，意识到分手前朱以强说的几句话也显奇怪。他不禁抬头仔细再看，这才注意到朱以强的轿车上还有其他人：前排副驾驶位、后排靠左位置各坐着一个人。这两个人都只是侧影，看不清是什么人，却可以断定不是朱以强的随员。如果是，他们不会那么安静地坐在车上，必定要下车为市长拎包开门。朱以强上车后没像平常那样按下车窗招手告辞，他在车里转头看看身边的人，似乎是有些意外，随即身子一仰靠到座位上。

吴丛看着朱以强的车驶开，心里还在纳闷：怎么会有人提前进入市长专车，不吭不声在里边等候？这时又有一辆轿车迅速从吴丛面前驶过，跟上前边的市长专车，紧随着开往宾馆大门。吴丛注意到这辆车挂的是省直机关的车牌，非本市机动车辆。

他情不自禁"啊！"了一声，脑子里有若干碎片凑成了图形。

是"他们"，专案人员。"他们"真的来了，目标却不是吴丛，是朱以强。朱以强出事了！显然朱以强心里有数，当晚他所说所为貌似调侃吴丛，实则在说自己。他把吴丛叫来陪客，实因自知有事，只能"拜托了"，请吴丛"多用心"。相应的，吴丛自己的事情似乎也有了一个合理的解释：市长要"进去"了，工作暂时要由常务副市长顶起来，所以不让他带团出境。在朱以强被带走之前，这一原因只能秘而不宣。

也许真是这样！

那两辆轿车在他眼中迅速远去，驶入夜色。其时宾馆大楼外华灯璀璨，树影婆娑。

中国言实出版社全民阅读精品文库

"当代中国最具实力中青年作家作品选"系列图书

1. 《一路划拳》　　　孙春平　著　　2016 年 1 月出版

2. 《香树街》　　　　宗利华　著　　2016 年 1 月出版

3. 《金角庄园》　　　海　桀　著　　2016 年 1 月出版

4. 《眼缘》　　　　　郑局廷　著　　2016 年 1 月出版

5. 《江南梅雨天》　　张廷竹　著　　2016 年 1 月出版

6. 《午夜蝴蝶》　　　胡学文　著　　2016 年 1 月出版

7. 《股东》　　　　　丁　力　著　　2016 年 3 月出版

8. 《在时间那边》　　荆永鸣　著　　2016 年 3 月出版

9. 《金山寺》　　　　尤凤伟　著　　2016 年 3 月出版

10.　《人罪》　　　　　　　王十月 著　　2016 年 3 月出版

9 787517 117278 >

（该书入选出版界图书馆界"全民阅读好书推荐书目（2015—2016）"）

11.　《桃花落》　　　　　温亚军 著　　2016 年 4 月出版

9 787517 118428 >

（该书入选出版界图书馆界"全民阅读好书榜 50 种（2015—2016）"）

12.　《莫塔》　　　　　　吕　魁 著　　2016 年 6 月出版

9 787517 118688 >

13.　《营救麦克黄》　　　石一枫 著　　2016 年 6 月出版

9 787517 118725 >

14.　《界碑》　　　　　　西　元 著　　2016 年 6 月出版

9 787517 118664 >

15.　《八道门》　　　　　周李立 著　　2016 年 6 月出版

9 787517 118640 >

16.　《时间飞鸟》　　　　邱华栋 著　　2016 年 6 月出版

9 787517 118695 >

（该书入选出版界图书馆界"全民阅读好书推荐书目（2015—2016）"）

17.　《戏法》　　　　　　杨洪军 著　　2016 年 7 月出版

9 787517 118732 >

18.　《弑父》　　　　　　曾维浩 著　　2016 年 7 月出版

9 787517 119180 >

19. 《种春风》　　　　余一鸣 著　　2016 年 10 月出版

20. 《同一条河流》　　阿　宁 著　　2016 年 10 月出版

21. 《金枝夫人》　　　弋　舟 著　　2016 年 10 月出版

22. 《绣鸳鸯》　　　　马金莲 著　　2016 年 10 月出版

23. 《红领巾》　　　　东　紫 著　　2016 年 10 月出版

24. 《吼夜》　　　　　季栋梁 著　　2016 年 10 月出版

25. 《你没事吧》　　　杨少衡 著　　2016 年 10 月出版

26. 《隐声街》　　　　薛　舒 著　　2016 年 10 月出版

27. 《黑夜给了我明亮的眼睛》女　真 著　　2016 年 10 月出版